Marina con almendrones

PATRICIA SCHAEFER RÖDER

Colección Galápago

Ediciones  Scriba NYC

Marina con almendrones, Patricia Schaefer Röder
© PSR 2024

Ediciones Scriba NYC
Colección Galápago – Novela
Narrativa

Arte de cubierta: Jorge Muñoz © 2024
Cubierta: Jorge Muñoz
Ediciones Scriba NYC, 2024

ISBN: 9798985471397

Impresión: Kindle Direct Publishing

Scriba NYC
Soluciones Lingüísticas Integradas
26 Carr. 883, Suite 816
Guaynabo, Puerto Rico 00971
+1 787 2873728
www.scribanyc.com

Puerto Rico, septiembre 2024

A mis padres Tile y Ursula,
alemanes de nacimiento
y venezolanos de corazón
a quienes debo la dicha
de haberme traído al mundo
en Venezuela.

A todos los inmigrantes
que, llegados de otras latitudes,
con grandes ojos descubrieron
las maravillas de esta hermosa tierra
y ayudaron a construir a Venezuela.

A la Tierra de Gracia.

Marina con almendrones

PATRICIA SCHAEFER RÖDER

MoMA, Nueva York, 17 de marzo, 2007

—Cómo me alegra que hayamos venido hoy a ver esta exposición. A pesar de ser sábado, no hay demasiada gente.

—Claro, no hay tantos locos que se atrevan a salir de su casa a cero grados centígrados por gusto, por más prístino que esté el día.

—Pues a mí me gustan los días despejados en el invierno, aunque haga mucho más frío. Para mí, la luz es lo más importante. Mira el azul puro del cielo, bellísimo. Ni una sola nube perdida de su rebaño. El azul vasto e infinito. Es perfecto. Además, siempre me puedo poner otra capa encima.

—Cada loca con su tema...

—Pero dime si no vale la pena pasar un poco de frío para ver estas maravillas.

—En eso te doy la razón. Siempre quise visitar El Castillete en Macuto para ver el mundo de Reverón; sus pinturas, sus objetos, sus muñecas. Pero de alguna manera no se me daba. Y mira ahora dónde lo puedo disfrutar...

—Sí; qué cosas, ¿no? Igual, de El Castillete ya no quedó nada después del deslave de 1999. El lodo y las rocas lo destruyeron todo. Sólo quedaron piedras en el lugar. Parece que esa zona es propensa a los deslizamientos de terreno de la montaña por lluvias muy largas...

—Qué triste, ¿no?

—Sí, muy triste. Así que si alguien quiere ver la obra de Reverón, le toca visitar museos.

—Ajá, pero no es lo mismo. En El Castillete podías apreciar las obras *in situ*, mientras que en los museos las ves *in vitro*... No se siente igual.

—Ay, no te quejes tanto... Por lo menos tienes la oportunidad, ¿no?

—Sí. Mira, sólo hay dos cuadros de su época azul. ¿Qué le habrá pasado para cambiar desde esa penumbra con pocos puntos iluminados a la época blanca, donde la luz lo quema todo?

—Creo que el cambio fue un tiempo después de su llegada a Macuto, ¿no? Y después de la blanca pasó a la época sepia...

—Sí. Bueno, cada mudanza implica un cambio; seguro que el sol de la costa lo marcó y se reflejó en sus pinturas. Reverón fue un genio; mira qué maestría tiene en el manejo de la luz, la sugerencia tan tenue de las formas... No puedo dejar de mirar estas pinturas blancas; las diferencias entre las texturas son tan sutiles, que cuando te alejas un poco, te deja entrar en la composición para sentirla desde dentro...

—Qué maravilla.

—Claro que sí; es maravilloso. Ven aquí. Mira esta, es diferente. Nunca vi algo así pintado por Reverón.

—*Marina con almendrones*. Preciosa. Sin fecha, sin firma, pero evidentemente de la época blanca, pintada con óleo sobre tela... Pero esto se sale del estilo de Reverón; no lo entiendo.

—Ni yo. El paisaje marino en blancos con la luz que lo quema todo es muy de Reverón, pero los almendrones encendidos con las hojas tornasoladas y vibrantes... La pintura tan gruesa, parece aplicada con los dedos, de una manera más espontánea, concéntrica... No sé qué pensar.

—Son dos estilos diferentes. Pareciera pintado por dos personas. Y no sólo es el color, el uso de colores complementarios; también es la técnica de pintura. Tienes razón con lo de las pinceladas; incluso los brochazos son distintos. ¿Qué dice el folleto?

—No dice mucho, sólo que esa pintura fue recuperada de los escombros del deslave.

Punta de Mulatos, La Guaira, 1921

—Juanita, vamos a recoger un poco el rancho, que hoy viene a visitarnos mi madre desde Caracas —instruyó Armando con voz firme.

—¿Que viene doña Dolores? ¿Aquí? ¡Qué bien, al fin va a conocer nuestra casa! —se alegró la joven.

—Sí, viene a almorzar con nosotros. Prepara algo bien rico, Juanita. También quiero que el rancho se vea recogido y limpio porque le voy a proponer una idea.

—¿Qué idea, Armando?

—Mira, esta casita es demasiado pequeña y no puedo trabajar bien. Me siento atrapado aquí, como que estamos estorbándonos todo el tiempo.

—Ay, Armando, yo no te quiero estorbar... Yo sólo te quiero atender.

—Sí, yo sé, yo sé... La cosa es que se me ocurrió que podríamos mudarnos a Macuto, ¿qué te parece?

—Ay, Armando; me parece muy bien. Tú sabes que yo voy a donde tú vayas.

Doña Dolores llegó al pequeño rancho arriba en la montaña alrededor de la una de la tarde, transpirando profusamente. Era la primera vez que visitaba a su hijo en Punta de Mulatos y también era la primera vez que entraba en una vivienda tan humilde, hecha de ladrillo y cemento sin friso, con techo de hojas de palma y una letrina exterior. Como dama de la sociedad caraqueña, no estaba acostumbrada a la vida rústica que llevaban los pescadores del litoral.

Mujer educada, no mencionó la pobreza del inmueble de un solo ambiente, el piso de tierra, los dos tobos con agua a la entrada de la casa, ni tampoco lo escueto del mobiliario, hecho casi todo con piedras traídas desde el mar por los pescadores vecinos de la pareja. Prefirió concentrarse en la preciosa vista que tenía gracias a su ubicación sobre la montaña. También elogió la sazón de Juanita y su habilidad para preparar una comida sabrosa con ingredientes sencillos y en un fogón primitivo ubicado afuera, a un costado de la casa. La observó en detalle; se fijó en su porte, sencilla y genuina, vio lo calmada que era y la manera en que idolatraba a Armando. La verdad era que aún no sabía bien qué pensar de aquella muchacha tan jovencita que, evidentemente, vivía con su hijo de treinta y dos años.

Después del almuerzo, madre e hijo se sentaron afuera a beber su café mirando el mar mientras Juanita recogía la mesa y lavaba los trastes de peltre.

—Entonces, ¿qué le parece la idea, Mamá? —quiso saber el artista—. Mire, este rancho es pequeñito y estamos sobre el cerro. Además, estoy pagando alquiler... Siento que pierdo el dinero, ¿me entiende?

—Bueno, la verdad es que aquí el espacio es muy escaso. Y también es un poco remoto, con esa subida tan larga... Tienes razón en querer mudarte. ¿Dices que el terreno está a buen precio?

—Sí; el terreno es grande y el precio es muy bueno. Además, se le llega mucho más fácil que aquí, porque no está en la montaña. Fíjese que la carretera llega justo hasta ahí; está al final de donde llegan los autobuses, así que el lugar es muy tranquilo. Yo creo que es una oportunidad en mil de conseguir algo tan bueno.

—¿Y dónde queda?

—Queda en Macuto, en Punta Brisas. Está en una zona que llaman Las Quince Letras, al lado de la quebrada El Cojo. Son dos lotes contiguos; uno del doble del tamaño del otro. Es fácil convertirlos en uno más grande. Me venden los dos juntos por 30 pesos.

—Suena bien. ¿Están vacíos?

—Sí, sólo hay unos árboles y varias rocas grandes que se pueden quedar donde están. La gente dice que hace años se vinieron abajo desde lo alto del cerro por unas lluvias prolongadas... ¡Ah! También hay un ranchito en uno de los terrenos; Juanita y yo viviríamos allí mientras construimos la casa de verdad.

—¿Ajá...?

—Sí, sí. Le digo que el lugar es perfecto. El otro día fui a verlo y vi que la tierra es de buena calidad, así que también puedo usarla para sembrar algo y para mis pinturas. Lo único malo es que no está a la orilla del mar, sino más arriba, pero no tan arriba como aquí, ¿ve? ¿Quiere verlo ahora?

—¡Qué va! Ahora no, gracias. Yo confío en tu opinión y en tu juicio. Si tú piensas que es el mejor lugar para mudarte, yo te apoyaré. ¿Dices que quieres vivir allí con la muchacha?

—Se llama Juanita, Mamá. Y sí, me la voy a llevar allá.

—Pero dime, hijo: ¿exactamente qué son Juanita y tú?

—Mamá, Juanita es mi mujer. Yo la escogí para que me ayude y me acompañe.

—¿Estás seguro?

—Segurísimo. Mírela nomás, qué linda es. Ella me quiere y me entiende. Y también me atiende muy bien. Si usted no la quiere a ella, no me quiere a mí tampoco.

—Pues si es así, si ella es la muchacha que tú escogiste y estás seguro de ella, entonces ella también será como mi hija. Puedes prepararlo todo para comprar el terreno.

Las Quince Letras, Macuto, 1922

Índigo profundo. Ese era el color que bañaba el cielo, el mar y las calles de Macuto una hora antes del amanecer en una noche de media luna. Y justo ese era el tono que buscaba el maestro, sentado en un banco del malecón con el caballete al frente, inmóvil, saboreando el salitre de las olas que se acercaban serenas sobre la orilla.

El lienzo pálido esperaba ansioso recibir los trazos gruesos y vibrantes que le conferirían la vida eterna. Con las pupilas completamente dilatadas y envuelto en un delicioso trance, el maestro detallaba cada franja de mar hasta volverse cielo en la lejanía, miraba las ondas que se formaban en el agua y en el aire, descubría los mayores puntos de luz que lo observaban atentos desde el firmamento y determinaba los colores que necesitaría mezclar en las proporciones precisas.

El pintor cerró los ojos y respiró hondo. Luego encendió la lámpara de kerosene y preparó diligente los óleos: negro, blanco, azul, algo de amarillo y un toque de naranja. Decidido, se levantó paleta en mano. Por un momento más, cerró los ojos y se dejó arrullar por el murmullo constante de la marea. Así, en medio de un profundo suspiro, dio la primera de muchas pinceladas trepidantes que mostrarían el mar y el cielo más vivos que nunca.

Los trazos parecían salir de aquella mano llevados por un ente ajeno a él. Un ánimo particular lo invadía y el maestro se dejaba llevar confiado, como un ciego por su lazarillo. El torbellino de marcas que dejaba sobre el lienzo lo poseyó hasta el amanecer, cuando la luz del sol lo hizo recuperar el sentido. Entonces se hinchó de aire marino, se limpió la frente anegada y recogió los implementos de su arte para llegar a casa antes de que los primeros lugareños comenzaran a salir a la calle.

—¡Felisa, ya llegué! —se anunció al entrar a su casa, satisfecho.

—Qué bueno —respondió ella, ya vestida para salir a la calle—. Pues yo ya me voy; hoy me toca trabajar temprano. Te dejé unas arepitas, queso y unos cambures bellísimos para cuando te despiertes, ¿sí? ¡Ah! Y no olvides tomarte el juguito de parchita, que está bien bueno.

—Sí. Gracias, mi amor. Mira lo que pinté. ¿Te gusta?

—Déjame ver, déjame ver... —se acercó—. Ay, qué bello... Nunca había visto el mar de noche así, tan inquieto. Parece que estuviera moviéndose, está como bailando con el cielo. Casi oigo la música de las olas.

—Yo quiero bailar contigo, Felisa. Quédate un rato más... —la abrazó por la cintura.

—Yo también quiero, pero ahora tengo que ir a trabajar —se zafó dulcemente, con una gran sonrisa—. Vamos, duerme un rato. Y no te olvides de recoger tus corotos, ¿sí?

—Sí, mi amor, sí... —concedió, y cansado, buscó la cama aún tibia para dejarse caer plácido en ella.

*

Llegaron a Macuto tres años atrás y alquilaron una casita modesta detrás de la fonda Las Quince Letras. Era este un local sencillo construido en una terraza frente al mar, sobre el farallón, al final de la carretera de macadán. Enseguida, Felisa comenzó a trabajar como mesera en el restaurante y bar, pero doña Rosalía, la cocinera y dueña del local, no tardó en darse cuenta de que era honesta, rápida y estaba llena de energía, además de que era muy inteligente. Así que al poco tiempo, Felisa se ganó su confianza. Felisa era la encargada de resolver cualquier situación molesta que surgiera entre los empleados, y cuando doña Rosalía no estaba, la sustituía en el fogón y en la jefatura de la cocina. La paga era buena; eso la tenía contenta. Y si Felisa estaba contenta, doña Rosalía estaba tranquila.

Las Quince Letras, Macuto, 1923

—Felisa, ¿por qué te acicalas tanto? ¿No trabajas hoy? —preguntó Vincent mientras intentaba enfocar su figura en medio de la habitación.

Ya era el mediodía del domingo y recién despertaba después de una noche muy productiva. Había plasmado sobre su lienzo la luz del atardecer que se filtraba entre las redondas hojas de los grandes uveros de playa en un rincón de Punta de Mulatos. Al llegar a casa, cayó rendido en los cálidos brazos de Felisa, que lo arrulló y le acarició la cabeza hasta dejarlo completamente relajado, con la mejor sonrisa de felicidad en el rostro.

El sonido de los cajones que se abrían y cerraban de manera entusiasta, casi rítmica, lo traía de nuevo a la realidad del día.

—Por la fiesta, mi amor. Te acuerdas que te dije que hoy vamos a una fiesta, ¿no? Ya casi estoy lista, sólo me faltan los zapatos. Pero tú cámbiate la camisa, por favor, que ya huele a chivo.

—Yo no huelo nada... Ay, Felisa, tú siempre me dices que huelo a chivo, y yo no huelo nada. Yo creo que me tomas el pelo.

—¿Que yo te tomo ese pelo rojo? ¡Qué va! Lo que pasa es que estás acostumbrado a tu propio olor. Chico, créeme y cámbiate la camisa, por favor. Mira que vamos a una fiesta grande y tenemos que estar presentables.

—Está bien, está bien. Pero ¿quién hace la fiesta?

—Unos vecinos nuevos de la quebrada El Cojo que van a comenzar a construir su casa aquí cerca. Creo que él se apellida Reverón o algo así. Invitaron a doña Rosalía, la dueña de la fonda, y a mí. Y tú vienes conmigo, claro.

—¿Reverón? Yo conocí a un artista que se llama Reverón. Fue hace varios años, en Caracas. Era pintor. Creo que me dijo que se iba a estudiar a España... ¿Será el mismo?

—No sé, pero no te hagas el loco. Igual, tienes que cambiarte la camisa, Vincen'Vicente.

—Sí, sí, ya voy. Mira, me voy a poner ropa limpia y también me voy a lavar para que estés contenta.

Llegaron a un terreno baldío que tenía una casita humilde de madera sin pintar y techo de palmas, casi perdida entre algunos uveros, almendrones y árboles de mango. El suelo de tierra estaba salpicado de rocas grandes que parecían colocadas de manera estratégica por la mano de un gigante sacado de un cuento de hadas. El espacio estaba abarrotado de gente vestida con sus mejores galas. La brisa que soplaba desde el mar mitigaba una parte del calor del mediodía, mientras que la otra parte debía combatirse con algo de beber; sólo así podía estarse a gusto allí.

Juanita y Armando los recibieron. Los dos pintores se reconocieron enseguida. Contentos, se abrazaron y se contaron sus vidas mientras Juanita y Felisa iban por un par de vasos de papelón con limón.

—Mira que pasaron los años y al final terminamos siendo vecinos... Qué pequeño es el mundo, ¿no crees, Vincent?

—Sí; es una gran casualidad.

—No hay casualidades, Vincent. El destino es quien manda. Nos tocó ser vecinos por algo. No sé la razón, pero ya lo veremos.

—Si tú lo dices... Oye, me gusta el nombre que escogiste para tu casa, Armando: "El Castillete". ¿Por casualidad tiene que ver con Castilletes en La Guajira? Yo visité ese lugar fascinante por 1900, cuando viví unos años en el Zulia.

La sonrisa de Armando se extendió como pólvora por todo el rostro y encendió los ojos negros en su máximo esplendor.

—Qué interesante eso. Pero la verdad, no. No conozco Castilletes. Más bien, la casa que voy a construir aquí será mi castillo propio. Un castillo pequeño, por eso se llamará "El Castillete". Le haré un muro alrededor, como lo tienen los castillos. Aquí, yo seré el rey y se hará lo que yo diga. Nadie se meterá en mi vida. El Castillete será mi refugio para aislarme y pintar tranquilo. Tú eres pintor y sabes lo que digo, ¿verdad?

—Claro que sí. Es perfecto. Un lugar donde nadie te moleste.

—Exacto. Y qué bueno saber que vives tan cerca. Puedes venir aquí cuando gustes, mi amigo. Ven, acompáñame en la ceremonia de la colocación de la primera piedra. Ahí está el constructor, míster Keller.

La fiesta estaba muy animada. Armando, su madre y Juanita habían invitado al constructor y sus obreros, a los vecinos del sector, a sus amigos de Punta de Mulatos y a conocidos de otras partes. Los invitados disfrutaban la música alegre que tocaba el conjunto a un lado del terreno. Las bebidas y los manjares estaban a la orden sobre mesas de tablones cubiertas con manteles blancos bajo toldos de lona verde. Todo quedó dispuesto con gran gusto y esmero: los platos principales eran un gran sancocho de pescado acompañado de hallaquitas de maíz, pescado frito y carne frita con contornos de caraotas, arroz blanco, plátano frito, tortilla, papas rellenas, guasacaca y pan isleño. En otra mesa, los postres: helados y chocolates. Y para cerrar, en esa misma mesa estaban el café, el ponche crema y el brandy. De beber, los invitados degustaban vinos, ron y aguardiente de caña, además del papelón con limón.

Juanita y Felisa no paraban de hablar. A pesar de la timidez inicial de la joven Juanita, ella y Felisa enseguida se entendieron muy bien. Descubrieron que, aunque sus maridos artistas tenían caracteres distintos, poseían un temperamento muy particular. Así que, cada una por su lado, le daba a su compañero el espacio y la quietud que necesitaba para que pudiera crear con la mayor libertad posible.

Los invitados comieron, bebieron y bailaron hasta entrada la noche, cuando los anfitriones hicieron gala de una exhibición de fuegos artificiales. Vincent se estremeció frente a tal obra de arte sobre el oscuro cielo y recordó inevitablemente el relámpago del Catatumbo en el Zulia, que tuvo la dicha de admirar justo en la época en que también conoció Castilletes. Esta extraña coincidencia le hizo volver a comprobar lo pequeño que era el mundo. Suspiró y abrazó a Felisa, conmovido.

La fiesta finalizó con un paseo por la playa a la luz de la luna. Todos fueron bajando por la orilla de la quebrada, siguiendo su corriente hasta desembocar en el mar. Ya la brisa nocturna había refrescado el lugar y las cabezas de invitados y anfitriones por igual. El grupo chachareaba alegre en medio de la luz azoguina que reflejaba el mar; mujeres y hombres distraídos de las preocupaciones del día a día. Así, felices de haber celebrado la vida una vez más, se fueron retirando, cada quien a su respectiva morada.

Willemstad, Curaçao, enero 1892

Mi querida Johanna:

Te escribo para notificarte que llegué bien a Curaçao. El viaje en el KNSM Urania fue bastante tranquilo y sin contratiempos. Aproveché para descansar un poco y admirar el horizonte interminable que separa los dos azules más profundos que he visto. También conocí a algunos otros pasajeros que regresaban a casa en Curaçao y me sugirieron varios lugares que debía visitar durante mi estadía.

El señor Koobs me recibió en el puerto de Willemstad y me llevó a su casa en la calle Scharloo. Allí nos esperaban la señora Koobs y sus tres hijos: Maarteen, Luuk y Sophie. A primera vista, los Koobs me recuerdan un poco a nuestra familia; quizás porque también son luteranos. En todo caso, se ve que es una familia próspera, ya que la casa es enorme y tienen sirvientes. Me imagino que les va muy bien comerciando con la sal, el maíz, el maní y las frutas que se producen en las haciendas de la isla.

En estas primeras semanas que tengo aquí ya me han llevado a conocer varios lugares de este bello enclave holandés. En general, he visto más personas negras que blancas y algunos mestizos. Aunque muchos trabajan bajo el sol que calcina y el calor que aplasta, se ven alegres y sonrientes. Los paisajes de esta isla parecen sacados de otro mundo. La tierra árida y desértica contrasta con el cielo, que es de un azul tan intenso como no lo he visto nunca antes. Y bajo ese cielo tan luminoso, el mar y la espuma de las olas tienen un efecto casi hipnotizante sobre mí. Y paseando un poco más allá, en medio de tanta belleza, de pronto se llega a una zona de salinas naturales en donde el agua del mar se evapora y se produce una sal rosada preciosa.

Querida Jo, de nuevo te agradezco por el inmenso apoyo que me brindaste junto a Theo cuando aún me recuperaba en el hospital del accidente con la pistola. No sé qué habría sido de mí si no hubieran estado conmigo durante ese terrible trance que me tomó por sorpresa. Y justo después, cuando Theo enfermó y falleció, entre tanto dolor, fuiste mi roca y mi puerto seguro. Me alegra haberte podido ayudar, como pude, cuando te mudaste de nuevo a Holanda con mi ahijado Vincent. Sé que allá tendrás el apoyo de tu familia para salir adelante. Fuiste una gran esposa para mi hermano y eres una gran cuñada. Una gran mujer.

También te agradezco de corazón todas tus diligencias con respecto al manejo de mis pinturas y el continuo apoyo que me sigues dando en nombre de nuestro querido Theo para que yo pueda hacer este viaje tan anhelado por mí y pueda continuar pintando. Puedes enviarme las pinturas y los lienzos a esta dirección, ya que la familia Koobs me hospedará por algún tiempo.

Te envío unas vistas de la ciudad y sus personajes. Deseo que puedas vender mis cuadros a buen precio, o por lo menos exhibirlos en alguna galería para que la gente de Holanda los vaya conociendo.

Un abrazo para ti y otro para mi ahijado.

Cariños, Vincent

PS: A bordo del Urania me di cuenta de que olvidé mi pipa en mi habitación de tu casa. No importa. Por favor, consérvala como un recuerdo mío y dásela a mi ahijado cuando sea un hombre. Yo ya me di cuenta de que aquí en el Caribe la gente prefiere fumar puros; son excelentes y no son caros.

El Castillete, Macuto, 1923

La rutina diaria en El Castillete era bastante tranquila. Armando exigía paz absoluta para trabajar y Juanita se aseguraba de que nada lo molestara. A sus veinte años, y quince más joven que él, era una mujer esbelta, hermosa, calmada y sencilla. Ella lo adoraba y le obedecía porque sabía que así debía ser.

Era la hora en que el día parecía detenerse para respirar en paz. Al tiempo que las ranas y los grillos comenzaban a manifestarse con timidez, las aves regresaban a sus nidos y los monos se retiraban a su lugar para dormir. Armando dibujaba en el agua de la pileta con un trozo de rama caída de un uvero. Sentado al borde del muro de piedras, miraba absorto el juego de luces y cómo se deformaba el reflejo de los árboles con el paso de las ondas. Le gustaba observar ese espejo mágico a diferentes horas del día y también de la noche, a la luz de una vela.

Más que un pasatiempo, era un ejercicio que le ayudaba a enfocarse.

En silencio y con pasos suaves, Juanita se acercó a Armando por la espalda. Con su tacto delicado, lo tomó por los hombros y se inclinó sobre él al tiempo que, seductora, exhalaba su cálido aliento en la oreja de su hombre.

—Mmm... Juanita... ¿Qué haces?

—No hago nada... ¿Te gusta? —quiso saber, mientras pasaba el dedo índice por el mentón afeitado del pintor.

—Mmm... Ven acá, mi india bella... Ya no pareces un pajarito asustado... Ven conmigo... —dijo mientras la halaba con suavidad hacia el frente.

Le besó la mano con dulzura y se levantó. Juanita sonrió. Él tomó la frágil mano entre las suyas y llevó a la joven rumbo al dormitorio. Caminaron sin hablar por el patio, dejando a la derecha el gran taller, el palo de la guacamaya y la casa de los monos. Al pasar por el umbral de la habitación en sombras, los invadió una sensación de gran solemnidad.

Cada elemento de la vida del pintor estaba enmarcado en una ceremonia que subrayaba su unicidad y su importancia. Y lo que Juanita había iniciado minutos atrás era uno de los aspectos más fundamentales. Sin emitir sonido alguno, se detuvieron a un lado del lecho. Por unos segundos, Armando adivinó la silueta de Juanita frente a él. Dio una vuelta alrededor de ella y volvió a su lugar. De pronto, haciendo un lance de torero experimentado, le quitó el vestido de un solo movimiento. Al saberla desnuda en el recinto, se desnudó también. La tenue luz que entraba por las ventanas se destiñó en pocos minutos, consumida por la negrura acogedora del lugar, que aún contenía el calor del día costeño.

El cuarto se convirtió en una cueva. Poco a poco, los ojos de ambos se acostumbraban a la penumbra alcahueta. Juanita conocía el guion e interpretaba su papel complacida. Se mantuvo de pie como una estatua mientras Armando la rodeaba y la observaba con detenimiento, de una manera casi científica, absorbiendo aquella joven figura por sus pupilas completamente dilatadas, hambrientas de belleza femenina.

Para Armando, la oscuridad era una dimensión oculta que albergaba los secretos del origen de la vida y de todo lo que venía al trascender la existencia física en este mundo. Era el lugar y el momento de morir y volver a nacer, y luego morir de nuevo, una y otra vez, hasta que el sol lo volviera a inundar todo con su luz renovadora y aplastante. Era consciente de que todo tiene al menos dos caras; él también.

Después de esos minutos de estudio minucioso e interminable, el recinto se llenó de un aire místico, mezcla de aromas de jazmín y orquídeas, capaz de hacerlos levitar. En un acto de contrición, Armando cayó arrodillado frente a Juanita. Se persignó mientras murmuraba oraciones a la Virgen con las manos unidas en señal de súplica y perdón por lo que vendría poco después.

Juanita permanecía inmóvil en medio de aquella atmósfera plomiza. Su piel erizada se volvió más sensible que nunca y sus músculos comenzaron a estremecerse. La joven transpiraba anticipando el inminente tercer acto del único ritual amoroso que conocía.

Armando se incorporó despacio. Se acercó a ella para olerla de la cabeza a los pies, por el frente, por la espalda, dentro de los codos, detrás de las rodillas. La olfateaba sin tocarla, sin hablar. Ella temblaba, excitada y muda. Al dejarse cortejar por el artista, se sentía parte de una de sus creaciones; una obra en desarrollo que representaban sólo para ellos mismos.

Cuando hubo saciado su sentido del olfato, Armando retrocedió unos pasos. Cerró los ojos con fuerza y comenzó a resoplar como un toro al tiempo que arrastraba un pie hacia atrás, como para tomar impulso. Juanita levantó los brazos en señal de entrega. Observándola fijamente en la penumbra, corrió semiagachado a su alrededor haciendo ruidos guturales. Así, el pintor orbitó a su alrededor por unos minutos.

Al finalizar, Armando se alejó de nuevo, se irguió y le dio la espalda. Ella bajó los brazos para sujetarse las caderas. Él se persignó de nuevo, giró sobre sus talones y la miró con actitud desafiante. Entonces se convirtió en torero y se acercó a Juanita, azuzándola con un capote imaginario que manejaba diestro con sus grandes manos, haciendo lances elaborados.

Ella continuaba en el mismo sitio. Cual manantial salino, el sudor le bajaba por las sienes hasta el cuello, se abría paso entre los senos turgentes para alcanzar el abdomen y conectar en el pubis con la siguiente ola que brotaba entre las piernas calientes.

El matador hizo luego ademanes de pases con una muleta ficticia, pero Juanita seguía sin moverse. El espectáculo taurino era la forma en que Armando cortejaba a la joven. Aunque ambos interpretaban el papel del matador y el toro, y luego se intercambiaban, era él quien llevaba la batuta a lo largo del ritual. Ella simplemente complementaba la actuación de él, toreándolo extática o dejándose torear.

No era sino hasta que el matador anunciaba las suertes con las banderillas, que Juanita salía de su huella para moverse despacio en dirección al lecho que los esperaba. En el recorrido, Armando la perseguía imitando las faenas del torero con el capote y la muleta invisibles.

La cama de madera estaba cubierta con una manta gruesa a modo de colchón. Una tela más ligera bastaba para protegerse del sereno caribeño. Juanita llegó al borde y se detuvo, esperando que Armando le clavara las banderillas en el morrillo para dar una vuelta sobre sí misma y dejarse caer con cuidado sobre ella. El torero dio tres pasos atrás y la observó, sonriente y en silencio. Juanita lo esperaba.

Como en toda corrida de toros, faltaba la última estocada. Bufando, Armando se abalanzó sobre la joven, buscando su nuca para mordisquearla. Al fin, ella soltó el peso que le imponía su papel y se dejó atrapar entera por el torero, que sin dificultad la giró bajo su cuerpo y la penetró una y otra vez, en medio de los gritos ahogados de dos almas que se completaban en una sola.

Coro, Falcón, 1895

Mi querida Johanna:

Te escribo ahora desde Venezuela, donde llegué hace tres meses ya.

Creo que el aire marino me está ayudando a sanar el apetito y el cuerpo. Desde que llegué al Caribe me alimento mejor y casi siempre duermo como un niño. En Curaçao, la familia Koobs me trató muy bien. Sobre todo la señora Koobs, que me hablaba y me cuidaba como una madre amorosa. A veces sentía que quería engordarme; insistía en que me alimentara bien y me daba consejos sobre cómo protegerme del sol fuerte de estas latitudes, que no se parece en nada al sol de Holanda ni de Francia, ni aun estando en la parte más sureña. Ella me regaló un sombrero más amplio porque dice que el sol del Caribe, aparte de insolación, puede ocasionar ataques de desmayos y hasta volver loca a la gente.

Es cierto que durante los tres años que viví con ellos tuve sólo dos ataques; uno muy al principio y otro la vez que olvidé el sombrero en la casa cuando fui a pintar las salinas en Jan Thiel. La señora Koobs se asustó mucho y cuando me recuperé, me reprendió por ese descuido y me hizo entender lo peligroso que era el sol. En realidad es bonito que alguien se preocupe tanto por uno. La señora Koobs me trató como si fuese su propio hijo y se lo agradezco. Le regalé algunas pinturas de los paisajes áridos de la isla, de la costa y de las salinas.

Debo confesarte que, aunque me gustó mucho estar en Curaçao con los Koobs, tenía grandes ansias de conocer Venezuela. Quiero ver con mis propios ojos todas esas cosas maravillosas que Alexander von Humboldt describió en sus libros, y sobre todo, quiero llenarme de esa luz especial que tanto lo impresionó.

Querida Jo, si supieras que pienso en ti a menudo porque eres políglota y sé que serías de las pocas personas que me entenderían... Para continuar mi viaje de la mejor manera posible, me toca ahora aprender español. He encontrado que esta lengua no es demasiado difícil de entender porque tiene muchas cosas en común con el francés. Así que, con un poco de imaginación y maña, y usando las manos y los pies, me estoy comunicando como puedo con la gente de aquí, que siempre es muy paciente conmigo. Lo bueno es que no me da miedo hablar o equivocarme. A veces digo cosas graciosas y todos nos reímos. Pero, definitivamente, cada día aprendo muchas palabras nuevas y hablo un poco mejor.

Una cosa que me hizo reír mucho fue lo que me pasó al día siguiente de llegar a Coro. En la mañana, desayuné en la pensión donde me instalé. Como pude, le pregunté a la cocinera qué podía comer. Ella, con sus grandes ojos negros, profundísimos, me recitó una letanía incomprensible para mí. ¡No conocía ni una sola palabra! Lo que yo creía que eran mis nociones de español resultaron ser bastante pobres, además de que aquí se habla mucho más rápido que en Francia. Sonreí y le hice un gesto para que por favor repitiera la lista un poco más lento. Esta segunda vez logré distinguir la palabra "caraotas" y le indiqué que por favor me trajera una ración. Claro, yo pensé que serían zanahorias. La cocinera me miró sorprendida; seguro que era la primera vez que un extranjero pedía eso. Cuando llegó la comida, el sorprendido fui yo, pero no dije nada y valientemente lo comí todo. En realidad, no estaban tan mal los frijoles negros con el arroz blanco y la arepa de maíz...

Esta aventura maravillosa te la debo sólo a ti, querida Jo. Poder visitar esta tierra fascinante que sólo conozco a través de los libros de Humboldt y aprender tantas cosas nuevas, incluso otro idioma, hace que mi alma se hinche de emoción y una gratitud infinita hacia ti. Sería magnífico que algún día me visitaras con mi ahijado. Esperemos que el destino nos regale ese reencuentro antes de que termine mi viaje y deba regresar a Holanda.

Aquí en Coro hay gente mezclada de todas las razas y colores. Nunca había visto tantas personas distintas juntas, cada quien ocupándose de lo suyo, haciendo diligencias, buscando no sé qué cosas todo el día, pero tranquilas y de buen humor, de sonrisa fácil y muy educadas. Me siento muy a gusto aquí.

Coro es una ciudad fascinante que está junto a la costa y a un desierto con dunas que aquí llaman "médanos". Es una ciudad muy caliente y seca, que me recuerda un poco a Curaçao. Es pequeña y tiene muchas iglesias; las calles son estrechas y las casas están construidas en estilos mezclados. Algunas parecen coloniales españolas con cierta influencia árabe, otras se parecen a las casas holandesas que vi en Curaçao. Las paredes de la pensión donde vivo son gruesas, están hechas de ladrillos de barro y tienen un encalado blanco, lo que hace que la luz intensa rebote alegre entre ellas y se ilumine el interior de las habitaciones.

Doña Marta, la dueña de la pensión, es muy amable. El día que la conocí, me preguntó sobre mi vida y la razón de mi visita. Estaba muy interesada en todo lo que le conté. Creo que soy el primer pintor extranjero que ha llegado a las puertas de su casa. Me dijo que no dudara en pedirle cualquier cosa que necesite, que ella sabe que es difícil llegar solo a un lugar desconocido. Le pregunté un poco sobre el Estado Falcón y ella me contó que Coro fue una de las primeras ciudades fundadas por los españoles en América del Sur y la primera capital de Venezuela por unos años. Creo que para mí fue bueno entrar a Venezuela por aquí, por donde mismo entraron los españoles hace cuatro siglos. Estoy emocionado; al fin llegué y quiero pintar todo lo que me rodea. Vamos a ver cómo me alcanza el dinero y cuánto tiempo resisto solo en estas tierras desconocidas, sin familia ni amigos. Ya te contaré.

Espero que te gusten los paisajes del desierto y las plazas de esta hermosa ciudad que te envío junto a esta carta. Y claro, espero que puedas colocarlos bien allá.

Querida Jo, te dejo mi abrazo y mi gratitud eterna. Por favor, dale un beso a mi ahijado de mi parte.

Cariños, Vincent

Coro, Falcón, 1896

Vincent entrecerraba los ojos con fuerza. Era la hora en que la luz lo invade todo y desaparecen las sombras. El sol de las doce del día le picaba en las manos, los únicos trechos de piel que llevaba descubiertos. Durante su estadía en Curaçao aprendió a cuidarse para salir a pintar de día, ya que las primeras veces, por confiar demasiado en lo que él pensaba era su piel curtida, sufrió quemaduras dolorosas y terminó insolándose. Después de varios intentos y varias quemaduras, al fin decidió seguir los consejos de la señora Koobs y ahora se protegía del sol de pies a cabeza.

Ese día llegó al desierto en carreta, cargando con todos sus bártulos. Un campesino que iba rumbo a Paraguaná transportando carne de chivo, quesos y chicha le ofreció llevarlo por la mañana y recogerlo por la tarde. Vincent le agradeció el gesto infinitamente porque el calor no lo ayudaba a avanzar por el camino. El hombre, gentil pero de pocas palabras, era de piel negra, oscurísima y cabello negro, muy liso. Vincent lo admiraba sin decir nada. Nunca había visto alguien así.

El clima árido le recordó inevitablemente a Curaçao, pero allá no vio dunas andantes como las de este desierto que de pronto lo rodeaba. Notó que la brisa soplaba desde el este y movía la arena formando pequeñas ondas al ras del suelo. A pesar de llevar un sombrero amplio, en cuanto levantaba algo de viento, la fina arena le acribillaba la cara sin piedad y le llenaba las ropas. "Ahora entiendo lo que me querían decir en la pensión, que en el desierto no podría pintar nada por el viento. Tal vez sea mejor dibujar el paisaje solamente; ya podré trabajar las pinturas con más calma y sin tanta arena cuando regrese".

El viento silbaba una melodía tenaz, salada y seca. Se sentó de espaldas al sol y cerró los ojos. Sólo veía un rojo encendido a través de los párpados. Aspiró el aire caliente hasta llenar los pulmones y puso la mente en blanco. Entonces, poco a poco mientras exhalaba, abrió los ojos para llenarse de todos los amarillos, blancos y anaranjados del suelo y del azul eléctrico infinito del cielo.

Aquellos médanos se dilataban hasta donde alcanzaba la vista y mucho más allá. Vincent esbozó las arenas nómadas con sus sombras mañaneras proyectadas desde el lado del mar hacia el oeste del istmo. Las nubes blancas y mullidas se movían junto con las dunas, acompañadas por un gavilán que volaba por todo lo alto. No muy lejos vio un dividivi que reconoció de haberlos pintado en Curaçao, y más allá, un semeruco florecido. Su mano imparable lo registraba todo, minuciosa y precisa. El encandilamiento del sol y las sombras sensuales que definían las dunas le daban tridimensionalidad al paisaje que de otra forma luciría plano y quemado.

Al mediodía, sacó de la mochila la merienda que le había preparado doña Marta, la dueña de la pensión. Tenía hambre. Comió arepa de millo, queso de cabra y conserva de coco, y se quitó la sed con el agua ya caliente de la cantimplora. Descansó un poco la vista, la mano derecha y el lápiz. Luego se levantó a ver alrededor. Arena y cielo. Amarillos y azules. Y aquel sol que quería perforarle el sombrero, y el viento que lo azotaba con la arena. A Vincent todo esto le gustaba. Y se sentía feliz.

Se dio la vuelta para mirar hacia el norte, en dirección al camino donde lo había dejado el gentil campesino; así lo vería llegar de vuelta para recogerlo. Rio pensando en lo terco que fue esa mañana, cuando la gente le decía que no llevara todos los implementos de pintar, porque no podría hacerlo por el mucho viento de la zona, cómo cargó con todo hasta la calle donde vio al campesino con su carreta, y cómo al final todas las cosas quedaron semienterradas en la arena sin haberlas usado.

Luego, libreta y lápiz en mano, Vincent bebió otro poco de agua y se sentó. Ahora le tocaba dibujar el paisaje del lado opuesto.

*

De vuelta en la pensión, Vincent se disponía a descansar un poco del trabajo del día. Al acercarse a su habitación se topó con Antonia, la encargada de la limpieza, que admiraba algunas pinturas apoyadas en las paredes.

—Disculpe, míster. Estaba terminando de limpiar aquí. Ya me salgo.

—No se preocupe, Antonia. ¿Le gustan?

—Son bellísimos. Estos flamencos en la costa pareciera que se van a salir de la pintura —afirmó, maravillada—. Y la catedral, con su plaza y sus acacias... Muy bellos.

—Qué bien que le gusten. ¿Cuál le gusta más?

—Huy, está difícil... Todos son preciosos...

—Escoja uno, Antonia. Yo se lo regalo. Usted me ha ayudado mucho durante todo el año que llevo viviendo aquí. Escoja uno, por favor.

Emocionada, estiró la mano hacia el cuadro que más la llamaba, abrazó a Vincent y se retiró sonriente con su premio. Él le sonrió de vuelta, satisfecho.

Esa noche, acompañado de un vaso de cocuy en el bar del frente de la pensión, Vincent la recordaba enternecido. Aquella mujer sencilla, de piel canela, cara redonda, ojos negros y cabello liso recogido en una trenza discreta, había cambiado de un semblante sombrío a una expresión radiante gracias a él. Sintió cómo ese sencillo gesto de reconocimiento a la labor de Antonia y el intento de reciprocidad de su parte habían calado en el ánimo de ella y le encendieron una nueva luz en el rostro.

Vincent terminó el segundo vaso de cocuy y regresó a su habitación a dormir en paz, con el deseo de volver a ver a Antonia pronto.

Coro, Falcón, 1897

Mi querida Johanna:

Acabo de recibir el paquete con lienzos y pinturas que enviaste hace ocho semanas. Me quedaban pocas telas y con estas ya me vuelvo a sentir más seguro de que puedo trabajar a mis anchas. Muchas gracias. Espero que te guste la serie de trinitarias vibrantes y de distintos colores que te estoy enviando a vuelta de correo. Creo que se están convirtiendo en mis flores preferidas.

Sé que antes, cuando vivía en Francia, era muy impaciente con la disponibilidad del material de trabajo y, pues, era muy impaciente en general con Theo. La verdad es que sentía una gran presión por producir. Pero ¿sabes una cosa? Desde que llegué al Caribe, creo que he ido aprendiendo a ser más paciente y tolerante. Supongo que tendrá que ver con la latitud tan cercana al ecuador, tal vez con las horas de luz que hay cada día. Aquí la gente es más tranquila que en Europa y parece más feliz. Te confieso que yo mismo me siento más tranquilo y feliz aquí. Quizás por eso ahora tengo menos ataques que cuando vivía en el Viejo Mundo. Tú sabes que yo me observo mucho... La época en Francia fue muy bonita para mí, pero también fue muy espinosa. No cuidaba mi salud, no dormía, no comía, bebía y fumaba demasiado, trabajaba sin darme un respiro... Con la propensión que tengo, lo raro hubiese sido que no tuviera ataques.

Desde que llegué a Venezuela he tenido menos ataques que en Francia, pero cuando los tengo, son muy incómodos. He notado que me pasa cuando por alguna razón me pongo a pensar con insistencia en el futuro. La incertidumbre me da mucha ansiedad y miedo. Cuando caigo en ese hueco y no salgo de él pronto, bebo y bebo sin parar. Entonces, a veces, me viene un golpe de sudor, me dan náuseas y me duele mucho la cabeza, siento un olor penetrante que nadie más percibe y un sabor amargo me inunda la boca. Una sensación rara se apodera de mi cuerpo y de pronto se distorsiona todo a mi alrededor o tengo visiones. Me han dicho que miro al vacío y digo cosas confusas, muchas veces en otro idioma que nadie entiende, que me dan espasmos en los brazos y las piernas. Yo, en cambio, veo todo negro y me desmayo. Luego vuelvo en mí después de un tiempo a veces largo y me avergüenzo de haber molestado a quienes me acompañaban.

Estoy contento de que la mayoría de las personas que he conocido durante estos dos años en Coro son sencillas y amables, y me aceptan como soy, sin tenerme miedo ni antipatía. Muchos me dicen "colora'o" y piensan que soy de los Estados Unidos por como me veo, pero al menos nadie me llama "loco", como en Francia. Más bien se interesan por mí y por mi trabajo, y les encanta posar para mis pinturas. Pero no sólo he pintado retratos; también, como puedes ver en los lienzos que te he enviado en meses anteriores, el paisaje desértico de los Médanos de Coro me cautiva con mucha insistencia. Las dunas viajeras forman infinitos paisajes distintos a cada instante y los colores brillan de una forma especial por el sol que se refleja sobre el mar tan azul y la preciosa arena amarilla, llenándolo todo de una claridad como nunca antes la había experimentado. Las calles empedradas de la ciudad también son muy atractivas y pinté varias iglesias y casas importantes, sobre todo cuando sus colores contrastan intensamente entre sí y con las flores de las acacias y las trinitarias, que siempre me emocionan cuando estallan en todo su esplendor.

¿Recuerdas que en Francia decidí dejar de buscar una mujer para casarme porque ninguna me quería? Pues te confieso que esta tierra y su gente bella me han devuelto la confianza para atreverme a buscar una mujer que quiera compartir su vida conmigo. Así que te cuento que me gusta Antonia Campos; una mujer hermosa de 25 años que es viuda y trabaja limpiando la pensión. Sé que le intereso porque me lo ha dicho, pero tiene cinco niños pequeños y está buscando quién la mantenga, y como tú sabes, yo no vendo lo suficiente para eso. Antonia es muy dulce conmigo y yo me muero de tristeza porque no puedo darle lo que ella necesita. Quiere dejar de trabajar para dedicarse a sus hijos, y yo no me puedo hacer cargo de pronto de una familia entera y tan numerosa. Yo sé de primera mano que la vida puede ser muy cruel; por eso ayudo a Antonia lo mejor que puedo y hasta donde puedo. En todo caso, te mantendré al tanto.

Querida Jo, recibe mi abrazo para ti y para mi ahijado.

Cariños, Vincent

El Castillete, Macuto, 1923

Como de costumbre, el calor del mediodía hacía de las suyas en El Castillete. Tres jóvenes visitantes habían llegado desde Caracas para encargar un retrato. Juanita los recibió y los hizo pasar al estudio, donde Armando los esperaba recostado en el chinchorro.

El pintor se levantó y llevó a la muchacha hacia el árbol de mango, donde ya los esperaban la mesa de los utensilios y el caballete con una tela preparada.

—A ver, María Cristina, siéntate cómoda, mírame a los ojos y no te muevas —indicó el artista a la joven hija de un Gran Cacao.

—¿Así? —preguntaba ella, nerviosa, sentada sobre un taburete de madera de coco junto al tronco del árbol.

—Sí. Dime, ¿qué ves?

—Veo a don Armando, el hijo de doña Dolores Travieso Montilla, que me va a hacer un retrato.

—Muy bien, muy bien, pero quítame el "don", por favor —sonrió—. Ahora mira hacia los lados y dime qué ves.

—Un patio con suelo de tierra amarilla con unos árboles grandes, unos uveros de playa y un muro de piedras —la joven se concentró en lo que miraba y se le fue olvidando que estaba nerviosa.

—¿Y qué más?

—Un caney grande y otro pequeño, una pileta redonda, unas piedras muy grandes...

—Ajá. Se nota que no se te escapa nada, ¿cierto?

—Bueno, usted me pidió que describiera lo que hay aquí...

—Huy, pero ya te dije que me trates de "tú". Quiero que te sientas en confianza, cómoda.

—Está bien... "Tú" me pediste que te dijera lo que veo y pues, creo que soy detallista —la joven mostró su mejor sonrisa, agradada.

—Así me gusta, que me muestres esa sonrisa perlada tan bonita en esa boca de fresa.

La chica se sonrojó frente al piropo.

—Estás colorada. ¿Tienes calor? ¡Juanita, tráenos agua, que esta muchacha se nos va a derretir aquí!

Una apurada Juanita trajo una jarra llena de agua fresca junto con dos vasos y colocó todo a un lado en la mesa de los utensilios, cuidando que nada tocara ninguno de los implementos del pintor.

—Juanita, ¿qué tal si les muestras a los acompañantes de la señorita lo que hemos construido aquí en El Castillete? —señaló con la mano hacia el extremo más lejano y susurró—: Atiéndelos por allá, ¿sí?

Juanita entendió enseguida. Armando necesitaba tranquilidad y silencio para trabajar. No podía concentrarse si había gente cerca hablando. Asintió y se dirigió hacia el hermano y el primo de la joven que hoy modelaba para Armando y que luego le compraría el cuadro.

El artista esperó a que Juanita se alejara con los muchachos. Entonces, giró sobre sus talones y miró fijamente a la joven.

—Señorita María Cristina, la de piel de porcelana y ojos almendrados color miel, ¿ya se refrescó? ¿Se siente cómoda?

Un tanto tímida, la muchacha asintió y dio las gracias.

—Pues vamos a ver cómo te presentamos. Me gusta la luz que se filtra por las hojas del árbol; hacen que tu piel nacarada parezca vibrar... —el apuesto pintor se acercó a la joven—. No te asustes, quiero mirarte bien para plasmar toda tu belleza. Quítate el sombrero y suéltate el cabello.

La joven obedeció. Entregó sombrero y peineta, y sacudió la cabeza para dejar el cabello libre, al natural.

—Tienes un cabello precioso, infinitamente negro. Enséñamelo. Inclina la cabeza para que caiga en cascada sobre tus hombros. Muy bien. Ahora gira hacia la izquierda para que la brisa juegue un poco con él... Perfecto. ¡Ah, quién fuese brisa para enredarse en un cabello tan profundo!

La chica volvió a ruborizarse.

—¿Otra vez con calor?

—No... Sí... No... Sí...

—Muy bien, prosigamos entonces. A ver, cruza las piernas y gira hacia la derecha, que quiero que la luz ilumine tu pecho... Ahora inclínate un poco hacia delante para que las sombras del árbol salten sobre tu piel sedosa. Así, perfecto.

El artista dejó a la joven instalada en el taburete junto al árbol de mango. Acto seguido, colocó el caballete con la tela en el ángulo preciso y acercó la mesa con los implementos. Ella lo miraba, deslumbrada. Armando se quitó la camisa blanca y la lanzó con suavidad encima del otro taburete de madera de coco, el que usaría para descansar a ratos durante la faena. Cerró los ojos e inspiró hasta llenar por completo los pulmones. Luego tomó una soga de sisal, le dio dos vueltas a su delgado y lampiño cuerpo a la altura del abdomen, y la apretó con fuerza. Con las puntas de los dedos, tocó distintos trozos de tela de la mesa hasta descubrir la textura ideal. Se persignó, murmuró un cántico solemne mientras se balanceaba y al final clavó los ojos sobre la chica, que esperaba paciente con una sonrisa nerviosa y maravillada.

El pintor estiró el brazo izquierdo para tomar un pincel de la mesa, entornó un poco los ojos, hincó la brocha en el óleo de la paleta y marcó el lienzo con suavidad en un vuelo rasante. Armando fue plasmando la silueta de la joven sentada junto al árbol de mango en medio de un juego de luces titilantes y sombras azuladas, producto del trato sutil de la tela con aquellas pinceladas aéreas, superficiales y rápidas, y al mismo tiempo seguras.

Al cabo de un rato, el guapo artista se dirigió a la modelo.

—¿Sabes que tienes unos labios muy bonitos? Son carnosos y ese color carmín les queda muy bien.

La joven lo miró con grandes ojos, sin saber qué responder. El apuesto pintor se acercó a ella.

—Son perfectos. A ver, mójatelos un poco. Muy bien. Ahora inclina la cabeza y posa la mirada sobre el uvero de playa. ¡Perfecto!

A la muchacha se le subieron los colores al rostro por tercera vez.

—Huy, otra vez con calor, ¿no? Pues quítate la chaquetita y descúbrete los hombros.

La chica seguía las instrucciones al pie de la letra, aún con timidez.

—Entonces, María Cristina, dime una cosa: ¿Cómo se siente que alguien te pinte?

—Ay, pues... Se siente un poco raro, pero bonito, creo...

—Eres muy bella... Tienes formas perfectas, María Cristina. Deberíamos hacer un desnudo... ¿Qué te parece? Un desnudo tuyo para plasmar toda esa belleza por toda la eternidad...

—Ay, Armando... Qué vergüenza me da... ¿Un desnudo? No creo, no... La verdad es que no puedo posar desnuda, ¿qué dirían todos? ¿Y mis padres? Mis padres me matarían. No, no puedo...

—Mira, yo como pintor y conocedor del arte, te digo que eres muy bella y que juntos podríamos hacer una obra maestra. Te volverías famosa. Imagínate la envidia de tus amigas... Podemos hacerlo cuando tú me digas... Tú piénsalo y me avisas cuando te decidas, ¿te parece?

La joven abrió los ojos claros de par en par y sonrió nerviosa, sin emitir sonido alguno.

Esa tarde, en el patio ya más fresco de El Castillete, la prístina luz caribeña y el salitre sellaron aquel pacto silente.

Malecón de Macuto, 1924

Sentados a la sombra de un enorme almendrón en flor y en completo silencio, los dos amigos tomaban notas pictóricas del malecón y la playa en sus respectivas libretas. Aunque había suficiente espacio entre ambos, preferían sentarse de forma que los brazos de trabajo no colindaran. Era esa la manera natural en que siempre se ubicaban; tanto así, que ni siquiera se habían percatado de ello. Así, Armando a la izquierda y Vincent a la derecha, contemplaban absortos el paisaje de comienzos de la tarde.

Les gustaba pintar afuera. Era allí donde se sentían más a gusto; en contacto directo con la luz para poder representar cabalmente su naturaleza y todo lo que ella creaba. Por sobre cualquier otra cosa, preferían trabajar en exteriores con la luz natural tanto como les fuese posible y dejaban el trabajo en el estudio para días lluviosos, para las noches y para alguna idea espontánea que añadiera o completara una obra en curso.

Ese día habían quedado en buscar temas que pudiesen desarrollar en las siguientes semanas, así que sólo llenaron sus bolsos con libretas y lápices. Una vez escogido el lugar perfecto, se ubicaron frente al paisaje escogido para plasmar las ideas como bocetos. Tomaron un momento para concentrarse, organizar las imágenes y definir las ideas. Después se fijarían exhaustivamente en los detalles importantes de la composición que se gestaba en sus mentes y añadirían la información necesaria al borde de las imágenes preliminares.

Amusgando bajo el sombrero de paja, Vincent seguía el vuelo rasante de un par de pelícanos que parecían jugar con las ondas coronadas mar adentro. Por su parte, Armando se concentraba en cómo el relieve de la montaña iba cambiando poco a poco hasta convertirse en la línea viva de la costa.

—Qué privilegio poder trabajar aquí —dijo Vincent en voz baja, hablando consigo mismo y mirando a la lejanía—. Esta luz, el paisaje, la belleza, la temperatura... Poder trabajar afuera todo el año es una maravilla.

—Definitivamente, somos privilegiados —le respondió Armando, dejándole saber que lo había escuchado entre los golpes de viento y el murmullo de las olas rompientes en la orilla—. ¿Sabes? Cuando estuve en Madrid, mi maestro Muñoz Degrain me animó a pintar al aire libre. En ese momento me di cuenta de lo mucho que lo disfruto... Es otra cosa.

—Yo siempre he preferido pintar afuera, pero claro que me adapto al lugar y al momento —giró la cabeza y miró a Armando a los ojos—. Para mí, lo más importante es tener algo de paz para volverme uno con el paisaje; así lo puedo ver desde dentro. Tú sabes lo que quiero decir, ¿no? Cuando vivía en Francia, salía a pintar afuera cada vez que podía.

—Ah, la campiña francesa es preciosa. Seguro que no te faltaron temas de inspiración.

—Sí, era bello. Yo pinté muchísimo allá también. No me cansaba de ver los prados llenos de flores de muchos colores o inundados del trigo amarillo, los devotos cipreses que crecen derechos hacia el cielo a pesar de cualquier cosa que suceda aquí en la tierra, y por otro lado, los olivos retorcidos que expresan su pesar por las injusticias de la humanidad. Era un mundo lleno de contrastes.

—Pero ahora estás aquí...

—Ah, sí... Aquí es otra cosa, claro. Y más aún en la costa. El sol caribeño y la brisa me llenan y me permiten expresar lo que siento con toda libertad. La libertad es el aliento vital de nosotros los artistas. Ser libres de inspirarnos en lo que deseemos, de trabajar en lo que queremos y cuando lo deseemos, de aislarnos del resto del mundo si es necesario.

—Sé lo que dices. Tienes toda la razón. Ser libres incluso de aislarse de todos los demás para conocernos mejor a nosotros mismos...

—Aunque fuese sólo por un tiempo. Un cambio de ambiente, de rutina. Los cambios también sirven para encontrar nuevos temas o para estudiar algún tema en profundidad...

—Alejarse en el espacio y en el tiempo. Pudiera ser interesante... Fíjate que mi amigo Nicolás quiere hacer una comuna de pintores en un barco que navegue por el mundo. Me invitó a que lo acompañe, pero no quiero irme de aquí y dejar sola a Juanita; tú sabes.

—Te entiendo, Armando, pero piénsalo. Tal vez sólo por unos meses, ¿no crees? Es una oportunidad de oro. Te vas un tiempo, conoces otros paisajes, otras calidades de luz y después regresas a El Castillete lleno de ideas nuevas. Felisa y yo le haríamos compañía a Juanita, no te preocupes por eso.

—Puede ser. Igual, todavía es sólo un sueño. Ni siquiera está el barco.

—Así es; soñar no cuesta nada... ¿Sabes? Yo también tuve la idea de hacer una comuna de artistas hace muchos años, cuando vivía en el sur de Francia, en Arles. Se llamaría el "Estudio del Sur". Era una casa de varias habitaciones donde los artistas vivirían juntos por largos períodos de tiempo, compartiendo las rutinas diarias, opinando y criticando las obras de cada uno y aprendiendo los unos de los otros... Era una idea bella. Algo así como un monasterio, pero dedicado al arte.

—¿Y cómo te fue con eso?

—No llegó a nada. Terminó siendo una utopía porque nadie se interesó en la idea. Sólo mi amigo Gauguin me visitó por dos meses en esa misma Casa Amarilla donde yo quería fundar la comuna de artistas, pero eso tampoco resultó. Nadie más tuvo siquiera curiosidad de venir a verla.

—Será que los demás pintores también querían estar solos...

—Quién sabe. Lo cierto es que después de mi época en Arles sí tuve mi propio estudio en el sur, pero fue en el sanatorio de Saint Paul de Mausole en Saint-Rémy. Allí viví por un año y me atendían...

—¿En el sanatorio? ¿Qué te pasó, Vincent? ¿Te volviste loco? —rio Armando, bromeando.

Vincent sonrió con timidez, esquivó la mirada y fijó la vista en la línea azul que separaba las olas del cielo.

—Eso pensaban los del pueblo, que yo estaba loco. En aquella época me daban más ataques en los que perdía el conocimiento. Y bueno, tú sabes cómo es la gente... No entendían nada. Dijeron que yo era peligroso y me obligaron a recluirme en ese sanatorio.

—¿Y qué hiciste entonces?

—El doctor Peyron me dejó pintar, cosa que no me dejaban hacer en el otro hospital en donde estuve un tiempo antes. Imagínate, de pronto mi vida estaba estructurada: podía trabajar, me preparaban la comida, cuidaban mi salud y mi sueño. Tenía la vivienda y la paz que se necesitan para crear. Fue una buena época, incluso creo que fui relativamente feliz allá. Lo único que me faltaba en el sanatorio era compartir con otros artistas para intercambiar opiniones. Allí pintaba yo solo...

—Estabas aislado, pero no eras libre.

Las Quince Letras, Macuto, 1925

En medio de la tranquilidad de la madrugada, Vincent despertó sobresaltado por el golpeteo de las ramas del almendro que el viento azotaba con fuerza contra la ventana de la habitación. Se levantó a beber algo de agua, miró por las ventanas para cerciorarse de que todo estaba bien y volvió a acostarse junto a su mujer, que descansaba de la rutina laboral de la semana en la fonda. El maestro la abrazó con dulzura y ella, de manera instintiva, buscó comodidad entre los brazos fuertes de su hombre.

En un suspiro, Vincent quedó embriagado por el aroma cálido a vainilla de la morena. La reacción fue tierna e inminente. Despacio, el cuerpo se estiró hacia atrás, para luego retornar y envolverla con la robustez de toda su humanidad. Como si tuviesen vida propia, las manos de Vincent comenzaron a explorar la piel de Felisa palmo a palmo. Ambos se dejaban llevar en medio de un estado semiconsciente en el que ni siquiera hacía falta abrir los ojos. Las manos del pintor querían hacer una nueva obra de arte sobre el cuerpo de Felisa que, seducida, se dejaba conquistar sin poner resistencia. El arrebato del maestro se volvía cada vez más intenso e incontrolado, e hizo que ella abriera los ojos de golpe.

—Así no, mi amor. No corras. No, no... Recuerda que esto no es una carrera... Es algo que se disfruta... Date tiempo... Dame tiempo... —susurró Felisa con cariño al oído de Vincent, respirando profundo y controlando la voz por encima de los latidos de su propio corazón—. Mírame, Vincen'Vicente... Mírame...

La voz de la mujer hizo que Vincent saliera de su estado delirante, abandonándose rendido sobre el lecho. Felisa aguardó un momento a que él recuperara sus sentidos. Luego, abrió la palma de la mano a manera de invitación y esperó pacientemente a que el maestro posara la suya, siempre un tanto ingenuo y deseoso de seguir aprendiendo. Al fin, con ternura y seguridad, ella guio la mano derecha del pintor por los senderos de su propio placer para que él creara en ella lo que su alma deseara.

Vincent estaba perdidamente enamorado de Felisa. La idolatraba por su manera de ser, por las cosas que hacía y sobre todo, por el trato que le daba. De ella fue aprendiendo a cultivar la paciencia, a cuidar su cuerpo y su espíritu. Con ella aprendió a tener sexo sensible y placentero, tanto para él como para ella. Al principio, el maestro era torpe cuando tenían sexo. No era agresivo ni violento, sólo torpe. Tenía aquel trato primitivo que sin querer, a veces podía ser incluso un tanto rudo. Aquel genio creador no sabía que el sexo podía ser una facultad emocional que requería talento y se podía aprender. Con las mujeres de su pasado, Vincent nunca tuvo suerte en el lecho, generalmente por su ignorancia y su torpeza. Muchas mujeres ni pensaban en tener algo con él porque no podían tolerar su olor. Cuando estaba con prostitutas, ellas sólo querían que acabara rápido por su tufo penetrante. No les importaba que fuese torpe, porque al fin y al cabo, sólo se trataba de un cliente más. En cambio, en Felisa encontró el complemento perfecto que llenaba todas sus expectativas. Ya no necesitaba visitar burdeles o irse de prostitutas; había entendido el significado de sentirse uno con el amor de su vida.

Al fin, llenos de paz, arrullados por las olas que besaban la arena, el maestro y su modelo quedaron profundamente dormidos.

Con el primer rayo de sol que se abrió paso por el salitre de la ventana, Vincent se levantó y salió de la casa a buscar flores silvestres para hacerle un ramo a Felisa. Al regresar, colocó las flores en un vaso con agua, puso la mesa para los dos y le preparó un desayuno a esa mujer maravillosa de la que tanto aprendía y por la que daría todo. Se sentía como un adolescente y eso le encantaba. La dicha coloreaba su existir.

Maracaibo, Zulia 1898

El velero Veerle de Maarteen Koobs avanzaba raudo gracias a la corriente y a los vientos que lo empujaban desde el oriente. Vincent seguía las instrucciones del joven y su compañero jalando sogas, tensando velas y cuidando de no golpearse con la botavara de la vela mayor. En los tres años que estuvo en Curaçao, Vincent acompañó varias veces a Maarteen a navegar entre las islas en el Veerle y después, al proseguir su viaje a Venezuela, Maarteen lo llevó en el mismo hasta La Vela de Coro. Este era el segundo viaje largo de Vincent en el velero y ya se estaba volviendo cada vez más ducho en los menesteres marineros.

Había coincidido con Maarteen en el centro de Coro unos días antes. Siempre que Maarteen visitaba Coro, buscaba a Vincent para beber cocuy, su licor preferido. Se hicieron buenos amigos a pesar de los veinte años que los separaban; tal vez porque eran almas bohemias y libres.

Maarteen era un aventurero, muy osado y sin ataduras, que a ratos ayudaba a su padre en el negocio y cada vez que tenía la oportunidad, velereaba. Ese día, Vincent le comentó sus planes de viajar por Venezuela desde Maracaibo y sin más, Maarteen le ofreció llevarlo en el Veerle en cuanto el pintor tuviera listo su equipaje. Y así lo hicieron. Después de enviar un gran paquete lleno de lienzos listos y una larga carta a su cuñada Johanna en Bussum, Vincent recogió sus pinturas, implementos y su poca ropa, presto a abordar e infinitamente agradecido por el generoso gesto del joven.

Al llegar a Maracaibo, los dos hombres se dirigieron al centro en busca de una pensión económica para que Vincent se instalara con sus bártulos. Una vez que estuvo todo listo, Maarteen lo invitó a comer. Hablaron de lo cerca que quedaba todo cuando se viaja por mar, de la libertad que se siente a bordo del velero y de las ventajas que tiene vivir solo como Vincent, dedicándose por entero a lo que le apasione. Luego se despidieron y Vincent le hizo prometer al joven que lo visitaría de vez en cuando.

*

Sur del Lago de Maracaibo, Zulia, 1899

A principios de diciembre, cuando Vincent desayunaba en la pensión, un aventurero que también se hospedaba allí le comentó a que al sur del Lago de Maracaibo, donde desemboca el río Catatumbo, había una acumulación de nubes algo inusual para la época del año. El viajero lo invitó a visitar el pueblo de Santa Bárbara y a excursionar por la zona. Vincent aceptó la propuesta encantado, como siempre lo hacía para no dejar pasar ninguna oportunidad de aventura que le enviara el destino.

Unos días después, los dos hombres se hicieron al camino. Bordearon la costa del sur del lago y visitaron las distintas aldeas indígenas de la zona. El artista, maravillado, aprovechó para captar en su libreta de dibujo los ingeniosos palafitos que mucho antes a Américo Vespucio le recordaron a Venecia y por los que le dio el nombre al territorio: Pequeña Venecia, Venezuela. Vincent plasmaba cuanto veía: casas, lago, curiaras, gente, vegetación, animales, cielo... Trasladaba las formas con el mayor detalle y tomaba nota de todos los colores que vibraban en cada escena. Las páginas huecas se fueron llenando de vida a un ritmo vertiginoso en secuencias diurnas y nocturnas también.

Cuando llegaba la noche, con todos los sentidos más despiertos que nunca, Vincent pensaba que deliraba, o por lo menos, creía que soñaba. El cielo nocturno sobre el sur del Lago de Maracaibo le mostraba con desparpajo una fiesta de color y luz parecida a miles de fuegos artificiales juntos que no sabía de dónde salían ni cuál pudiera ser el motivo de tal celebración.

Aunque ya había visto muchas veces el magnífico relámpago silencioso desde Maracaibo, nunca imaginó que la cercanía cambiaría la experiencia de manera tan drástica. Ahora que estaba sentado prácticamente debajo de las centellas, maravillado ante aquel apoteósico espectáculo cargado de energía impetuosa y sonora, Vincent recordó haber leído algo sobre el relámpago del Catatumbo muchos años atrás, en un libro de Alexander von Humboldt. Hacer memoria sobre aquel fenómeno que describiera el naturalista alemán sólo contribuía a intensificar la impresión de su insignificante pequeñez frente a la grandiosidad de Dios y la naturaleza, que para Vincent era la más grande de las verdades. Esa noche del 31 de diciembre de 1899, el humilde pintor agradeció el majestuoso espectáculo como señal de un nuevo siglo, un nuevo comienzo, una nueva vida en una nueva tierra hermosa, llena de desafíos.

*

Maracaibo, Zulia 1900

Vincent sorbía despacio el ron que tenía en el vaso frente a él. Era viernes y la taguara estaba llena de jornaleros dispuestos a gastarse el dinero de la semana en aguardiente de caña, que bebían hasta entumecer los sesos y olvidar sus miserias más profundas.

De pie junto a la barra, Vincent saboreaba el líquido a la vez que recordaba a Caroline, el primero de tantos amores no correspondidos de aquel pasado en Europa que intentaba en vano olvidar. Poco a poco, el elíxir ambarino fue guiando sus pensamientos por la ruta tortuosa de las mujeres de su vida, o más bien, de las mujeres que hubiese querido tener en su vida. Caroline, Ursula, Eugénie, Kee, Sien, Gordina y Agostina aparecían en su mente para rechazarlo una vez más. Lo habían rechazado repetidas veces sin darle ninguna oportunidad. Todas, menos Sien. Ella sí lo quiso, al menos por un tiempo y a su manera. Aunque al principio ella tampoco estaba interesada en Vincent, ante sus repetidos avances amorosos cuando le pagaba para que modelara para él, al fin cedió. Vivieron juntos por dos años, pero entonces fue el padre de Vincent quien se interpuso entre los dos. Y al final, la decisión fue definitiva cuando ella también lo rechazó y regresó a la prostitución.

Vincent bebía e invocaba a esas mujeres que no lograron comprenderlo, que no quisieron merecerlo, cuando de pronto se dibujó en su mente la figura de Margot, su amiga que le llevaba 12 años y que se enamoró de él. Ella fue la única que de verdad se interesó en conocerlo, en acompañarlo y que tuvo la osadía de declarársele y pedirle matrimonio. Sí, Margot lo amó, pero cuando decidieron casarse, las dos familias se opusieron. Qué horrible el recuerdo que le quedó de Margot, cuando intentó envenenarse por la negativa familiar a su matrimonio, cómo sufrieron los dos... A pesar de que Vincent no sentía una gran pasión por ella, en el fondo sabía que era la única mujer que de verdad deseaba su compañía, y eso lo complacía de cierta manera. En aquel entonces, Vincent no entendió la posición intransigente que adoptaron las dos partes. Parecía que nadie quisiera concederle la felicidad de encontrar una mujer que fuese para él y que quisiera formar una familia. De cualquier manera, no les quedó más remedio que acatar aquella injusticia, pese al dolor inmenso por la pérdida que cada uno sufrió. Bebió otro trago. Otro más. Un tercer sorbo más largo. Cerró los ojos un momento. *Creo que fue mejor así*, pensó. *Demasiado sufrimiento por todos lados. Creo que en verdad Dios quiere que me dedique en cuerpo y alma a la pintura, que me concentre totalmente en ella para volverme un virtuoso del pincel y tocar con él el lienzo y componer maravillas con todos esos tonos que siento vibrar en mi piel, en mis oídos, en todo mi cuerpo. Creo que Dios quiere que lo alabe con mi arte y para eso no puedo tener distracciones mundanas como una esposa o una familia. Debo recordar cuáles son mis prioridades, agradecer a Dios todo lo que me da y retribuirlo con mi arte.*

Había tanto ruido en el pequeño antro, que le costaba oír sus propios pensamientos. Frustrado, empinó el vaso y pidió otro al cantinero. En medio del vaivén de recuerdos se le acercó una mujer de largos cabellos negros para ofrecerle compañía, pero él se negó con una disculpa educada. Esta vez, él prefirió seguir el juego masoquista de mendigarles a sus fantasmas que lo malquisieron para que todas ellas se dieran el gusto de rechazarlo otra vez. Sin más, la mujer se dio la vuelta y se dirigió hacia un hombre solitario que estaba parado al otro extremo de la barra. Vincent regresó a observar el vaso y su contenido con detenimiento hasta que la primera figura volvió a aparecer en su mente para continuar el triste juego de su soledad.

El ruido de fondo se hacía más intenso y con él aumentaba el ritmo con que Vincent se echaba los tragos. Los rostros espectrales de las mujeres se fusionaban en las sombras de su mente cuando algo lo empujó. Un hombre bajo, grueso y muy borracho arrastraba con violencia a la misma mujer que le ofreció compañía unos momentos antes. Ella se resistía, pero no era suficientemente fuerte para detener al hombre, que intentaba llevarla a la casa contigua para someterla.

En un arranque de locura en que se mezclaron el alcohol, las visiones, el heroísmo y el sentido de justicia, Vincent lo empujó de vuelta.

—¡Oiga, deje a la señorita! —le exigió al hombre.

—¡No se meta, hombre, ella viene conmigo!

—Ella no quiere ir con usted.

—Mire, gringo, no se meta en esto. Ese es su trabajo y yo le voy a pagar.

—Pero ella no quiere ir con usted. Déjela en paz.

—¡Le digo que no se meta! —gritó, mientras le propinaba un puñetazo al rostro.

Vincent defendió su honor y el de la mujer golpeando al hombre con las mismas manos con que era capaz de darle vida a los óleos sobre la tela para recrear el universo. Golpeó y golpeó hasta que otros lograron separarlos. Entonces sucumbió a uno de sus ataques y sintió que le apagaron la luz.

Maracaibo, Zulia, 1901

Mi querida Johanna:

Anoche, como muchas otras noches, tuve la dicha de ver el relámpago del Catatumbo, la Casa del Trueno, que desde aquí más bien parece mudo. ¡Cómo me gustaría que mi ahijado Vincent y tú pudieran verlo también! Esto es lo más bello que he experimentado en la vida. Es como un juego de fuegos artificiales inmenso y eterno en el cielo oscuro. Cada dos segundos, una y otra vez por nueve horas, las luces de los rayos hirieron sin compasión la noche renegrida sobre el Lago de Maracaibo, llenando el aire de color y de energía. A ratos parecía una cortina de flecos luminosos colgada desde el cielo. Es majestuoso y atemorizante a la vez. Cada vez que lo admiro me siento tan poca cosa... Estar en la presencia de una cantidad de energía tan enorme elevó mi alma hasta el espacio sideral y de pronto me di cuenta de que lloraba como un niño. Mi alma subía y subía. Yo lo atravesaba extasiado y no podía dejar de mirarlo todo, pero tampoco podía contener las lágrimas. Una vez más, comprobé que Dios está en *la Naturaleza, en todas las cosas bellas. Desde lo alto, mi alma se puso a perseguir uno por uno los rayos y a tocar las estrellas de aquel firmamento que parecía alumbrado con miles de cohetes chinos. En medio de la noche, mis ojos estaban saturados de luz y color, y mi corazón, henchido de amor por la vida y la belleza. Como siempre, creía que alucinaba. Tan intensa fue la sensación, que por momentos me encontré moviendo los brazos como loco, pretendiendo dirigir la Música de los fuegos artificiales reales, de Handel. Cuando llegué a casa, me sentía agotado y pleno, y de tanta maravilla que había acabado de experimentar, no pude conciliar el sueño.*

Querida Jo, sería hermoso si alguna vez pudieras venir a Maracaibo con mi ahijado para vivir esta experiencia magnífica en carne propia. Por mi parte, la invitación está abierta; piénsalo.

Cariños, Vincent

Maracaibo, Zulia, 1902

Mi querida Johanna:

*Me alegra mucho que te gusten los cuadros que te he ido
enviando del Lago de Maracaibo, del Relámpago del Catatumbo y de
los pueblos wayúu y bari. El Zulia es una tierra hermosa con tantos
temas de donde escoger, tantos paisajes que mostrar, tantas personas
bellas que presentarle al mundo, que a veces no sé por dónde
comenzar... Hay tanta luz aquí, que no sé qué hacer con ella. Esta
luz llena todos los espacios todo el año; lo inunda todo. Y a la vez, los
colores son vibrantes, están llenos de vida. Y todo se deslumbra, como
yo. Y no sólo de día brillan los colores aquí; de noche también lo
hacen, en el Relámpago del Catatumbo. Es tan especial este faro
natural, que a veces me siento como en otro planeta...*

*Por otro lado, la ciudad de Maracaibo me recuerda un tanto
a Coro; es muy caliente y tiene casas parecidas a las de Curaçao. La
diferencia es que aquí la humedad es muy fuerte por estar al borde del*

Lago. Este lago es tan inmenso que parece un mar. Hay en él aldeas indígenas de palafitos y la gente se desplaza por el agua en curiaras. Pero también hay muchos pueblos indígenas que viven en tierra firme... He visto que usan un líquido aceitoso muy grueso que rezuma del suelo y que llaman "mene". Parece que es bueno para tratar enfermedades de la piel, pero también lo usan para mantener el fuego y para tratar las curiaras por dentro. Cada día aprendo algo nuevo que me hace maravillarme un poco más.

Puedo decirte que en estos diez años desde que partí de Holanda me siento mejor. Definitivamente, el cambio de latitud me ha hecho bien. Aquí estoy mucho más tranquilo, lejos del círculo de pintores arrogantes de París. He tenido la gran suerte de toparme con gente muy sencilla y buena, sin poses ridículas o artificiales. Aunque muchos me llaman "gringo" y "míster" y creen que soy estadounidense, en general nadie me molesta. Muchos me han abierto las puertas de sus casas y me han invitado a quedarme con ellos para pintar a gusto. Yo acepto los ofrecimientos y les pago con algunos cuadros, y ellos quedan encantados.

En la pensión también me tratan muy bien. Enriqueta, la hija de la dueña, es la cocinera y me consiente con comidas muy sabrosas y típicas de aquí. Sobre todo, me gusta mucho el chivo en coco, que ella prepara muy bien con arroz o yuca y tostones de plátano, y el queso blanco que trae cada semana el señor de la bodega de la esquina. Todo va muy bien con una buena cerveza.

Enriqueta es muy guapa y trabajadora. Me gusta y sé que yo también le gusto a ella, pero es muy severa y se pone celosa cuando me ve hablando con otras mujeres. Entonces me reprende y me dice: "Tú eres mío, ¿entiendes?". Y la verdad es que no lo entiendo... Eso me incomoda mucho y me preocupa, porque yo no quiero ser propiedad de nadie. Tal vez por eso me siento tan bien cuando estoy con prostitutas. Ellas no quieren ser mis dueñas, sólo quieren que les pague, y ya. Y yo tampoco quiero ser dueño de ellas. Tenemos una relación comercial de respeto mutuo, como debe ser. Pero hay gente que no entiende eso y se quieren propasar con ellas. Por eso, te confieso que he tenido peleas con hombres que maltratan a las prostitutas o a las meseras. No soporto que la gente se aproveche de los demás.

Ay, Jo, a veces pienso que nunca encontraré una mujer que me ame y quiera ser mi compañera. Me alegra pensar que Theo tuvo la dicha de encontrarte a ti y que pudieran ser felices juntos al menos por dos años, hasta su temprana muerte. Por mi parte, seguiré buscando; pero como decía mi madre, "el destino está escrito en las estrellas"...

Querida Johanna, te dejo mi abrazo y un beso para mi ahijado.

Cariños, Vincent

Las Quince Letras, Macuto, 1925

—¿Qué tal están las cervezas? —quiso saber Felisa al cabo de unos minutos de llevarles la bebida a la mesa en la fonda.

Armando y Vincent habían salido a caminar por Macuto al caer la tarde. De regreso, se encontraron delante del restaurante donde trabajaba Felisa y decidieron cerrar la salida con algo refrescante.

—Muy buenas, mi amor; gracias. Es la mejor cerveza que he tomado en mi vida —dijo Vincent al tiempo que la abrazaba de manera juguetona por la cintura.

Felisa le acarició la cabeza pelirroja y regresó a la barra, donde le tocaba trabajar ese día.

Armando retomó la conversación que había quedado interrumpida al entrar a Las Quince Letras.

—Como te decía, Vincent: es absolutamente necesario aislarse para poder concentrarse en el arte. Sólo así logramos descubrir aquello que nos mueve de verdad.

—Aislarse es necesario, pero también es muy importante conocer el trabajo de otros artistas, ¿no te parece?

—Claro, claro. Mira, cuando estudias arte, vas conociendo distintas escuelas, diferentes pintores, tantos estilos... Aprendes a apreciar cada uno en su contexto histórico y cultural. En España visité los museos y me extasié viendo los más ilustres maestros. Era como un embrujo; me volvía loco con los grises plateados y los oros de Velázquez... Qué grandes fueron Tiziano, Durero y El Bosco. La verdad es que esa fue una época bonita para mí.

—A mí también me gusta ver las obras maestras en los museos. En Europa fui a los de Ámsterdam, Londres y París. Pero aparte de un par de cursos de anatomía y perspectiva en Bruselas, no estudié arte en ninguna escuela. Sólo tuve una tutoría corta con el esposo de mi prima en La Haya. Puedo decir que prácticamente todo lo que sé, lo aprendí solo. Eso sí, de niños, mi madre nos hacía dibujar a mí y a mis hermanos las cosas que nos gustaran. Fue ella quien nos inculcó el amor por el arte —recordó Vincent con una expresión dulce en aquel rostro cruzado de líneas en bajorrelieve.

—¿Y qué pintabas allá en Europa? —quiso saber Armando antes de tomar un gran sorbo de su vaso.

—De todo un poco —Vincent cerró los ojos y suspiró—. Siempre me gustaron los paisajes con vegetación, las flores, los árboles, la Naturaleza. Para mí, los árboles florecidos representan el despertar y la esperanza... Pero también me parecen fascinantes las personas; lo que hacen, lo que sienten, sus expresiones... Y tú, ¿qué prefieres pintar tú?

—A mí me gusta pintar cosas vivas. Claro que pasé por todo el proceso de aprendizaje que exige la academia; tú sabes: bodegones, paisajes, retratos... Luego, con el tiempo, descubrí que prefiero pintar mujeres y paisajes vivos, llenos de luz. Son los temas que más me atraen.

Vincent asintió, sonriendo.

—Ah, sí; la mujer... A mí también me gusta pintar mujeres... Todas ellas, así mismo como es cada una. Una mujer debe tener caderas, nalgas y una pelvis en la que pueda hospedar un bebé —declaró con completa convicción—. Yo encuentro que las escenas cotidianas y los retratos pueden contar las historias de la gente común: sus rostros, sus oficios, sus vidas... Sobre todo sus vidas. No sé si me explico: si quiero mostrar una lavandera, pues lo lógico es que ella esté lavando.

—Ya veo; buscas representarlas de manera natural, como son, con su función en la sociedad, sin necesidad de embellecerlas.

—Exacto. Igual hago con los demás. Si pinto un campesino, pues debe estar sembrando, arando, cosechando. La academia no enseña cómo pintar un campesino en su vida diaria, trabajando. En mis pinturas, los pescadores deben pescar... Pero no pinto tanto lo que veo, sino más bien lo que siento al verlo; lo que me transmite cada quien. Quisiera tocar a la gente con mi trabajo...

—En cambio, a mí me gustan los cuentos. Mis modelos representan los personajes de alguna historia que yo invento. Un cuento sobre mujeres, protagonizado por mujeres. La mujer es el ser más perfecto de la Creación; un ser divino, pues —recitó Armando, inspirado—. Y luego, mis paisajes muestran el poder de la luz sobre las cosas, sobre los colores, sobre todo lo que existe en la Tierra. Y más que todo aquí, en Venezuela. Quiero que mi pintura sea lo más venezolana posible.

—La luz y el color, nuestra verdadera materia prima... Aquí los colores son muy intensos; tienen vida propia. Cuando llegué, quedé muy impresionado con los colores de las flores; sobre todo de las trinitarias... Tanto así, que me enamoré de ellas. Para mí, los colores deben alegrar; esa es su función natural. Los colores deben alegrar y las estrellas deben brillar. Me encantan las noches vibrantes, los cielos turbulentos...

Ahora fue Armando quien sonrió.

—Claro que los colores tienen vida, Vincent. Pero, ¿sabes? Yo descubrí que aquí, tan cerca del ecuador, el sol lo disuelve todo... El sol acaba con los colores.

El Castillete, Macuto, 1925

Armando entró descalzo al gran taller ubicado al centro de El Castillete. Era un caney rectangular y alto sobre el suelo de tierra amarilla y techo a dos aguas que albergaba un ático al que se accedía por una escalera de palos. La construcción se erguía sobre un muro de piedras bajo; los pilares y las vigas eran grandes troncos de árboles y cocoteros, y las paredes estaban hechas de palos y telas, con algunas aperturas a modo de ventanas, mientras que el techo era de hojas de palma.

Eran las tres de la tarde y Juanita ya lo esperaba, sentada sonriente en una vieja silla de madera junto al escenario. Había recogido el almuerzo y limpiado la cocina mientras él descansaba en el chinchorro. Ahora posaría para el artista. Le gustaba mucho hacerlo. Se sentía admirada, deseada, homenajeada por ese hombre tan especial que la quería y que la dejaba atenderlo.

El pintor quería representar a su mujer en todo el esplendor de su raza. Para ello, había confeccionado un tocado colorido de plumas de guacamaya, pelícano y loro con una cinta ancha de cuero doblada que le permitía insertarlas en sendos pares de hoyos y ajustarla cómodamente a la cabeza. También hizo un collar largo con semillas de caraotas rojas, negras y blancas que la modelo usaría con dos vueltas alrededor del cuello y que llegaría hasta el ombligo. Estas serían las únicas prendas que Juanita llevaría encima de su hermosa piel canela.

Juanita aguardaba paciente a que Armando le indicara con precisión dónde y en qué posición debía acomodarse en el mobiliario rústico que él mismo había construido y que servía de escenario para muchas de sus composiciones pictóricas. Aguardaba y aguardaba. Luego cambió de pose muchas veces, hasta que él estuvo totalmente satisfecho con lo que veía: la perspectiva, el ángulo y sobre todo, la calidad de la luz que inundaba el taller.

Cada cosa que el pintor hacía en su diario vivir estaba unida a un ritual específico; más aún el proceso creador. En el mundo de Armando, toda pintura comenzaba con el curado de los lienzos. Antes de almacenarlos en cajones para su futuro uso, había que tratarlos a cabalidad siguiendo cinco pasos imprescindibles: hervido, golpeado, ajuste de la densidad y textura, estirado y secado. Juanita sabía que el momento de inspiración y el arreglo de la modelo y el fondo también eran fundamentales en este proceso, así que ya estaba acostumbrada y lo llevaba con paciencia y sabiduría.

Al dejar a Juanita lista frente a la tela curada, Armando prosiguió con su propia preparación. Colocó el caballete con la tela y la mesa con los implementos y las pinturas en el lugar perfecto. Se descalzó, se desnudó y cerró los ojos con fuerza por unos momentos. Luego se arrodilló, se persignó y se acostó en el suelo, de nuevo con los ojos cerrados, para rogar a los espíritus por la inspiración precisa para el cuadro que se gestaba en su mente. Al cabo de unos minutos, la respiración se volvió entrecortada y comenzó a murmurar frases esotéricas. Sus piernas y brazos empezaron a temblar cada vez con mayor fuerza, hasta que un fuerte estremecimiento le recorrió el cuerpo de la cabeza a los pies. De pronto, abrió los ojos y se incorporó de golpe, sudando.

Se levantó, se sacudió entero y ejecutando una especie de danza se dirigió a un lado del recinto, donde tenía los aparejos ceremoniales para pintar. Escogió dos piedras lisas del tamaño de sus manos; un cuarzo blanco y una hematita gris. Las tomó y cerró los ojos al comenzar a frotarlas sobre brazos y pecho, para luego intercambiarlas de manos y así llenarse de la energía concentrada en cada una de ellas. Cuando se sintió satisfecho, colocó las piedras en su lugar y palpó con insistencia varios fragmentos de distintas telas hasta encontrar la textura perfecta que abriera el torrente de la imaginación. Entonces, con El Quijote, la Biblia y una soga, se acercó a Juanita y le pidió ayuda para amarrárselos con toda su fuerza en el vientre y la espalda baja, respectivamente.

Juanita volvió a su pose y Armando regresó a la mesa con los utensilios y escogió dos tapones de algodón para los oídos y dos bolas de trapo que apretó con firmeza bajo las axilas, para evitar mojarse de sudor. Al fin estaba listo.

Aislado del ruido del mundo que lo rodeaba, el pintor tomó la paleta y el pincel preciso, observó el escenario donde su musa lo esperaba con la paciencia de una santa, se acercó a ella para comprobar que cada objeto estaba donde debía y regresó al lienzo de yute. Se volvió a persignar, inspiró con fuerza, amusgó un momento y empezó a pintar.

Armando observaba el escenario, a Juanita y los juegos de luces que la rodeaban. Entornaba los ojos para captar aquello que no era visible para los demás humanos; el fluido que le daba forma a objetos y modelo, que delimitaba su contorno a la vez que los hacía verterse unos en otros: la luz en los objetos y los objetos en la luz. Comenzó a bufar y a rebotar sobre sus talones, buscando el ritmo de la obra que crearía. Sudando en medio del delirio creador, miraba la modelo y el lienzo, y de nuevo la modelo, al tiempo que hacía amagos de trazos en el aire con su pincel tosco de pocas cerdas. Saltaba hacia el frente y de regreso, estirando el brazo izquierdo con el pincel, pendiente de todos los elementos a la vez, hasta llegar a la velocidad y el impulso necesarios que lo llevarían a impactar la tela en cada espasmo, cual toro que embiste el capote del matador. Así, el pintor peleaba con el lienzo; lo atacaba, lo corneaba y lo rescataba de nuevo en una danza semiorgásmica de la que luego nacería una magnífica obra de arte; una nueva pintura que mostraría la gran belleza de su mujer, Juanita, embebida en la luz primigenia del Caribe.

El Castillete, Macuto, 1926

—¿Y tú cómo llegaste aquí, Vincent? —le preguntó Armando desde su chinchorro.

—Huy, es una historia un poco larga —dijo abriendo los ojos verdeazules.

—Cuéntamela, pues. Tenemos tiempo, chico —lo animó.

Armando se levantó del chinchorro y estiró la mano.

—Dame, que te sirvo otro palito de ron.

—Ah, bueno —concedió Vincent mientas se acomodaba en el sillón artesanal de madera y cuero—. Mira, yo vivía en París con mi hermano Theo y me relacionaba con otros artistas de esa época. Uno de ellos, mucho mayor que los demás, era Camille Pissarro. Él me contó que vivió en Venezuela por dos años y quedó muy impactado por la calidad de la luz que había aquí. Él pintaba paisajes, pueblos y vida rural. Le fascinaba esta luz tropical maravillosa. En fin, todo eso se me quedó grabado en la cabeza... Tú sabes, es interesante cuando alguien te comenta que encontró la luz perfecta, ¿no?

—Claro. Conozco la obra de Pissarro. Pintó en Caracas y aquí en La Guaira.

—Bueno pues, cuando lo conocí, yo estaba aprendiendo sobre el arte japonés. Pero la luz de París no es lo suficientemente fuerte para desarrollar ese arte. Entonces, otro amigo me dijo que más al sur, en Arles, la luz se parecía a la de Japón. Así que me mudé allá un tiempo, buscando la calidad de luz que más se acercara a la japonesa para hacer mis pinturas.

—¿Y qué tiene eso que ver con Venezuela?

—Por eso te digo que es una historia un poco larga. Cuando estaba en Arles, invité a mi amigo Gauguin a pasar un tiempo conmigo. Pintamos y opinamos sobre nuestros trabajos. Allí, en Arles, Gauguin me contó sobre los cuatro meses que estuvo en Martinica y me habló de la calidad de la luz del trópico. Ya era la segunda persona que me mencionaba el Caribe, lo que me pareció curioso. Pero la realidad era que el Caribe era inaccesible para mí. Además, yo quería fundar un estudio en el sur de Francia; una comunidad de pintores que quisieran estudiar el campo y los alrededores, y que colaboraran entre sí para aprender más del proceso artístico.

—Sí, me contaste sobre eso y yo te comenté que mi amigo Nicolás tuvo la misma idea, pero él quería hacer la comuna en un barco que navegara por el mundo llevando la paz... Al final, no lo pudo lograr porque se murió antes... Pero todavía no entiendo cómo llegaste aquí.

Vincent bebió un poco para aclarar la garganta. Relajó los hombros y se reclinó hacia atrás, hurgando entre los recuerdos de su mente abarrotada.

—Sí, recuerdo que él te invitó y no te animaste a ir. Mira cómo es el destino, ¿ah? —dijo pensativo—. Bueno, como te decía, me fui a Arles buscando una luz de mejor calidad, pero no sé por qué, la gente del pueblo no me quería allí. Yo no molestaba a nadie, pero me sentía muy solo. Me deprimí mucho, me internaron en un sanatorio y después me mudé un par de veces más en Francia. La verdad es que en ningún lado era bien recibido. Me trataban como si estuviera loco... —se echó otro trago mirando al vacío—. La cosa es que luego tuve un accidente serio y apenas me recuperé y salí del hospital, mi hermano murió de pronto por una enfermedad mal cuidada. Eso me hizo reaccionar. Me di cuenta de que algo me faltaba, que siempre perseguía la luz perfecta y no la encontraba... Entonces entendí que necesitaba iluminar mi vida y mi alma. Así que decidí venir al Caribe en busca de aquella luz brillante de la que me hablaron Pissarro y Gauguin.

—¿Y fuiste a Martinica?

—No. No conozco a nadie en Martinica, pero nuestra familia tiene conocidos en Curaçao, así que fui primero allá. Estuve un tiempo con ellos en Willemstad y después decidí conocer Venezuela para ver si Humboldt tenía razón cuando decía que la calidad de la luz aquí era excepcional.

—¿Y qué te pareció?

A Vincent le brillaron los ojos y se le dibujó la sonrisa más ancha de su vida.

—Querido Armando, sólo puedo decirte que desde que pisé esta Tierra de Gracia quedé deslumbrado. Hace ya tanto tiempo que llegué, y aquí al fin encontré mi destino.

Punta de Mulatos, Macuto 1926

De espaldas al sol y a la derecha del mar Caribe, Vincent había dispuesto el caballete con el lienzo al frente y los demás implementos a su derecha. Quería captar cómo se reflejaban los colores de la tarde en la Cordillera de la Costa, sobre las palmeras y en la orilla espumosa de la playa. Siempre se volvía a maravillar ante la belleza del paisaje del Litoral Central. Cerró los ojos con suavidad y respiró hondo. El pecho se ensanchó hasta llenarse de una paz cálida, con tonos ocres, mostazas y dorados que percibía a través de los párpados serenos.

La brisa insistente del mar se ocupaba de despelucar aquellos mechones de fino cabello color ladrillo que Felisa peinaba cada noche con gran dulzura, consciente de que en cuanto Vincent saliera de la casa, volvería a despeinarse irremediablemente en el eterno viento salado de la costa caribeña. Abrigado por el sol de la tarde sobre la espalda y sintiéndose uno con el rumor de las olas y el viento, Vincent aspiraba goloso la sal del aire juguetón que lo envolvía. Aún con los ojos cerrados y profundamente concentrado, los pensamientos viajaban ida y vuelta sobre los rayos de sol que llegaban hasta la montaña. Esperaba la señal precisa que lo llevaría a hacer el primer trazo sobre la tela.

Una voz conocida lo sacó del trance creador.

—¡Hola, Vincent! ¿Tratando de atrapar el paisaje en el lienzo? —gritó Armando desde la vereda paralela al mar.

—¡Armando! ¿Qué haces aquí? —se alegró Vincent al verlo acercarse.

—Pasé por la fonda a tomar una cerveza y Felisa me contó que habías venido a pintar aquí, así que traje cervezas para los dos.

—¿Y cómo sabías que yo quería tomar cerveza ahora? Eres un brujo, Armando —rio.

—No soy ningún brujo; sólo te conozco, hermano —dijo a la vez que le ofrecía una botella.

Brindaron y miraron hacia el este, donde los rayos del sol rebotaban suavemente entre la montaña y las palmeras.

—No hay nada como pintar afuera —dijo Vincent mientras levantaba el marco de perspectiva frente a las palmeras de la costa.

Armando empinó el líquido dorado, bebió un trago largo y asintió.

—Te entiendo, Vincent. Cuando estuve en Madrid, tuve un maestro que me animó a pintar al aire libre. Para mí fue algo nuevo; estaba acostumbrado a pintar en estudios.

Con la sonrisa del que otorga y con los ojos entrecerrados, Vincent movía el marco de perspectiva buscando el encuadre perfecto. Cuando al fin lo encontró, pestañeó, observó el paisaje y de nuevo enfocó la mirada por el marco para definir el motivo de la obra.

—Es justo eso que dices lo que me gusta de pintar afuera, Armando. Trabajar "al aire libre" me da todo lo que necesito para crear: el aire que respiro y la libertad de andar y escoger el tema que me mueva por dentro, ¿sabes? Algo que me transmita un sentimiento...

—Es cierto. Pintar afuera es plasmar la libertad más pura. Respirar y observar, y llenarse de la realidad que te rodea...

Vincent asentía mientras con el lápiz delineaba sobre el lienzo las siluetas de la montaña, las palmeras y el mar que llegaba tranquilo a la costa. Se terminó el contenido de la botella y se secó la boca con la manga larga de su camisa blanca.

—Yo siempre he preferido pintar afuera. Cuando vivía en Francia, con frecuencia la lluvia o el invierno no me dejaban pintar afuera, así que salía a hacer bosquejos y luego desarrollaba los motivos en el estudio. En cambio aquí, como no hay invierno, sólo pinto dentro cuando llueve y no tengo más remedio, pero la verdad es que puedo salir a pintar siempre que quiero.

—A mí también me gusta pintar afuera, pero me siento muy bien trabajando en El Castillete, donde puedo encontrar la claridad que necesito en cada caso. Así que hago las dos cosas.

—Ah, claro, chico. El Castillete es perfecto para ti —coincidió Vincent mientras con un palito ancho, la mano derecha tomaba un poco de óleo pardo de la paleta. Miró la montaña e hizo el primer trazo rápido sobre la tela preparada en tono crema—. Yo necesito estar afuera porque estoy en la búsqueda del color y claro, de la luz.

—Ah, la luz, la luz... La luz del Caribe es muy completa, lo llena todo y te deslumbra...

—Sí, la luz de Venezuela es muy rica... Los colores vibran más aquí —afirmó Vincent mientras plasmaba las palmeras con brochazos rápidos y gruesos—. Cuando salgo a pintar, voy en busca de temas interesantes que me conmuevan, que me hagan sentir algo distinto. Entonces, me inspiro en eso que descubrí y lo pinto como lo siento desde adentro... Quiero tocar a la gente con mi arte; no sé si me entiendes.

—Claro que te entiendo, amigo. Quieres hacer que tu público se emocione. En cambio, para mí es importante pintar lo que está vivo y me rodea, lo que veo y cómo lo veo. Cuando yo pinto, yo interactúo con eso que estoy pintando, con esa realidad, que es la mía. Eso es lo que yo quiero comunicar con mi arte: mi realidad.

Envueltos en el húmedo salitre, los tonos amarillos se volvían cada vez más intensos sobre el paisaje del este del Litoral Central. Mientras Vincent trabajaba la gama de ocres, naranjas y rojos sobre el lienzo, Armando miraba pensativo el horizonte quieto del mar.

—A esta hora los azules se vuelven más profundos —dijo Armando al fin.

—Exactamente. Por eso vine aquí hoy a esta hora —confesó Vincent—. Los contrastes entre el cielo y la montaña y entre el mar y la costa son perfectos —dijo sin perder la concentración en el trabajo—. Mira cómo vibran esos colores. Están vivos.

Armando se levantó de la roca donde se había sentado y se acercó a observar la tela y el paisaje que tenía al frente.

—A esta hora los colores respiran de otra manera. Ya el sol no los disuelve; más bien les da una nueva vida —concedió Armando.

Vincent comenzó a delinear los contornos naranjas y amarillos de la montaña y la orilla para abrazarlos con tonos azules y violetas del cielo y el mar.

—Oye, Vincent, esas combinaciones de colores complementarios que usas hacen que vibren tanto que pareciera que se muerden entre sí.

—Así es. Ellos se intensifican entre sí y yo logro mostrar cómo vibran en el paisaje. Es que el paisaje está vivo, mi amigo. Está vivo y yo quiero mostrarlo en todo su esplendor: la montaña y el cielo, la orilla y el mar. Mostrarlo así como lo siento en las pupilas y en la piel. Por eso me gusta trabajar mis pinturas en impasto, porque les doy un relieve que intensifica aún más esa vibración, esa vida... No sé si me entiendes.

—Sí, he visto que manejas muy bien el impasto, Vincent. Eres capaz de levantar esos colores tanto, que parece que fueran a saltar de la tela. Eres un maestro.

La tarde terminaba de escapar por el oeste. Vincent y Armando recogieron los implementos y se encaminaron rumbo a la casita amarilla detrás de la fonda Las Quince Letras.

Río de Las Casas, Táchira, 1904

A las nueve de la mañana de un día de abril, Vincent y Adela se dirigían al riachuelo que pasaba junto al pueblo. Sobre el vestido rosa pálido, ella llevaba en un bulto la comida que había preparado para la merienda. Él, con el caballete y la mochila de los implementos al hombro, se agachaba una y otra vez, como buscando algo al borde del camino.

—¿Qué tanto recoges, Vincent? ¿No se te hace incómodo?

Vincent sonrió y negó con la cabeza.

—No, querida. No es incómodo. Sólo busco ramitas y cañitas secas como estas, ¿ves? Son para pintar...

—Pensé que siempre se pintaba con pinceles...

—La verdad, yo uso pinceles, pero a veces uso palitos o cañitas... Y otras veces uso los dedos, así mismo como los ves aquí —le mostró la mano derecha, grande y noble.

Ella lo miró con ternura y, al ritmo intermitente que dictaba el descubrimiento de alguna ramita idónea, continuaron el camino salpicado de arbustos y piedras hasta llegar a la ribera de la quebrada La Chirirí. Una vez allí, Vincent miró a su alrededor y negó tajante con la cabeza.

—¿Qué pasa, Vincent?

—Este no es el paisaje que busco, Adela. Tenemos que ir hacia allá —señaló unas rocas grandes a lo lejos, río arriba. La miró a los ojos buscando aprobación y reanudó la marcha.

Adela asintió en silencio y lo siguió por la vera del río.

El día estaba fresco. La niebla matutina se había retirado por el avance del sol sobre las montañas. Sin nubes a la vista, la atmósfera era prístina e impoluta. La luz que recibían aquellas colinas verdes abrazadas al azul cristalino del cielo hacía que todos los colores del paisaje andino trepidaran de gozo.

Cuando llegaron al lugar indicado, descargaron las cosas en el pasto, se sentaron sobre una manta y miraron alrededor.

—Este es el Paraíso, Adela.

—¿Tú crees, Vincent? Yo no lo sé; yo siempre he vivido aquí...

—Claro que sí. Mira cómo brilla todo... Cada hora del día tiene una luz, una temperatura y un olor característicos. Cierra los ojos, despeja la mente y sentirás el suave olor a tierra y monte, que recuerda a cierta madera ahumada, y que lo envuelve todo.

Con la cabeza apoyada en el regazo de Vincent, Adela siguió las instrucciones del maestro. Así, redescubrió el entorno de su vida, guiada ahora por un forastero que lo experimentaba todo con nuevos sentidos.

Eran ya las once de la mañana, y luego de regalarse un rato de besos dulces y caricias con Adela, Vincent se preparaba para hacer suyas las verdes montañas tachirenses.

Unas horas después, el maestro se sentó cansado junto a Adela, que entretanto había dispuesto la merienda con mucha diligencia. Bebieron jugo de las naranjas dulces de su hacienda mientras ella detallaba el trabajo que él había adelantado hasta el momento. Aquella joven de familia acomodada, de tez pálida y cabellos castaños, hermosa y menuda, no tenía problema alguno en cargar el bulto de la merienda ni en servirle la bebida o un plato de morcón y entreverado junto con una arepa andina a su pretendiente extranjero, de quien había quedado prendada desde que llegó al pueblo unos meses atrás. Le gustaba mucho hablar con él de cualquier tema, pero sobre todo, le emocionaba oírlo disertar sobre el arte y su trabajo. Vincent se sentía muy a gusto con ella; le agradaba compartir el tiempo con una mujer inteligente e interesada en él y en lo que hacía.

Cerraron el pesado almuerzo con arequipe y polvorosas acompañadas del café que aún se conservaba relativamente tibio. Por primera vez, Vincent se sentía querido y respetado por una mujer maravillosa que no le pedía nada a cambio, sólo su cariño y su compañía.

*

Cuando Vincent llegó a Río de Las Casas desde Mérida, todo el pueblo se enteró que era artista y lo recibieron con los brazos abiertos. Se sentían honrados de que un pintor europeo llegara de tan lejos con la intención de captar las bellezas de los Andes venezolanos y decidiera hacerlo desde ese pequeño poblado. Como todos los demás, la familia Pacheco se puso a sus órdenes para cualquier cosa que se le ofreciera.

Los Pacheco eran muy adinerados; tenían una hacienda con tierras muy fértiles donde cultivaban cítricos y café. Los padres habían educado a sus hijos según la usanza de la época: los varones estudiaron en la Universidad de Los Andes y las niñas recibieron clases de artes, aprendieron a tocar el piano, a bordar y a recitar de memoria poemas clásicos. Vincent siempre estaba invitado a comer en la casona de los Pacheco y los sirvientes le lavaban y planchaban la ropa. Todo lo que pedía se lo concedían con gusto.

Una noche, durante la cena, la madre le comentó de los preciosos paisajes del páramo Angaraveca, que quedaban un tanto apartados pero que estaba segura de que lo impresionarían. Esa clase de conversación era música en los oídos de Vincent, que cada vez se enamoraba un poco más de la tierra venezolana. Sin ánimo de ocultar su emocionado interés, dejó hablar a su alma aventurera y preguntó los detalles para llegar al lugar. Con mucho gusto, los Pacheco le ofrecieron una mula para subir al páramo a pintar y le indicaron el lugar donde se encontraba una pequeña casa de su propiedad para que pasara las noches y lo atendieran.

Agradecido y feliz, unos días después, Vincent preparó lo necesario para la excursión de una semana. Caballete, marco de perspectiva, lienzos, pinturas, pinceles y palitos, libretas de dibujo, lápices y una muda de ropa. Aparte de plasmar la belleza de los Andes tachirenses, esta era una oportunidad perfecta para aislarse y meditar sobre su vida. Sentía que se enamoraba de Adela y que el cariño era recíproco, pero no estaba seguro de recibir la aprobación de sus padres, y eso le preocupaba.

El trayecto era de alrededor de diez horas, así que lo haría en dos tramos. Doña María se había encargado de contactar a una familia de confianza que vivía en la ruta para que lo recibieran y le proporcionaran lo que necesitara.

Llegado el día, luego de recargar energías en el desayuno con una deliciosa pisca andina y una arepa de trigo con mantequilla, junto al imprescindible café, Vincent agradeció una vez más tanta cortesía y se despidió cabalmente de la familia Pacheco. Buscó sus bártulos, y mientras los cargaba sobre la mula, se terminó de disipar la neblina.

Así, el forastero se hizo al camino hacia el páramo. En el cielo azul real flotaban plácidas tres nubes medianas, lanosas e intensamente blancas. La temperatura era ideal para marchar; nada calurosa, sino más bien un tanto fría. Con cada paso que daba por los senderos montañosos más y menos complicados, Vincent no dejaba de asombrarse ante la creación divina. Margarita, la mula, también estaba de buen humor y avanzaba tranquila junto a Vincent, que la llevaba de las riendas. Parecía intuir que esta excursión sería un descanso para ambos.

Paso a paso, la vereda estrecha le mostraba a Vincent las amables montañas redondeadas que adornan el paisaje tachirense. Mientras más las admiraba, su mente hacía de las suyas y las convertía en dulces siluetas femeninas recostadas sobre un gran lecho en mil tonos verdes. Y cuando alzaba la vista, la combinación del azul intenso del cielo con los verdes encendidos de la vegetación creaba un borde brillante que delineaba aquellas lomas con la precisión de un escultor.

Alcanzada la meta de la jornada, los conocidos de la familia Pacheco lo esperaban para ofrecerle mute y chanfaina, que lo harían recuperar fuerzas para continuar el camino al día siguiente. La mula Margarita también recibió alimento y un lugar en el cobertizo para pasar la noche. Esa noche, Vincent soñó con todo lo que pintaría cuando al fin llegara al páramo Angaraveca.

Río de Las Casas, Táchira, 1905

Mi querida Johanna:

Me alegra mucho saber que recibiste el paquete que te envié con mi trabajo de los últimos meses y que todo llegó en buen estado. Espero que te gusten los paisajes andinos que pinté a mi paso por Mérida y aquí en el Táchira. Esas montañas nevadas tan altas y escarpadas de la Sierra Nevada me recuerdan a los Alpes en Europa. Tal vez tengamos suerte al colocar los cuadros en alguna exhibición que organices en el Viejo Mundo.

Es impresionante ver cómo cambia el paisaje en el occidente de Venezuela a medida que me muevo hacia el sur. Hasta ahora, pasé de la costa caliente con un desierto de médanos en Coro al lago más grande de Suramérica en el Zulia y subí a los Andes, donde al fin siento la temperatura más fresca. No te miento si te digo que, a veces, hasta frío he pasado aquí.

Los pueblos de la montaña son muy bonitos y más pequeños, y son muy limpios. Cada casa tiene un olor distinto. Las calles empedradas y las casas blancas de techos a cuatro aguas con tejas rojas contrastan muy bien con las hermosas colinas verdes y el cielo, que cuando está despejado, destella en un azul muy intenso. Aquí se respira una paz que no había experimentado en ningún otro lado. No se siente el trajinar de la muchedumbre, sino más bien se escucha el canto de las aves y el llamado del ganado y los grillos. También veo que aquí la gente es muy tranquila y educada, y me parece que incluso son más religiosos y conservadores que en las zonas más calurosas.

Querida Jo, al fin encontré una muchacha que me aprecia como soy y no me exige nada. Adela Pacheco es bella e inteligente; me siento muy bien con ella. Quisiéramos formalizar nuestra relación, pero su padre no quiere que viva conmigo y se opone a nuestro romance. Dice que los artistas tenemos almas bohemias, que somos inestables y que sabe que no podré darle a su hija la vida que merece. Su familia es muy conservadora y ella debe obedecer lo que le impongan sus padres. Claro que no la puedo obligar a abandonar su familia por mí. Y sí, al menos hasta que yo pueda vivir de mi arte, como siempre he querido, es cierto que no puedo mantener a Adela de la misma manera en que lo hace su padre. Todo eso me entristece muchísimo y sé que Adela también sufre por ello. ¡Qué ironía! Cuando por fin me topo con una mujer maravillosa que me corresponde, es su familia la que no nos bendice. ¿Qué será de mí, querida Jo? ¿Será que mi destino es dedicarme al arte y morir solo? Yo ya no sé nada...

En cuanto a mi salud, lamento decirte que creo que la altura de los Andes no me ayuda mucho con los ataques en los que siento que la cabeza me va a estallar y de pronto todo se vuelve negro y ya no sé de mí. Eso me preocupa porque, aparte de descomponerme, luego me toma un tiempo recuperarme y mientras tanto, no puedo trabajar. Se me ocurre que tal vez los Pacheco sepan de algún remedio que pueda tomar para eso. Espero tener suerte.

Mientras tanto, querida Johanna, te abrazo a ti y a mi ahijado.

Cariños, Vincent

Costa de La Guaira, 1927

Caminaban cerca de la orilla. Era una madrugada despejada y fresca. Aún no amanecía y la luna menguante estaba a punto de esconderse detrás de Maiquetía. El cielo se pondría azul y las estrellas comenzarían a apagarse en un rato, sabiéndose incapaces de competir con el sol.

—¿Dónde dices que nos espera tu amigo?

—Más adelante, Vincent. Un poco antes de la Quebrada Macuto.

—¿Crees que le importe que yo vaya también?

—¡Qué va! Más bien quiere conocerte. Me dijo que te invitara. Somos amigos desde que me mudé de Caracas a Punta de Mulatos con Juanita, antes de construir El Castillete.

Siguieron bordeando la playa y más adelante vieron la silueta encorvada de Pablo metiendo cosas dentro del bote en la arena. Apuraron un poco el paso y Armando lo llamó por su nombre. Cuando se dio vuelta y se irguió, la silueta se convirtió en un gigante gentil color carbón que se alegraba de verlos.

Se saludaron y los pintores descargaron sus mochilas en la lancha. Entre los tres la empujaron hacia el agua mansa y aún oscura de la costa del litoral central. La marea baja marcaba la pauta del suave encuentro de la espuma y la arena.

La "Santa Ana" era una barca de madera con cuatro asientos y un motor fuera de borda que Pablo y sus amigos pescadores habían comprado para hacer más productiva la faena diaria. A veces, Pablo dejaba su parte del pescado en casa, y en lugar de descansar como sus compañeros, recogía la merienda que le preparaba su esposa y regresaba a la lancha para llevar a Armando a pintar.

Con la calma de todo buen pescador, Pablo guiaba el bote hacia el norte, alejándose de la costa. El aire húmedo y salado acariciaba los rostros de los tres hombres. En medio de la madrugada, el ruido del motor cancelaba todos los sonidos naturales y obligaba a los navegantes a guardar silencio de cara al viento. Así, ocupados en sus propios pensamientos, vieron cómo la luz comenzaba a conquistar el espacio desde el este. La oscuridad comenzó a retroceder. La negra tinta del cielo se desteñía en tonos violáceos que se tornaban en ribetes azules ante el avance decidido de los amarillos y anaranjados, que los empujaban hacia arriba con fuerza, haciendo palanca sobre el horizonte. Todo se inundaba de colores cálidos y, al fin, el sol estalló en todo su esplendor.

De la misma manera que el sol atravesó el horizonte, Vincent rompió el silencio.

—No me acostumbro a ver estos amaneceres tan rápidos —confesó—. En Francia duraban más... Aquí todo sucede en media hora, corriendo, como si el sol tuviese prisa por salir... Yo creo que el sol no sabe que está en el Caribe, donde la vida es tan calmada y todos tienen mucho tiempo.

—Claro que tiene prisa, Vincent. Cada mañana, el sol quiere salir rápido para comenzar a fastidiar; a quemarlo y derretirlo todo —aclaró Armando.

—Yo no sé si el sol derrite nada aparte del hielo. Lo que sé, es que al mediodía pica que da miedo —opinó Pablo.

—Sí, pica muy fuerte —concedió Vincent—. El sol del Caribe es mucho más contundente y caliente que el de Arles, junto al Mediterráneo, donde viví un par de años. Hasta que llegué aquí, no había visto luz más brillante que hiciera resaltar los colores de esa manera.

—Ah, sí. En Europa la luz es de otra calidad; incluso en el sur. No tiene nada que ver con la de estas latitudes, Vincent. El sol de Europa se deja manejar... Allá, yo sentía que podía trabajar con él, ¿sabes? Pero aquí, tan cerca del ecuador, el sol se rebela y se impone, amigo.

—Yo veo que aquí, el sol le confiere vida a todos los colores... Los hace vibrar.

—Sí, pero tanto, tanto vibran los colores, que van desarmándose y se queman. Al final, se disuelven y lo único que queda es el blanco... El mismo blanco de la luz, que te ciega.

Pablo había detenido la lancha frente a la costa, mucho más allá de la línea donde se forman las olas, y estaba recostado a lo largo del último asiento, con el sombrero sobre la cara. Ahora, con el motor apagado, el silencio espeso del mar daba paso por momentos fugaces al rumor de la brisa, cálida y suave.

Los maestros sacaron las libretas y los lápices de sus mochilas y comenzaron a hacer bosquejos de lo que les llamaba la atención. A la derecha, el puerto de La Guaira estaba demasiado lejos para detallarlo; mejor se apreciaban las casitas de Punta de Mulatos. Armando se concentraba en la línea que dividía el mar de la costa, mientras que Vincent estaba muy interesado en dibujar a Pablo, que había quedado rendido de su oficio nocturno y se veía cómodo sobre el tablón de madera.

Unas horas después, Pablo despertó y bebió algo de agua de su cantimplora.

—Señores, ¿qué les parece si aprovechamos que el mar está como un plato y nos movemos a otro lugar? —les ofreció.

—Buena idea —dijo Armando—. Tal vez más hacia oriente, pasando Las Quince Letras, ¿se puede?

—Claro que se puede, amigo. Hoy sí se puede.

Así, el capitán encendió de nuevo el motor para regalarles nuevos paisajes a los artistas.

Al llegar al punto deseado, los tres hombres se ajustaron los sombreros y desenrollaron las mangas largas de sus camisas para protegerse de aquel sol que, según las palabras del propio Pablo, se iba tornando más picante.

Decidieron aprovechar para desayunar.

—Mi señora nos preparó una merienda —dijo un Pablo sonriente y hambriento—: empanadas de cazón y de queso, y una mano de cambures. Los cocos quedaron de la salida de anoche; son cantimploras naturales —rio.

—Ah, los nobles cambures... Me encantan... Y debo comer dos cada día... —dijo Vincent, pensativo.

—¡No se diga más! Vamos a probar las artes de la cocina de tu doña —se entusiasmó Armando—. Esas empanadas se ven muy sabrosas.

—Muy agradecido, Pablo. Además de sabrosas, las empanadas se ven hermosas. Se parecen a la luna que nos recibió hace horas, antes de guardarse del sol. Por favor, dígaselo a su señora —dijo Vincent, solemne.

—¿Te gustan las empanadas, Vincent? ¿Cuál quieres? Mira, las más pálidas son de queso y las más amarillas son de tiburón. ¿Has comido tiburón? —preguntó Armando en tono jocoso.

—¿Tiburón? No, no recuerdo haber comido tiburón...

—Los tiburones son los toros del mar, Vincent. Son animales poderosos, los tiburones. Son fieros, malos, te atacan cuando estás desprevenido... Pero después de torearlos, son muy buenos en la olla.

Pablo reía con las ocurrencias de Armando.

—No sabía que se podían comer los tiburones. Deben ser muy difíciles de pescar —dedujo Vincent.

—Sí, pero estos son tiburones pequeños, Vicente. Aquí los llamamos cazones —aclaró Pablo—. A veces sacamos uno de esos y entonces mi señora prepara varias comidas con la carne, como el guiso para estas empanadas. ¿Le gusta, Vicente?

—Está deliciosa, Pablo.

El sol seguía escalando el cielo. Vincent divisó un grupo de gaviotas que se acercaba desde el oeste. Levantó la vista para verlas pasar sobre ellos.

—Las gaviotas son interesantes, pero prefiero los pelícanos. No sé, creo que se me hacen más amables —admitió—. Las gaviotas son muy escandalosas para mi gusto. Los pelícanos son más tranquilos, más modestos tal vez.

—Yo también prefiero los pelícanos —concordó Pablo—. Además, hay que tener cuidado con las gaviotas, porque cuando vuelan encima de los pescadores, les gusta soltar sus proyectiles...

—¿Dices que las gaviotas los atacan cuando salen a pescar? —quiso saber Vincent.

—No; más bien cuando estamos en el mar y regresamos con la pesca.

—¿Pero no es peligroso que los ataquen? —dijo Vincent asombrado.

—No, Vincent; lo que Pablo quiere decir es que hay que tener cuidado cuando las gaviotas vuelan sobre nosotros porque muchas veces se hacen caca... —explicó Armando, divertido.

—Ah, con razón prefiero a los pelícanos. Son más educados —reiteró Vincent.

Los maestros sacaron de nuevo sus libretas para plasmar los nuevos paisajes. Vincent le mostró a Pablo el bosquejo que había hecho y le preguntó si le permitía hacer otros más. Pablo aceptó encantado y pusieron manos a la obra. Vincent se dedicó a hacer bocetos de Pablo y luego dibujó pelícanos volando al ras de las olas, y en la distancia, la costa con las casitas, los cocoteros y las inmensas montañas. Por todas partes anotaba las sombras y los colores que veía para no olvidarlos a la hora de pintar sobre los lienzos. Azules, verdes, blancos; todos juntos lado a lado, potenciándose entre sí. Todos en movimiento. Todos vivos, respirando.

Por su lado, Armando se concentraba en esta nueva línea de la costa que se divisaba azul, blanca, gris, verde... Con los ojos entrecerrados podía distinguir las estructuras y los árboles bajo las majestuosas montañas verdes, que iban adquiriendo sombras dramáticas por la subida del sol en el firmamento. Detallaba las casas blancas y las cabezas de los cocoteros sobre el fondo de la contundente montaña. Más arriba, el Pico Naiguatá y luego el azul eléctrico de un día completamente despejado.

—Oye, Vicente, ¿te has fijado que cuando miramos el horizonte del mar desde tierra firme vemos un azul oscuro del agua y otro más claro del cielo separados por una línea de luz, y que los barcos, los objetos, siempre están en la parte de abajo? —preguntó Armando.

—Claro, Armando; los barcos están en el mar.

—Pues fíjate que si estamos en el mar y miramos hacia atrás, hacia tierra firme, el paisaje queda invertido.

—No entiendo.

—Sí, chico. Mira hacia allá —señaló hacia Las Quince Letras—. El bloque azul del agua está en la base del horizonte, donde no hay más nada, y los objetos están encima de la línea de la costa, sobre el verde de la montaña. Es como si el paisaje se diera vuelta —los ojos le brillaban por el descubrimiento.

Como todos sabían y era de esperarse, las palabras proféticas que Armando había pronunciado temprano por la mañana se hicieron realidad. A medida que el sol trepaba por encima del viento, su luz se volvía más y más fuerte. Sin ningún obstáculo, fue calentándolo todo hasta disolver los colores de cada cosa. El paisaje entero se veía borroso. Incluso los tonos del agua se disolvían cuando los rayos del sol la atacaban con fiereza y rebotaban en todas direcciones.

—¿Y ahora qué me dices, Vincent? ¿Ves cómo la luz lo quema todo?

—Tienes toda la razón, mi amigo.

—Es imposible ver la luz, pero la luz lo baña todo. Sólo podemos ver lo que la luz cubre, así que deberíamos poder verla, aunque sea por lo que ella abraza. El problema es, que el sol del Caribe no quiere colaborar y por eso siempre nos estamos peleando.

—Tal vez el sol no quiere pelearse contigo, Armando. Tal vez el sol quiere ser tu amigo y quiere abrazarte y tú no lo dejas. Piénsalo.

—Pero si es él quien no me deja trabajar, Vincent. Cuando quiero pintar algo, viene el sol y me disuelve todos los colores del paisaje y los deja blancos. Mira allá, ¿ves cómo el agua se ve blanca? ¿Ves cómo el color del cielo se deshace en rayos blancos? ¿No ves cómo la luz ataca los contornos de nuestras siluetas? Vemos cómo la luz nos deforma porque nos derrite.

—Es cierto, Armando.

—Huy, sí. Mucho cuidado con la resolana, que quema desde abajo, desde el agua —añadió Pablo—. Contra la resolana no hay sombrero que valga. Ya verán ustedes esta tarde cuando lleguen a sus casas, que estarán rojos como tomates.

Y así fue.

Malecón de Macuto, 1928

Eran las once de la mañana de un martes de julio y había poca gente paseando por el malecón. El día estaba fresco; había llovido mucho la noche anterior y la mañana también recibió la bendición de un par de chubascos fugitivos. Caminando rumbo a Maiquetía por las calles perfumadas de petricor, Armando y Vincent bebían papelón con limón del carrito de Nicasio.

—Mira nuestras sombras, Vincent. Se van haciendo cada vez más pequeñas. Ya dentro de un rato van a desaparecer —sentenció Armando, solemne—. La sombra es la parte de nosotros que le huye al sol. Es lo único que sobrevive al ataque del sol cuando él nos calcina. La sombra tiene vida propia: cada día nace larga pero tímida con los primeros rayos mañaneros. Después, se va volviendo intensa, se concentra y se reduce cada vez más a medida que pasa la mañana, hasta que desaparece por completo bajo nuestros pies por unos instantes al mediodía. Pero luego vuelve a aparecer muy intensa y pequeña, y de nuevo, crece y va perdiendo su fuerza, hasta que al fin se destiñe entre los plateados y pardos cuando el sol se oculta para descansar.

—En Europa pasa lo mismo, pero las sombras son más largas y menos intensas. Se reducen hacia el mediodía. Se hacen más pequeñas, pero no desaparecen —admitió Vincent con timidez.

—Aquí, las sombras se comportan así porque aquí todo es más dramático —bromeó Armando—. Tú sabes, mientras más cerca del ecuador, más caliente la sangre, ¿ah? Incluso para el sol —rio—. Hasta el mismo sol es más caliente aquí.

—Supongo que sí... —Vincent se ruborizó, pero no se permitió demostrarlo—. Aquí las sombras son intensas porque la luz del sol es mucho más fuerte.

—Claro. Y cada hora es de un color distinto, y uno siente el paso de una hora a otra.

Se sentaron en el muro a la sombra de un árbol de mango cargado de racimos de pequeños frutos verdes que aún debían crecer para convertirse en divinos mangos de bocado, amarillos y anaranjados, llenos de aroma tropical.

—La luz, la luz... Aquí la luz lo inunda todo —comentó Armando, preocupado.

—De joven, siempre quise ir a algún lado donde la luz fuese brillante y realzara los colores —confesó Vincent—. Recuerdo que cuando llegué a Arles, me impresionó ver una calidad de luz tan clara. Yo venía de Holanda y de París, que tienen pocos días prístinos al año, y estaba muy emocionado de trabajar allá, en ese clima mediterráneo con esa luz brillante. Pero debo confesar que desde que llegué al Caribe, y especialmente a Venezuela, comprobé que la calidad de la luz de aquí es otra cosa. Es muy superior a la de Arles...

—Ay, Vincent... El sol de aquí me vuelve loco. Llevo ya tiempo tratando de atrapar su luz, pero es muy escurridiza... ¿Tú conoces la luz? A mí nunca me la han presentado. Nadie la conoce. La luz es una señora; el señor es el sol.

—Te entiendo. La luz es muy difícil de manejar. Por eso decidí, hace mucho ya, rendirme a sus pies y dejarme abrazar por ella. No sé si me explico... Que ella haga conmigo lo que le plazca y que me deje hacer lo que yo pueda. Al fin y al cabo, la luz le da vida a los colores; los hace vibrar, respirar. Pienso que mientras la luz me abrace, también seguiré vivo.

—Exactamente. Así lo veo yo: la muerte es la ausencia de luz —dijo Armando con los ojos iluminados—. Y la eternidad es la mar mezclada con el sol.

—La esencia de la luz es una energía poderosa; absolutamente contundente. La luz brilla en la oscuridad, y la oscuridad no lo comprende. La luz se impone sobre las sombras y destruye la oscuridad más profunda.

—Sí, la luz es energía y por eso tiene el poder de destruirlo todo...

—Pero también es la fuente de la vida... Como todo en el universo, la luz es de Naturaleza dual...

—Así mismo es. ¿Sabes? Cuando pinto al aire libre, me queda algo flotando en la retina... Es una materia más bella que la materia misma. Pinto y me lleno de un ritmo tumultuoso; una melodía llena de acordes naturales, potentes y suaves, que mueve mi mano y define cada trazo.

—Es verdad; la luz tiene vida propia y tiene música... ¿Me crees si te digo que cuando miro los colores, escucho notas musicales distintas con cada uno? Nunca le conté esto a nadie porque temía que pensaran que estoy loco...

—Claro que no estás loco, amigo. Todo es luz: la música, el teatro, el cine... Brindemos por la luz, que todo lo crea y todo lo destruye, y que está en todas las cosas. ¡Salud! —con esto, Armando terminó su agua de papelón.

—¡Salud! —coincidió Vincent y bebió de su refresco.

Con el índice derecho, Vincent dibujó su sombra perfectamente definida sobre el paseo de cemento. Entonces, levantó la mano y mirando hacia el manto azul intenso desnudo de nubes, confesó:

—Yo pinto la luz del sol. Esa misma luz fértil, preñada de colores y que los va pariendo como una madre maravillosa. Los colores son los hijos de la luz. Por eso, yo busco los colores en la luz. Me gusta mucho el amarillo porque es el color del sol, el color de la luz. ¿Sabes? Me gusta lo que dijiste antes, que el sol es el padre y la luz es la madre. Entonces, los colores son los hijos de ellos dos.

—Pero Vincent, qué dices; si todos saben que la luz es blanca...

—Claro, la luz es blanca y los colores son sugestivos. Cuando yo pinto, el amarillo representa la luz del sol. Así es en mi universo. Yo pinto lo que veo con lo que tengo.

—Ah, eso sí; cada quien en su mundo... Cuando yo hablo, yo soy Dios. Cuando tú hablas, tú eres Dios. Dios está aquí, en el arte, en lo que hacemos, en el color...

—Ajá; Dios está en el color. Y yo descubrí que en Venezuela hay infinita luz, así que hay infinitos colores... Entonces, yo sé que Dios vive en Venezuela.

—Por supuesto, Dios vive aquí. Y además, es amigo mío —Armando le dio una palmada amistosa en el hombro—. Querido Vincent, la pintura es la verdad. Pero la luz ciega, vuelve loco, atormenta... Porque uno no puede ver la luz.

—Cierto, nadie la puede ver. Pero sí podemos ver todo lo que ella revela. Yo sólo te digo que me enamoré perdidamente de la luz tropical.

—Ay, Vincent... El problema con la luz tropical es que hiere la pupila. Es tan brillante que enceguece. Disuelve el color. Debes haberlo comprobado ya. El sol de aquí elimina los colores, los destiñe. Al final sólo quedan manchas blancas.

—Te entiendo, Armando... Yo mismo veo cómo la luz de aquí derrite los contornos y las formas de los objetos, del paisaje, de las personas... El sol lo ilumina todo y su luz lo disuelve todo, incluso los colores.

—Exacto. Por eso, la pintura tropical no es de colores, sino blanca. Como te dije antes; yo busco la luz porque quiero verla, quiero entenderla, quiero plasmarla. Pero es imposible. Ella se me escapa... Una y otra vez, intento mostrarla en todo su esplendor, pero ella me deslumbra y me enceguece... Entonces me peleo con ella, porque no me deja ver, porque disuelve los colores y las cosas... Vincent, yo quiero entender y dominar la luz para poder trabajar con ella.

El Castillete, Macuto, 1930

La luna creciente de mayo iluminaba el patio de El Castillete. Envueltos en una brisa tenue, Armando y Juanita descansaban abrazados en uno de los chinchorros del Caney Grande. Juanita acariciaba el pecho de su hombre y él jugaba con los cabellos largos y negros de ella.

—Armando, dime algo...

—Hmm... ¿Qué quieres saber, Juanita?

—¿Por qué le volviste a pedir a Felisa que posara para ti?

—Pues porque quería variar un poco.

—¿Variar un poco de qué?

—Quería pintar a otra modelo. Tú sabes...

—Ay, Armando... A mí no me gusta que le pidas a Felisa que pose para ti.

—¿Por qué, Juanita? Tú sabes que a mí me gusta pintar mujeres diferentes.

—Es que no sé qué tiene ella que no tenga yo...

—Pero tú siempre posas para mí, Juanita.

—Sí, y me gusta mucho hacerlo.

—Y a mí me gusta mucho pintarte, tú lo sabes.

—Por eso... Píntame a mí...

—Casi siempre te pinto a ti... Pero es que también es bueno variar. Mira, tú también posaste para Vincent hace un tiempo, ¿te acuerdas?

—¿Y eso qué tiene que ver?

—Pues que a todos los artistas les gusta variar.

—Pero a mí no me gusta que tú quieras variar...

—Ay, Juanita, tienes que entender... Felisa tiene otras formas, otro tono de piel... Esa morena parece una escultura.

—¿Una escultura? ¿Y yo qué parezco? ¿Una escoba?

—Pero cómo se te ocurre, Juanita. Tú eres la muñeca más bonita del mundo. Tú eres *mi muñeca*, mi modelo preferida. Eres mi musa, pues. Tú lo sabes —la estrechó más fuerte y la tranquilizó.

Abrazada a Armando, Juanita suspiró, cerró los ojos y quedó rendida. Era una mujer sencilla, callada y de buen carácter que adoraba a Armando y quería agradarlo a toda costa, todo el tiempo. Era paciente y sabía llevarlo, y por sobre todo, no le gustaban las confrontaciones y las evitaba. Pero cuando se trataba de lo que Armando sentía por ella, a veces la invadía una enorme inseguridad.

Quedaron en el chinchorro bañados en luz selenita, aquella que lo vuelve todo plateado. Allí, la cálida brisa nocturna y su murmullo entre las ramas de los árboles los arrullaron hasta que los gallos comenzaron a anunciar el nuevo día.

El amanecer los sorprendió aún abrazados en el chinchorro. Juanita despertó primero y se zafó con cuidado de no incomodar a Armando, que seguía roncando sueños bañados de luz. Se dirigió a la cocina y se dispuso a preparar el desayuno de café y arepas.

Un rato después, Armando la acompañó en la mesa aledaña a la cocina.

—Tan hacendosa, mi Juanita bella... ¿Descansaste? —quiso saber Armando mientras Juanita le servía el café en una taza de peltre verde.

—Armando, quiero tener un hijo.

—Oye, Juanita, ¿qué es lo que te pasa? ¿Ayer estabas celosa de Felisa y hoy quieres un bebé? ¿Qué fue, pues?

—No me pasa nada, Armando. Sólo te digo que quiero tener un hijo tuyo.

—¿Para qué, Juanita? Si me tienes a mí.

—Pero tú no eres un bebé, Armando. Yo quiero ser mamá, y yo no soy tu mamá. Quiero un hijo mío y tuyo.

—Pero Juanita, si tienes un hijo, ya no me vas a poder atender...

—Tú sabes que yo te atiendo muy bien, Armando. Tú deberías vender tus cuadros para que no pasemos tanta penuria y podamos tener una familia. Entiende, Armando; tengo 27 años y a veces me siento sola...

—Ah, pero si salgo a vender mis cuadros por la calle como un mercader, no voy a tener tiempo para pintar. Y si no pinto, no voy a tener cuadros que vender. Así que tengo que poder pintar, y para eso, necesito que me atiendas como Dios manda.

—Pero Armando... Yo no soy tu sirvienta... Yo soy tu mujer y quiero que me hagas un hijo... Yo creo que sería una buena mamá.

—¡Pero bueno, Juanita! ¡Tú sabes que no eres sólo mi mujer; eres mi modelo! ¡Yo no tengo tiempo para andar criando muchachos! ¡Y te necesito para que me atiendas a mí, para yo pintar tranquilo! ¿No entiendes?

—El que no quiere entender nada eres tú. Mira, si no quieres hacerme un hijo, se lo voy a pedir al gringo.

—Vincent no es gringo, es holandés.

—Gringo, holandés, no me importa de dónde sea. Él sí trata a su mujer como a una reina. Deberías aprender de él.

—¿Ah, sí? ¡Pues vamos a ver si Felisa te lo presta! ¡Díselo nada más, para ver qué te contesta!

Juanita lo miró con grandes ojos, sin saber qué responder.

—¡No quiero volver a hablar de este tema! —dijo Armando malhumorado—. ¡Y ahora súbete a la mesa y repite cien veces "No lo vuelvo a decir"! ¡Caramba!

Malecón de Macuto, 1931

Un domingo a las tres de la tarde, Armando pasó a saludar a Vincent en el malecón. Le llevó un vaso de agua de papelón del carrito de Nicasio, que se paraba unas calles más allá. Sabía que tendría sed porque Vincent siempre se instalaba allá a eso de las nueve de la mañana. Charlaban y bebían el papelón sentados en el banco, rodeados de los cuadros de Vincent que esperaban comprador. Algunos paseantes que visitaban el balneario y los parques miraban curiosos las pinturas, pero sólo hacían eso: mirar. Nadie se animaba a comprar nada, como casi siempre sucedía. Era rara la vez que alguien se llevaba alguna trinitaria escarlata, estremecida en toda su intensidad sobre el fondo verdiblanco de arbustos y muros, abrazados por un cielo restallado en mil tonos de azul real. O un yagrumo sacudido por el viento en una tarde plomiza de tormenta. O una dinámica marina mañanera, llena de pescadores que regresan cargados de los regalos del mar, tocados por los tímidos rojos y anaranjados del amanecer. Pero el maestro no se desanimaba por ello. Ya se había hecho la rutina de pasar los domingos en aquel banco, esperando vender algo mientras observaba a la gente pasear en familia por los baños y los hermosos parques. A veces aprovechaba para escribir alguna carta, pero sin excepción, siempre con la libreta y los lápices encima, Vincent dibujaba o hacía bosquejos de todo lo que continuaba maravillándolo aun después de tantos años de haber llegado al Caribe.

—Armando, ¿no crees que los artistas deberían poder vender sus pinturas a un precio lógico? Me refiero en las galerías, porque aquí en el malecón tengo que ofrecerlas por mucho menos... —se interrumpió a sí mismo para probar la dulce bebida—. Mmm, sabroso. Gracias.

—Tal vez, pero a mí se me hace difícil venderlas a un buen precio, Vincent. Y eso que yo las llevo personalmente a Caracas y también las vendo en El Castillete. ¿Tú vendes mucho?

—No, casi no vendo nada. La gente no viene de paseo a Macuto a comprar arte; tú sabes. Antes cambié mis cuadros por alojamiento o comida, pero ahora que estoy con Felisa, ella es quien trae el dinero y la comida de la fonda a la casa. Por suerte tiene un buen trabajo.

—Ay, chico, imagínate... Cuando Juanita y yo nos mudamos a La Guaira, yo ganaba algo de dinero dando clases privadas de dibujo y pintura, pero ya hace mucho tiempo que eso pasó. Ahora vivimos de lo que me pasa mi madre y de lo poco que me dan por mis pinturas. Tú sabes, a veces algún amigo o un vecino nos regala alguito, pero yo no le pido nada a nadie. Doña Rosalía nos trae comida a veces también. Yo fabrico mis propios materiales para pintar y en El Castillete tenemos plátanos, unas gallinas y cositas así, y eso nos sirve para comer, ¿ves? Somos independientes.

—Claro. Mi caso es distinto. No tengo herencia y vivo demasiado lejos de mi familia. Mira, desde que llegué aquí, le envié mis pinturas a mi cuñada Johanna para que las vendiera en Holanda, pero durante un buen tiempo no se movieron casi. Me pregunto si a nadie le interesaba el trópico, el Caribe, o si al público no le gustaban los temas que pintaba, o mi técnica no les parecía suficientemente buena o sofisticada. No sé... Bueno, la verdad es que mi hermano Theo tampoco logró mover mis cuadros cuando yo pintaba temas franceses en Francia... Será entonces que mi estilo no gustaba; no sé...

—A mí nunca me ha importado lo que los demás piensen de mis pinturas. Yo pinto lo que yo quiero, y ya. Tampoco me importa lo que piensen de mi técnica, ni de mí. No me importa nada. No me interesa ser parte de ningún movimiento artístico. Yo soy yo, mis pinturas son mis pinturas y más nada. Yo pinto porque esa es mi vida y no puedo evitarlo. El lienzo está en blanco y cada pincelada es un pedazo de alma.

—Yo también pinto lo que quiero, pero me gustaría vender mis pinturas y poder vivir de mi arte. Quisiera mostrarle al mundo lo que veo y que la gente compre mis cuadros porque les parezcan buenos. Que entiendan lo que siento cuando trabajo un tema, y si tengo suerte, que les complazca lo que ven y lo que ellos sienten cuando lo ven. Quién sabe, tal vez sea sólo cuestión de tiempo. Oye, ¿y si hacemos una exposición juntos aquí en Macuto? Tal vez así pudiéramos vender algo, ¿no crees?

—No sé, chico. Creo que me decepcioné de las exposiciones. No sé si de verdad sirvan de algo. Pero oye, se me ocurre una cosa: ¿qué tal si hablamos con doña Rosalía para que cuelgue algunas pinturas nuestras en la fonda? Así, ella la decora y quién sabe, tal vez a alguien le guste algún cuadro y lo compre...

—Me gusta la idea. Por lo menos, la gente podría ver lo que estamos produciendo y tal vez alguien se interese... Mira, a pesar de todo, yo seguí enviándole mis lienzos a Johanna y en todos estos años, mi cuñada perseveró. Hizo exposiciones de mis pinturas en Holanda, se fue metiendo en los círculos artísticos de Europa y se puso en contacto con varios comerciantes de arte en Holanda, Alemania y Francia para venderles mis pinturas. Incluso organizó una exposición de mis cuadros en Nueva York. Yo le seguí enviando mis lienzos y ahora me cuenta que poco a poco le va mejor y que, si todo sigue así, tal vez más adelante yo debería ir a inaugurar las exposiciones. Pero yo le digo que no, porque no sirvo para eso. No tengo esa madera teátrica que tienes tú, Armando... La gente me trató muy mal en Francia. Nadie me entendía y muchos artistas eran demasiado arrogantes. Cuando vivía allí, se me hacía demasiado difícil vender mis pinturas. La verdad es que prefiero no regresar allá, ni a Francia y ni siquiera a Europa... No sé... Será miedo, tal vez...

—Pues a mí me gustaron mucho las exposiciones en que participé con Nicolás, Brandt y Monsanto... También, aquella primera exposición en la Escuela de Música con Monasterios... Fue entonces cuando nos conocimos, ¿recuerdas?

—Claro que me acuerdo; fue en el Molino Rojo, cuando visité Caracas por primera vez, en 1911. Fui a la exposición a ver qué aprendía y luego fui al bar a tomar algo. Ustedes estaban celebrando y así los conocí.

—Sí... Mucho después de eso me hicieron un par de exposiciones en Caracas y en París, pero la verdad es que ya no me importan. Yo lo que quiero es estar tranquilo. Pintar tranquilo, ¿sabes? Igual, mis cuadros no se venden y luego Juanita se molesta conmigo por eso... Pero yo lo que quiero es que me dejen pintar tranquilo...

—Sí, que te dejen trabajar tranquilo.

—Exacto. Aquí en El Castillete lo tengo todo: tengo a Juanita, mis títeres, mis pocos clientes, mis paisajes, mi sol, mi luz y mis colores. De aquí no me voy nunca; ni que estuviera loco me voy yo de aquí.

—Te entiendo. Y siento exactamente lo mismo que tú. Por eso me fui de Europa y vine a este Paraíso, para llenarme de luz bonita y tener paz. Y lo logré. Y además, encontré a la mujer perfecta para mí. La verdad es que no me debería quejar... Pero sí me gustaría vender más cuadros aquí...

—Y ya ves que aquí también te ignoran, como me ignoran a mí. Pero no te preocupes, Vincent. Yo estoy seguro de que las obras que creamos nos van a sobrevivir. Así que, si no podemos venderlas mientras vivamos, seguro que alguien las descubrirá más adelante. Ya verás. Algún día, en un futuro tal vez no muy lejano, nuestros cuadros estarán en los museos del mundo, quizás incluso en los mismos museos, acompañándose como amigos, como nosotros. Chico, yo creo que la gente no nos entiende porque el mundo todavía no está preparado para nosotros.

—Tal vez tienes razón, Armando. Igual, nunca lo sabremos.

—Pero yo sí lo sé, mi amigo, ¡claro que sí! ¡Salud! —sonrió al levantar el vaso de cartón.

—¡Salud!

Hacienda Los Pastores, Apure, 1906

El rocío mañanero despertó a Vincent. Se había quedado dormido en la hamaca la noche anterior y el sereno estrellado lo envolvió en un sueño de cocuyos multicolores que danzaban al ritmo del contrapunteo infinito del Llano venezolano.

Con el amanecer, pasó el peón hacia el establo para el ordeño. Vincent se incorporó de golpe. Tomó caballete, lienzo y pinturas, y siguió al campesino.

Los primeros haces de luz se colaban inseguros por las grietas de los maderos, iluminando ubre y manos. El hombre comenzó a cantarle al animal su tonada predilecta. Poco a poco, la res se fue relajando, permitiendo a los dedos expertos extraer el preciado líquido. Aquellos chorros blancos destacaban en la penumbra como rayos finos pero decididos, dibujando líneas en el aire polvoriento, oloroso a bosta de vaca.

Vincent observaba maravillado cómo las líneas blancas que salían de la ubre tan rectas, tan perfectas, en cuanto tocaban el tobo se ondeaban al compás de la melodía que cantaba el campesino, creando torbellinos de espuma magnífica que borboteaban en todas direcciones con la tonada. Con los ojos brillantes de la emoción, aplicó la pintura directamente sobre el lienzo preparado con base ocre y la repartió gruesa con los dedos al ritmo que imponía el canto del peón, formando caracoles trepidantes que reproducían la solemne escena, llena de vida y música.

*

Vincent llegó a Apure invitado por Ernst Schröder, un amigo de la familia Pacheco en Río de Las Casas, que conoció durante los festejos de Navidad en Táchira el año anterior. Schröder era un alemán aventurero que había emigrado desde el sur de Alemania veinticinco años atrás, con sus ahorros y una mochila llena de sueños. Viajó por Venezuela y se enamoró perdidamente de Apure y de Carmen Pérez, la hija de un maestro de escuela primaria. Se casaron y compraron unas tierras al norte de Achaguas y, a medida que el trabajo duro generaba ganancias, le añadieron otras tierras aledañas para convertirlas en una gran hacienda.

En Los Pastores se sembraba maíz y caña de azúcar, y se criaban reses, cochinos y caballos. Lisbeth Schröder, la hija mayor, trabajaba junto a los peones arriando el ganado y ayudando donde se necesitara. Igual que su padre, es muy activa y le gusta la vida del campo. A Vincent lo cautivó la naturaleza sencilla de aquella mujer de ojos aguarapaos y tez tostada que, siempre enfundada en pantalones hechos a su medida y camisas blancas de botones, sabía ensillar un caballo y era capaz de ayudar a una res a traer al mundo a un becerro que venga con alguna complicación. Le gustaba mucho hablar con ella sobre el Llano y todo lo que contiene.

Una tarde al final de la semana, Lisbeth lo invitó a una fiesta llanera con toros coleados. La manga de coleo estaba llena de gente vestida con sus trajes domingueros. Armados de arpa, cuatro y maracas, los músicos cantaban joropos y, junto con el aguardiente y la comida, alegraban la tarde de asueto con los coleadores y todos aquellos que se reunían a celebrar.

Vincent observaba todo con los grandes ojos de la admiración. Lisbeth respondía sus preguntas con mucha paciencia, agradada de tener la oportunidad de presumir las bellezas del folclor, las costumbres y los paisajes apureños.

—Gracias por traerme a la fiesta, Lisbeth. Necesitaba un descanso. En las últimas semanas no he parado de trabajar.

—Con todo gusto, querido Vincent. Pensé que te vendría bien soltar un poco la paleta y cambiar de ambiente por un rato —dijo Lisbeth sonriendo bajo el sol de las tres de la tarde.

Vincent sorbió de su vaso mientras veía embelesado cómo el viento intentaba despeinar el largo cabello castaño claro de su anfitriona.

—No conocía la faena de los toros coleados, pero fui a las corridas de toros en Francia, hace ya mucho tiempo. Eran fiestas muy coloridas.

—Ah, sí. Bueno, ya ves que aquí, los toros coleados son distintos... Aquí no se mata el toro.

—Sí, sí. Me gusta más así. Los coleadores son muy hábiles y no se derrama sangre... —dijo mirando lo que sucedía en la manga, pensativo—. Y la fiesta es muy alegre también. Sobre todo, la música —pronunció con una leve sonrisa.

Lisbeth asintió a la vez que acompañaba con su canto el corrío que amenizaba la faena. Cuando terminó la canción, sus ojos pardogrises lo miraron, inquisitivos.

—¿Qué te trajo por estas tierras?

Vincent sonrió como quien ha esperado largo tiempo por la pregunta exacta para todas sus respuestas.

—Me trajo la vida, Lisbeth. Estaba en busca de la luz perfecta y el calor, y en Francia nadie me comprendía. Luego murió mi querido hermano y decidí que ya nada me ataba a todo aquello, así que vine a ver con mis propios ojos las maravillas de las que hablaba Alexander von Humboldt en sus libros. Estoy viajando por Venezuela, y con mis pinturas, trato de hacerle justicia a tanta maravilla junta.

—¿Ajá? ¿Y qué te parecen los Llanos?

—La sabana me cautiva, con sus ríos y lagunas. Es curioso, pero cuando salgo a pintar por el campo, me invade una paz inmensa que viene tomada de la mano con una sensación de pequeñez y vulnerabilidad... Y entonces, el sol que se sumerge enorme en ondas entre el monte y el estero para luego dejarle el espacio al universo lleno de estrellas... No sé cómo explicarlo.

—Te entiendo. El Llano se siente infinito e invencible.

—Yo aquí me siento en casa. Los paisajes son plácidos y a la vez están llenos de vida y de la eterna lucha por sobrevivir. La sabana y los morichales son el seno de este Paraíso lleno de ganado, venados y chigüires, jaguares, culebras, paraulatas, garzas, corocoras y hasta zamuros, que se ocupan de que nada se pierda en esta tierra magna. Y en las aguas que mantienen toda esta fuente eterna de alimento, los caimanes y las pirañas hacen también su parte... Todo está en equilibrio.

—Así es. Es perfecto. Todo se mantiene en equilibrio, como debe ser.

—Y además de todo esto, la gente aquí es bellísima... La mezcla de las razas hace personas preciosas, como tú —se atrevió a decir con timidez—. ¿Quieres ir conmigo a la laguna? —se sorprendió a sí mismo pronunciando.

—¿A la laguna? —Lisbeth se sorprendió—. Bueno, podemos pasear un rato por allá si quieres, pero nada de bañarse allí. Hay tembladores.

—¿Tembladores? No sabía... Qué pena. Pensaba que podíamos pasar un rato solos... Si quieres, podemos ir a otro lugar... Sólo quiero conocerte un poco mejor.

—Ay, Vincent... —suspiró mientras le tomaba la mano—. Sabes que me gusta mucho hablar contigo. Te tengo cariño, pero no estoy buscando a nadie... No quiero perder la libertad que tengo aquí... ¿Me entiendes? Podemos ser amigos. Los mejores amigos, pero más nada.

*

Achaguas, Apure, 1906

El maestro, borracho, se dejó caer sobre el colchón barato. Vincent buscaba en vano algo de luz para reconocer el rostro de la joven que lo atendía, pero por más que lo intentaba, la penumbra no lo dejaba descifrar las facciones de aquella mujer que, cansada, se subía el vestido marchito para ganarse el sustento del día.

—Acércate, que quiero verte.

—¿Y tú pa' qué quieres verme, Colora'o?

—Quiero ver quién eres. Ven.

La mujer obedeció. Vincent se irguió de pronto y la jaló hacia él con torpeza.

—¡Pero bueno, Colora'o! ¿Qué tienes? —dijo mientras caía sobre él—. Soy Ernestina, ¿no me ves?

—Ah, sí, Ernestina... Eres bella... Dame un beso, Ernestina —murmuró, arrastrando las palabras, jalándola por los hombros hacia su rostro.

—¿Un beso? Pero Colora'o, tú hueles a mono. No puedo besarte así. Además, me pagas poco, así que conténtate con el servicio de siempre. Y apúrate, que la noche es larga y tengo clientes que me esperan.

—Ay, Ernestina, tú no me quieres...

—Colora'o, tú eres un poco bruto y hueles mal. Vamos, pues...

—No me quieres, Ernestina, no me quieres...

—Colora'o, Colora'o... Ay, Colora'o... Tú sabes que me caes bien... Pero entiende; debo terminar mi jornada para darle de comer a mis muchachos, ¿entiendes? Ahora apúrate y deja pasar al siguiente. Pero no regreses solo a la hacienda a esta hora. Estás muy bebido y no te puedes ir así porque te puede agarrar el Silbón...

—¿El Silbón por aquí? A mí me dijeron que el Silbón está por Barinas... —dijo arrastrando las palabras.

—No, Colora'o. No te confíes. El Silbón está por todos los Llanos. Mira, le voy a pedir a Mamá Dominga que te deje pasar la noche aquí porque estás borracho, ¿sí? Pero tienes que esperar en el salón a que termine de trabajar; ¿está bien?

—Como tú mandes, Ernestina. Como tú mandes...

Hacienda Los Pastores, Apure, 1907

    Mi querida Johanna:

    Acabo de recibir el paquete con los materiales que me mandaste diez semanas atrás. Muchas gracias; ya se me estaban terminando los lienzos y algunas de las pinturas. Ojalá puedas vender los cuadros que te envío aquí con los paisajes y las distintas aves de los Llanos y de los llaneros haciendo las faenas del campo. Gracias de nuevo por tu apoyo indeleble a mi persona y mi trabajo.

    Hace tantos años que me fui al sur de Francia buscando el calor porque nunca me gustaron los inviernos fríos de Europa, tan oscuros y largos... Si bien es cierto que en Arles el clima es más llevadero, sigue teniendo un invierno definido y triste. Y bueno, la verdad es que allí no me querían. En cambio, aquí en Venezuela lo que existe es una primavera eterna que te eleva el espíritu. Sólo hay dos estaciones: la de lluvia y la de sequía... Estoy convencido de que este es el Paraíso.

En el tiempo que llevo viajando por Venezuela, una y otra vez, compruebo que esta es la verdadera tierra de las oportunidades. Hay tantas personas que vienen desde otras latitudes a probar suerte aquí, al norte de Suramérica. Tantos que llegan con una maleta llena de esperanzas a abrirse paso en este país generoso y lleno de gente encantadora, que los reciben contentos porque saben que este trozo de mundo es grande y sus riquezas son enormes y más que suficientes para todos.

Un ejemplo de esto es el alemán Ernst Schröder, que como sabes, me invitó a quedarme todo el tiempo que desee con él y su familia aquí en Apure, en su hacienda Los Pastores. Schröder trabajó muy duro y la fortuna lo recompensó, y así, creció sus tierras y cada vez puede darle trabajo a más gente. Además, adora tanto a Venezuela, que ni le pasa por la cabeza la idea de regresar jamás a Alemania. Con su mujer y sus hijos venezolanos, él mismo se siente venezolano también.

Te confieso que cuando conocí a Lisbeth Schröder, quedé prendado de ella. No sólo es una mujer preciosa; también es muy instruida y, además de ser alegre y amable, tiene un carácter muy completo. Es muy segura de sí misma y se vale por sí sola en todas las facetas de su vida. Y fíjate que justamente todo esto que me gusta de ella es lo que la separa de mí y de todos los demás pretendientes que pudieran acercársele: a Lisbeth le gusta la vida del campo y no está interesada en nada ni nadie más. Sin embargo, Lisbeth y yo nos entendemos muy bien, porque en este tiempo que llevamos conociéndonos, hemos compartido miles de horas hablando de infinitas cosas, así como infinito es el mismo Llano, donde ella reina y se siente tan libre. Le estoy agradecido porque, aunque me aclaró que no estaba interesada en mí, no me rechazó ni cambió su amistosa actitud hacia mí. ¡Qué distinta de tantas otras personas que me han rechazado en la vida! Siento que esa manera de ser la hace aún más maravillosa... Puedo decirte que encontré a quien tal vez sea mi mejor amiga.

Todo esto me hizo pensar mucho en Gauguin y nuestros dos meses juntos en Arles. De pronto recordé tantas situaciones en las que sentí su arrogancia, su antipatía hacia mí y de cómo yo le hacía excusas en mi mente, y me di cuenta de que en realidad, él no me quería como amigo. Tan sólo me toleraba. La verdad es que hubiese preferido mil veces que él fuese sincero conmigo y no hubiese venido a visitarme, pero luego comprendí que sólo lo hizo porque Theo le pagaba por ello. Eso no quiere decir que me odiara, claro, pero no había afecto. Tal vez yo le parecía muy intenso, muy hablador, no sé. Hoy estoy consciente de que a veces puedo ser fastidioso, pero desde luego, nunca es mi intención molestar a nadie. Sólo es una parte de mi personalidad... A pesar de que el recuerdo me abrió los ojos de golpe después de tanto tiempo, me entristece mucho entender su falta de afecto y cada displicencia de entonces. Y aunque en el momento no lo supe ver, ya todo pasó y no me queda más remedio sino aceptarlo. Ni siquiera tengo nada que perdonarle. Es cierto que el cariño iba en un solo sentido. No era recíproco. Y es que no se puede obligar a nadie a que lo quieran a uno...

La vida en los Llanos es sencilla e intensa al mismo tiempo. Te das cuenta de que, para sobrevivir, la mayor parte de tus bienes es innecesaria. Puedes reducirlo todo al mínimo y todavía tienes de más. La tierra y lo que contiene te da todo lo necesario. Yo aquí me siento

143

*más natural, más cerca del Creador. Tengo la gran suerte de que, en
Los Pastores, todos se interesan por mí y me cuidan. Siempre me
aconsejan a dónde ir y me indican dónde hay algún peligro. Se
aseguran de que me alimente bien y me dejan trabajar en paz. Y
aunque desde el principio me dieron una habitación propia en la Casa
Grande, a veces duermo en el pasillo de afuera, en una hamaca donde
me siento abrazado y protegido en el noble tejido que me contiene.*

*El cielo en los Llanos es plácido de día y muy profundo de
noche. La luna llena aquí es enorme: amarilla y enigmática. A veces
pienso que quiere algo de mí. Con demasiada frecuencia, cuando hay
luna llena, no me siento bien. La luna no me deja dormir y me pone
de mal humor, y tú sabes que así no puedo funcionar. Creo que la
falta de sueño también me ha hecho tener más ataques de pánico, y tú
sabes lo mal que me pongo cuando me suceden esos ataques. Tal vez
sea por eso que las muchachas de aquí no quieren tener nada serio
conmigo... En esta llanura infinita, cada mes, por dos semanas,
cuando la luna comienza a crecer, y se llena y luego va menguando de
nuevo, me asalta el insomnio. A pesar de que quedo agotado por lo
mucho que trabajo durante el día, mientras la luna está en la negrura
del cielo, me resulta imposible conciliar el sueño. Como sabes, yo
trabajo y trabajo y necesito descansar, pero la luna relumbra sobre mi
cabeza, me desvela y mi mente se espabila y no me deja tranquilo.
Instintivamente, trato de buscar imágenes plácidas, que me calmen.
Por ejemplo, pienso en aquella claridad tan especial que todo lo
inunda justo antes de comenzar a llover cuando es de día y hay sol...
Pero entonces, la mente me lleva sin piedad a mirar hacia arriba. En
ese momento, veo las nubes oscuras y macizas por las que se filtran los
rayos de luz para regalarle al mundo la esperanza de que el aguacero
no durará por siempre. Aquellos rayos valientes se reflejan en los
árboles, las flores, el suelo y las piedras, y revientan en destellos*

violentos que inundan hasta los rincones más ocultos. El resplandor quiebra cualquier atentado de sombra que pudiese osarse a aparecer. Y más allá, al final de la plomiza agua que se mece amenazante sobre toda la tierra, aparecen dos arcoíris en todo su esplendor. No tengo escapatoria. Una vez más, se desata la tormenta que invade mi mente...

Pero no te asustes, querida Johanna, que aparte de lo que me pasa con la luna llena llanera, en general la vida por aquí es muy tranquila. Los campesinos me dan una fruta que se llama "parchita" para el mal humor y los ataques. Eso me calma y me ayuda a sentirme mejor. También ellos son muy amables conmigo; algunos me llaman "míster" y las muchachas me dicen "colora'o". Ya los has visto en las pinturas que te he ido enviando. Tienen sonrisas preciosas, en todos los tonos de piel y todas las texturas de cabello entre indios, negros y blancos. Son el resultado sublime de la mezcla de las tres razas en este crisol mágico que se llama Venezuela. Johanna, aquí siento que me respetan y me toman como soy, y eso me hace feliz.

El paisaje infinito de los Llanos me hace sentir minúsculo y a la vez me llena de paz. La música acompaña algunas faenas con el ganado y suena todo el tiempo durante las fiestas. Aquí también hay espectáculos ecuestres con toros: los toros coleados, que son muy distintos a las corridas de toros que vi en el sur de Francia. En Arles, las corridas de toros son muy vistosas, pero me apena mucho el sufrimiento del animal. Prefiero los toros coleados de los Llanos aquí en Venezuela porque no se sacrifica al toro; los coleadores sólo parecen jugar un rato con él.

145

Querida cuñada Jo, deseo tanto que mi ahijado Vincent y tú algún día decidan venir a visitarme en Venezuela para ver todo esto con sus propios ojos y no sólo en mis pinturas.

Reciban un beso y mi abrazo fuerte.

Cariños, Vincent

Hacienda Los Pastores, Apure, 1908

Vincent se quedó en Apure con la familia Schröder por poco más de dos años. En ese tiempo, absorbió por las pupilas y la piel toda la luz del Llano y lo que contiene. Y cada día aprendió algo importante para sobrevivir en ese mundo precioso y rudo a la vez.

Después de rebosar el alma de los colores vibrantes de aquel paraíso natural, sus pies inquietos le susurraron al corazón que ya era hora de partir a nuevas aventuras, a pesar de que esto le producía a Vincent un vendaval de sentimientos encontrados. En ese estado, los ojos le recordaron a la mente que siempre podrían regresar a visitar Apure y Los Pastores más adelante, tal vez en una segunda vuelta a Venezuela. Esto tranquilizó al espíritu colmenero del maestro y le dio la paz que necesitaba para tomar la decisión de seguir su camino hacia Caracas.

El viaje a Caracas desde Apure lo haría acompañando a Gustavo, el segundo hijo del señor

Schröder, que debía ir a la capital a resolver unos trámites por la compra de nuevas tierras por su padre. Vincent aprovecharía la carreta para transportar sus bártulos y los lienzos que le quedaban después del último envío que le hiciera a Johanna unas semanas antes de su partida y de los que había regalado a sus nuevos amigos en los Llanos.

Al saber de la decisión de Vincent de continuar su camino explorando Venezuela, el señor Schröder le habló de una zona en el Estado Yaracuy que para los pobladores es sagrada: la montaña de Sorte, hogar de la diosa indígena María Lionza. Le explicó que es un lugar con mucha energía positiva y que si ya van camino a Caracas, vale la pena desviarse un poco para visitarla. Así, le encomendó a su hijo Gustavo que lo llevara a Sorte para llenar su alma de cosas buenas.

A Vincent sólo le tomó un par de días alistarse para el largo viaje. Llegado el momento, toda la familia se reunió frente a la Casa Grande a despedir a los dos hombres. Mientras Gustavo ayudaba a Vincent a acomodar sus implementos de trabajo y sus pocas pertenencias en la carreta, doña Carmen se acercó a darles algunos consejos y a bendecir su camino.

—Gustavo, mijo, recuerda que no deben desviarse de la ruta, ¿sí? —expresó doña Carmen, inquieta.

—Claro, Mamá, no se afane. Iremos directamente a las paradas de siempre en los pueblos de siempre —la tranquilizó su hijo.

—Y no hagan camino de noche, ¿ah? Mira que el Silbón anda por los lados de Barinas y Cojedes —insistió la madre.

—No se preocupe, doña Carmen. Nosotros somos hombres de bien y no vamos a beber, así que el Silbón nos dejará viajar tranquilos —le aseguró Vincent, al tiempo que le daba palmadas suaves en los hombros.

—Todo estará bien, no tengo duda alguna —decretó el señor Schröder con una gran sonrisa—. Buen viaje.

—Buen viaje. Cuídense mucho. Gustavo, a ti te esperamos de vuelta en unas pocas semanas. Y Vincent, te recordamos que el portón de Los Pastores siempre estará abierto para ti. Vuelve siempre que gustes, que esta es tu casa —dijo Lisbeth mirando fijamente los ojos verdeazules del pintor.

Malecón de Macuto, 1932

   Mi querida Johanna:

   *Muchas gracias por el paquete con los lienzos y las pinturas
que acabo de recibir. Junto a esta carta te envío un bulto con distintos
cuadros de la costa, la cordillera, una serie de trinitarias de varios
colores y algunos retratos de Felisa y míos. Ya ves, mi vida aquí es
tan distinta, tan plácida, tan segura. Aquí no hay cipreses, pero me
maravillo ante las palmas que crecen derechas hacia el firmamento y
en la punta tienen una brocha con la que parecen pintar el cielo y las
nubes.*

   *Hoy te escribo desde el Malecón de Macuto. Es un paseo
precioso que se extiende a la orilla del mar con muchos árboles, bancos
y parques. Aquí también están los Baños de Macuto, que son partes
de la playa con unas construcciones para bañarse en el mar, y que
tienen instalaciones para cambiarse de ropa y servicios sanitarios.
Mucha gente de La Guaira y Caracas viene a los baños o a pasear*

por el malecón, sobre todo, los fines de semana. Yo vengo todos los fines de semana a ofrecer mis pinturas desde uno de los bancos del malecón, esperando tener la suerte de hacer alguna venta. A veces, cuando traigo mis cuadros, conozco gente que me pregunta de dónde soy. Les contesto que soy holandés, pero que llevo ya tantos años aquí, que me siento venezolano. Algunos me preguntan mi opinión sobre la política, pero yo me las ingenio para desviar el tema porque pienso que no me corresponde emitir ningún juicio sobre eso. Yo respeto el gobierno de cada pueblo. Además, nunca me ha gustado la política. Tú sabes; yo simplemente vivo aquí y estoy agradecido de que me hayan recibido y me dejen vivir y trabajar tranquilo. Otros me preguntan si no me arrepiento de lo que dejé atrás, y entonces sí les digo enseguida: "¡Para nada! ¡Si esto es el Paraíso!". Entonces, se les ilumina el rostro y sonríen porque perciben mi sinceridad y mi gratitud. Luego comienzan a preguntarme sobre los cuadros, charlamos un rato y si tengo mucha, mucha suerte, puede que venda una pieza.

Ya te he contado que en Macuto la vida es más calmada. Aquí, Felisa y yo nos sentimos libres y estamos en armonía con todos. Nadie se mete con nosotros. No me molestan como lo hacían en Francia, así que puedo pintar en paz. No estamos aislados, pero aquí podemos recogernos de las cosas que pasan en la capital y en el resto del país. Sabes que nunca me han gustado los gobiernos militares, pero entiendo que traen consigo algo de orden. Como todo, estos gobiernos tienen sus cosas que pueden ser buenas, y otras que definitivamente son malas. No hay nada perfecto. Lo triste es que se vuelven dictaduras en las que todo gira alrededor de quien esté sentado en la presidencia. Si algo no le conviene, le basta con suspender las garantías del pueblo para que nadie le lleve la contraria. En estos 24 años, el presidente Juan Vicente Gómez ha tratado a Venezuela como si fuese de su propiedad. Es cierto que avanzó mucho organizando el país, pagó toda la deuda internacional, modernizó a Venezuela con carreteras, aviación y muchas otras obras públicas, y logró pacificar la nación acabando con los alzamientos desestabilizadores de los caudillos. Claro, todo eso lo logró a costa de reformar la constitución para estar más tiempo en el poder, de reprimir a cualquiera que no esté de acuerdo con él, incluso llevándolos a la cárcel como presos políticos y poniéndolos a construir las carreteras de manera forzada. La censura y el castigo a la libertad de expresión han sido muy fuertes... Imagínate que cerró la Universidad por diez años. Como te dije, el resultado de esta mano férrea es orden y progreso, lamentablemente con un costo enorme de pérdida de la democracia y las libertades. Todo esto me crea sentimientos encontrados. Espero que al final, lo bueno pese más que lo malo. Más adelante te contaré cómo sigue todo.

Querida Jo, recibe mi abrazo y un beso para mi ahijado.

Cariños, Vincent

El Castillete, Macuto, 1932

Ese día no terminaba de amanecer. La mañana
seguía oscura bajo la maciza capa tiznada que impedía la
circulación del viento. En la cocina de El Castillete, una
Juanita sudorosa y abochornada por el cansancio revolvía
con fuerza el contenido de un gran caldero que humeaba
con violencia en el fogón. Sobre el mesón se apilaban las
telas crudas que aguardaban pacientes para comenzar el
largo proceso de preparación, por el cual se convertirían en
portadoras de los sentimientos más profundos del maestro.

Los lienzos flotaban en las corrientes del caldo
ardiente mientras Juanita perseguía las burbujas que se
formaban en las telas y las eliminaba una a una con toda la
seriedad y la paciencia que ameritaba la faena. A la vez que
sancochaba las telas, Juanita pensaba en los hijos que no
tenía, pero que deseaba tanto tener. Miró a Armando, que
cortaba las telas, concentrado. A pesar de que había dejado
de cuidarse hacía mucho tiempo ya, no lograba quedar

embarazada y no entendía la razón. Parecía que Dios no le quería enviar prole. En medio de sus cavilaciones, se percató de que Felisa tampoco tenía hijos. Pensó que, tal vez, era todo parte de un plan divino que giraba alrededor de los dos amigos artistas para asegurar que tuvieran una compañera que los cuidara y los atendiera sin muchas distracciones. Sintió que la invadía una suave ola de resignación y, con el gran cucharón de madera, siguió revolviendo aquellos lienzos nobles que sufrían los embates del agua hirviente en cada fibra.

Juanita y Armando se habían levantado temprano para comenzar la labor. Bebieron café y enseguida pusieron manos a la obra. El desayuno vendría más tarde.

El tratamiento de las telas era un paso fundamental en la producción artística del pintor; ellas eran los soportes sobre los cuales Armando expresaría las ideas que necesitaba comunicarle al mundo entero. Claro está que debían cumplir con los estándares más exigentes de densidad, textura y consistencia, ya que ellas mismas eran parte integral de la propuesta del artista y de cada obra en particular.

Con el paso de los años y la ayuda de Juanita, Armando iba perfeccionando el procedimiento, en el que cada vez se volvían más expertos y eficientes. Eran ellos el equipo perfecto. Cada quien sabía lo que debía hacer. No tenían que gastar palabras para comunicarse. No había necesidad de romper el preciado rumor mañanero con frases inútiles que interrumpieran el canto de las aves y el cacareo de las gallinas en El Castillete.

Mientras Juanita se ocupaba del caldero y el fogón, Armando cortaba el lienzo en distintos tamaños según sus necesidades para luego organizarlos sobre el mesón. Toda la preparación era un trabajo repetitivo y agotador que tomaba varios días.

Para cada tanda se repetía la historia: las telas escogidas se ahogaban sin remedio en el enorme caldero, donde el hervor inclemente las hacía contorsionarse de manera brusca, sin voluntad propia, para comenzar a ablandarse. Una vez hervidas las telas, se volvían a apilar según su tamaño sobre la superficie de trabajo, donde después se terminaban de suavizar a golpes. Era en ese intermedio cuando Juanita y Armando aprovechaban para desayunar.

Juanita se acomodó el pañuelo empapado que llevaba en la cabeza y, como en todas las comidas, se sentó frente a Armando. De pronto, el cielo oscuro se abrió y su pesado contenido cayó inclemente, cubriendo todo Macuto. Sin embargo, ninguno de los dos se inmutó. Estaban acostumbrados a las tormentas del litoral y a lo que ellas traían consigo: más agua en la quebrada, algunas ramas, piedras y uno que otro animalito pequeño que buscaba refugio en El Castillete. Lo bonito venía después del aguacero; el ambiente refrescaba, el petricor llenaba los espacios y el cielo relucía en su azul más puro, permitiendo que el sol se ocupara de volver a secar la tierra casi en un abrir y cerrar de ojos.

Pero ese día, la tormenta no tenía intenciones de ceder. Durante toda la mañana, el agua continuó bautizando la costa y lo que ella contenía, hasta que los cielos se aseguraron de que no quedara pecado alguno en la comarca.

Terminaron de desayunar y de beberse el segundo café, y regresaron al oficio. Tocaba fustigar los lienzos vírgenes, pero con pecado original, hasta reblandecerlos para que fuesen meritorios de llevar la obra del maestro. Las telas soportaban el castigo cuales fieles fervorosos que se saben imperfectos y esperan recibir los dones divinos a través del martirio.

Una vez cumplida la penitencia, los nobles lienzos renacían en su naturaleza más primordial de las manos de Armando que, según el tema que quisiera desarrollar en cada uno, les extraía hilos y les anudaba otros en distintas partes para definir el grano preciso de la tela. A partir de ese momento, cada lienzo sabía cuál era su destino y pasaba a la siguiente etapa, consciente de su responsabilidad como parte activa de una obra maestra. Por ese motivo, toleraban con gusto los clavos que los tensaban sobre los bastidores y no se mareaban ni les daba vértigo al secarse colgados del techo en el estudio del pintor. Sabían también que Armando y Juanita las cuidarían de los elementos y del sereno. Se sentían en casa.

Esta vez, a diferencia de tantas ocasiones anteriores en que prepararon las telas, Juanita entendió que eran ellas las verdaderas hijas del amor que compartía con Armando: las pinturas que comenzaban su vida en forma de telas crudas entre las manos de ambos.

Fonda Las Quince Letras, Macuto, 1933

Con el ron sobre los labios y el lápiz en la mano derecha, Vincent tomaba apuntes gráficos de la fonda en la libreta de bosquejos. Concentrado, sus grandes ojos observaban el lugar para luego entrecerrarse y describir en detalle pictóricamente el espacio, la luz, el mobiliario, los clientes, el suelo, el ambiente. Todo quedaba plasmado en negro sobre blanco en un primer paso del proceso creador.

Era una noche fresca de marzo. La brisa había barrido el calor acumulado durante el día y su suave soplido atravesaba el local de una punta a la otra, dejando a su paso aquella sensación de bienestar que relaja el cuerpo y hace respirar al espíritu, preparándolo para afrontar el siguiente día con optimismo.

Vincent estaba sentado en una de las mesas del fondo dispuestas en posición dinámica, bajo una lámpara de kerosene. Su mano parecía moverse sola sobre el papel. No paraba. Los dibujos brotaban del lápiz como una cascada interminable de grafito en un desierto que lo absorbía de manera voraz.

Era un local pequeño, ubicado en la planta baja de una casa sencilla que hacía esquina al final de la carretera, en Punta Brisas. De piso de cemento, tenía entradas por las dos calles, lo que permitía su adecuada ventilación a toda hora. El techo de tejas rojas a cuatro aguas que cubría el segundo piso contrastaba alegre con las paredes blancas, las puertas y las ventanas de madera oscura que exhibía con modestia la casa.

Dentro de la fonda había ocho mesas de madera con sus respectivas sillas y una barra austera junto a la cual los clientes bebían de pie. El lugar estaba iluminado por lámparas de kerosene que colgaban de las paredes y quinqués de vela sobre las mesas y el bar, que lo llenaban de una atmósfera cálida y un tanto encubridora. En la pared del fondo, cerca de Vincent, colgaban dos cuadros con paisajes locales. Las mesas, cubiertas con manteles de florecillas para los comensales durante el día, a esa hora estaban desnudas y sostenían botellas de cerveza, vasos de vino, ceniceros y uno que otro plato con empanadas de queso y de cazón, cuyo aroma se mezclaba con el olor de la cerveza y del humo de los cigarros, para completar así el volumen del aire en el recinto. El salón estaba a medio llenar; cinco mesas ocupadas y tres hombres en la barra hacían que el lugar se sintiese acogedor y no abarrotado.

Detrás de la barra, Felisa manejaba todo el local, al tiempo que atendía a los clientes con una gran sonrisa. Mientras la observaba atento para plasmarla en la escena que documentaba en la libreta, Vincent recordó la tarde en que se conocieron en Barlovento, ya veinte años atrás.

Al recorrer las mesas con la vista, los ojos alegres de Felisa se encontraron con los enamorados de Vincent. Una amplia sonrisa germinó en el rostro del maestro, barriendo momentáneamente la arruga de su entrecejo. No se cansaba de pintar a su amada. Desde que vivían juntos, Felisa se convirtió en su musa y su mayor modelo. Felisa le sonrió de vuelta y él la dibujó contenta en su oficio.

Tres de las mesas estaban ocupadas por parejas que hablaban en voz baja y comían empanadas y hervido de pescado, iluminados por velas. En la otra, cuatro amigos contaban chistes y reían escandalosamente a la vez que empinaban a sus bocas sendas botellas de cerveza. Los hombres de la barra bebían cada uno su trago sin hablar entre sí, pero intercambiaban alguna que otra frase con Felisa.

En sus bocetos, Vincent anotaba absorto las fuentes y la calidad de la luz, las sombras y la manera en que se proyectaban, los muebles oscuros en el ambiente poco iluminado, las personas en sus respectivas poses y los objetos que terminaban de completar la composición escénica del bar ese jueves por la noche; todos los detalles necesarios para crear sus próximos esbozos.

Vincent dibujaba sin percatarse de que una figura se acercaba a su mesa.

—Siempre trabajando... Tú nunca paras, ¿ah, Vincent? —lo saludó Armando con una palmadita en el hombro.

—¡Armando! —sonrió—. No, creo que nunca voy a parar... —concedió—. Siéntate, por favor.

Armando se sentó junto a Vincent, de espaldas a la pared. Unos minutos después, Felisa le traía a Armando el ron de siempre junto con dos empanadas para ambos. Los amigos brindaron e instintivamente se dedicaron a observar a los demás comensales.

—En serio, amigo. Siempre que te veo estás bocetando...

—Ay, Armando... Qué te puedo decir... Es verdad... Siempre llevo mi libreta de bosquejos conmigo porque nunca sé con qué cosa maravillosa me voy a encontrar en el camino. Tú sabes. El mundo es tan hermoso, que tengo la necesidad de plasmar todas las emociones que siento, porque si no lo hago, creo que explotaría —dijo solemne—. Yo dibujo esas escenas que me mueven y tomo nota de todos los detalles, y luego repito los dibujos tantas veces como sea necesario hasta que al fin me animo a llevarlos al lienzo. Y muchas veces, también repito las pinturas hasta que logro mostrar lo que siento.

—Te entiendo, Vincent, aunque mi proceso es algo distinto. Yo esbozo lo que me inspira y generalmente no repito mucho los dibujos. Eso sí, preparo mis telas pensando en cada una de las obras que voy a trabajar. Y el día exacto que les toca, me dispongo en cuerpo y alma para expresar todo lo que veo, lo que me rodea, lo que siento... —saboreó el ron de su vaso—. Y para eso, me froto con las piedras del mar y tengo que separar mi cuerpo en dos partes con el mecate, ¿ves? La parte de arriba es la pura, la de abajo es la impura. Debo hacerlo así para que la parte impura no contamine mi arte... Sabes lo que digo, ¿no?

—Claro, amigo. Así mismo como lo sientes es como debes hacerlo —afirmó Vincent y sorbió un poco del ron de su primer vaso de la noche, sin perder de vista la escena en el recinto—. Cada quien tiene su propio proceso, que es el mejor para cada uno.

Armando giró la cabeza hacia la pared y miró los dos cuadros que colgaban detrás de ellos.

—Todavía no se han vendido mis cocoteros derretidos por el sol ni tus trinitarias vibrantes en el sol... El sol en sus dos facetas. El cuchillo de doble filo, ¿ah? —comentó Armando.

—Sí, las dos caras de la moneda del sol... El mismo sol que le da vida a mis colores, disuelve los tuyos y derrite tus formas... —respondió Vincent, pensativo—. No, no se han vendido aún, pero Felisa me comentó que le han preguntado varias veces por los cuadros. Yo espero que en cualquier momento, alguien se anime a comprarlos.

—¡Salud! —brindaron los dos amigos y con ello, terminaron de beber sus tragos.

Vincent miró a Felisa en la distancia y con un gesto casi imperceptible, le dejó saber que estaban listos para el segundo y último ron de la noche.

Felisa trajo las bebidas y las imprescindibles empanadas con una sonrisa y un guiño. Cuidaba que Vincent no se excediera porque sabía que el alcohol había afectado su salud cuando vivía en Francia. Por eso, se aseguraba de que se alimentara bien y descansara lo suficiente cada día, además de siempre tener en casa parchitas y cambures que le ayudaran a mantenerse sereno y a evitar los ataques de epilepsia.

Vincent la abrazó por la cintura y le besó el dorso de la mano, agradecido.

—Verás, Armando. Mis amarillos representan la luz del sol. Este sol maravilloso de Venezuela, que hace que mis colores tengan la máxima vida posible y vibren sin parar. Mi paleta cambió desde la primera vez que abrí los ojos en este Paraíso lleno de luz... Cuando combino colores contrastantes aquí, puedo sentir cómo vibran sobre el lienzo... Y eso me hace sentir vivo a mí también, ¿me entiendes?

—Claro, chico. Pero ten cuidado, que si te quedas demasiado tiempo al sol, te va a derretir a ti también —dictaminó Armando con toda seriedad.

—Sí, sí. Yo siempre me cuido, tú sabes... —rio y sorbió de su ron.

Por un rato, el silencio se adueñó de la mesa. Los dos amigos compartían la sencilla vida nocturna de La Costanera, como también se le conocía a esa zona de El Cojo. Sin pronunciar palabra, observaban minuciosos los personajes de aquella escena pueblerina de Macuto, a la vez que Vincent no paraba de esbozar su plácida realidad.

Armando saboreó su trago con los ojos cerrados. Inspiró hondo, exhaló y miró con gran interés los esquemas de su amigo.

—Oye, Vincent, ¿ya tienes idea de cuál técnica vas a usar para este cuadro?

—La verdad es que no lo he pensado, pero claro que lo trabajaré con todo mi amor y sinceridad, porque eso es fundamental en mi proceso, ¿ves? Seguro que la técnica se me presentará por sí sola en el momento indicado. Por ahora, voy a adueñarme de este panorama. Lo voy a repetir hasta que yo sienta que tiene vida propia. Después, quién sabe cómo decida manifestarse la obra... Pudiera hacerla en puntillismo, como lo trabajé en París hace tantos años... O tal vez en impasto... Ya veré, pero por ahora no lo sé.

—Pero de cualquier manera usarás óleo, ¿cierto?

—Definitivamente. Hace tantísimos años, en La Haya, aprendí a usar las acuarelas y los pasteles. Pero desde que usé el óleo por primera vez, supe que ese era el medio que se ajustaba mejor a mi manera de trabajar, a lo que busco transmitir. Desde que vivía en Europa, he usado óleos con pigmentos naturales y luego sintéticos, que se me hacen muy prácticos. Y cuando viajé al Orinoco, hace ya varios años, los warao me enseñaron a obtener muchos pigmentos de la Naturaleza. Así que ahora también los preparo yo mismo. Es más, allá también fabriqué acuarelas con miel... Y claro que he probado con té y café, pero siempre regreso al óleo...

—Entonces pintarás sobre tela, ¿no?

—Seguro que sí. Siempre tengo suficiente lienzo en casa. Al principio, mi cuñada Johanna me enviaba los rollos de lienzo belga desde París, de la tienda de Père Tanguy, que me había recomendado Camille Pissarro cuando lo conocí allá mismo, en París. Después, Johanna regresó a Holanda y me sigue enviando lienzos desde allá. Igual hacía mi hermano Theo cuando vivíamos en Francia. Y luego, yo los tenso en el bastidor, como haces tú. Pero aunque siempre preferí usar esos lienzos, te confieso que cuando se me acababan, usaba cualquier soporte que tuviera a mano. Es decir, trabajaba con lo que tenía. Por ejemplo, cuando estuve en Arles, usé yute. En otras ocasiones trabajé sobre madera, cartones gruesos... En el Orinoco usé fibra de moriche... Lo que hubiera, pues. Ahora, casi siempre uso lienzos lisos que me envía Johanna y que yo mismo preparo con un color de fondo definido para poder trabajar en capas, como me gusta hacer, con el impasto.

—¡Brindemos entonces por el impasto de mi amigo Vincent! ¡Salud! —dijo alegre Armando para terminar de beberse el contenido del vaso.

Ya la mayoría de los comensales se habían retirado y Felisa, siempre muy diligente, recogía el lugar. Eran casi las doce y la larga jornada había llegado a su fin.

Salieron al encuentro de una noche callada, oscura y prístina, en la que las estrellas brillaban y vibraban más que nunca. Caminaron juntos hasta la esquina, donde Armando siguió calle arriba hacia El Castillete, mientras que Felisa y Vincent le dieron la vuelta y caminaron media cuadra, hasta llegar a la modesta casita amarilla que los esperaba frente a los tres grandes almendrones.

Las Quince Letras, Macuto, 1 de julio de 1933

   Mi querida Johanna:

   Como pasa cada año, las fiestas de San Juan se extendieron hasta el amanecer y me dejaron extenuado. Apenas descansamos unas horas, pero como amanecimos en sábado, Felisa tenía que ir a trabajar y quedarse hasta tarde en la fonda. Felisa trabaja mucho y doña Rosalía confía en ella. Creo que Felisa está contenta en la fonda, y lo bueno es que gana suficiente dinero para mantener nuestra casa y nuestra vida sencilla.

   El miércoles 28 oscureció temprano. A pesar de que en esta época del año el sol se oculta casi a las 7:00 p.m., esa tarde, alrededor de las 5:00 p.m., llegaron desde el este unas nubes mucho más grandes y oscuras de lo normal, pero nadie les prestó demasiada atención. Por un rato paró el viento y empezó a caer una llovizna fina, que aquí llaman "garúa". Un par de horas después, el viento y la lluvia habían aumentado de intensidad y venían en rachas, a veces juntos y otras

167

veces por separado. Se desató un vendaval y las gotas se fueron volviendo cada vez más grandes. Pensamos que tal vez que se trataba de una tormenta más y que se disiparía en un rato, como cualquier otra. Pero esta vez no fue así. La lluvia y el viento se volvieron cada vez más intensas. Felisa tuvo que cerrar la fonda temprano, igual que hicieron los demás negocios del pueblo. Las calles se vaciaron de gente; todos se recogieron en sus casas. Los animales buscaron refugio donde pudieron. Estaban aterrorizados, igual que todos nosotros. Nos encomendamos a Dios; era lo único que podíamos hacer. A ratos se escuchaba el viento ulular quedo, como si fuese una canción de cuna para Juracán, el dios del mal en el Caribe, que lo destruye todo a su paso. Las palmeras y los árboles se doblaban como si fuesen de goma. La quebrada El Cojo y los otros ríos se desbordaron. El agua bajaba en grandes chorros por la montaña y corría al encuentro del mar, que con olas enormes se adentraba en la tierra, burlando el malecón y la costanilla. Se inundaron las calles, las casas y nuestras vidas con todo lo que contienen. Mientras el agua arrastraba lo que encontraba en su camino, el viento convertía los objetos sueltos en proyectiles, como los cocos que antes colgaban de las palmeras. Era un monstruo de agua y viento que respiraba en rachas y que parecía invencible. Durante tres días y tres noches soportamos el castigo intermitente de la Naturaleza sin entender qué habíamos hecho para merecernos eso. Pero como todo en la vida alguna vez se acaba, la calma fue llegando lentamente. El viento y la lluvia cedieron poco a poco, mientras el huracán se movía hacia el norte. Cuando al fin se despejó el cielo y miramos a nuestro alrededor, vimos que el mundo había cambiado por completo. Había escombros y árboles caídos por todos lados. Y de los árboles que seguían en pie, muchos quedaron desnudos de hojas. Tuvimos suerte de que nadie muriera en el pueblo, pero mucha gente lo perdió todo. Yo perdí algunos de mis cuadros porque se inundó la casa, pero no fue nada grave. Como siempre pasa cuando hay un desastre, la gente del pueblo se está apoyando entre sí. Ahora nos toca recoger nuestras vidas y retomarlas desde donde cada quien pueda. Dentro de toda esta catástrofe, es bonito ver el amor al prójimo y la solidaridad en acción. Vivimos un suceso espantoso, querida Jo. Te confieso que, a pesar de que nuestra casa es de bloques y cemento, Felisa y yo nos sentimos tan vulnerables, tan poca cosa. Claro que no estábamos preparados para algo así. Nadie lo estaba, porque hasta ese momento, los huracanes nunca pasaron por Venezuela. Parece una broma de mal gusto de la Naturaleza. ¿O tal vez de Dios? Nadie lo sabe. Sólo sé que aquí la llamaron "La Gran Tormenta"...

Querida Jo, gracias por tu apoyo incondicional y por tu paciencia conmigo cuando desahogo mis miedos en estas cartas. Eres una gran mujer.

Cariños, Vincent

Chivacoa, Yaracuy, 1908

Gustavo Schröder y Vincent viajaban desde Apure a Caracas en carreta, pasando por Barinas y Cojedes. Durante el trayecto de una semana y por sugerencia del padre de Gustavo, al llegar a San Carlos, se desviarían hacia Yaracuy para pasar por Sorte y luego hacer camino por Carabobo y Aragua antes de llegar a la capital.

Como solían hacer los Schröder siempre que iban a Caracas, una vez en Yaracuy, se alojaron por unas noches en una posada en el pueblo de Chivacoa, al norte de Sorte. El día de su llegada, después de cenar, decidieron tomar unos tragos en un bar cercano y dormir temprano. Necesitaban reponer fuerzas para estar en paz y abiertos a la energía positiva de la montaña sagrada.

Descansaron el cuerpo y el espíritu, y al día siguiente fueron rumbo al sur para visitar Sorte. Gustavo conocía bien el camino. Vincent se emocionó al ver tantos verdes oscuros juntos, así que abrió los ojos lo más que pudo para intentar grabar en sus retinas el carácter salvaje de la foresta mágica. Se adentraron por el monte hasta llegar a un claro a orillas de una quebrada donde había un grupo de personas sentadas en círculo sin hablar, en actitud de oración. Vincent se percató de que había gente morena, india, blanca y muchos campesinos mestizos. En el centro, una mujer de rasgos indígenas, joven y hermosa, caminaba descalza entre los presentes acompañada de un hombre de mediana edad que traducía al español lo que ella murmuraba en su lengua.

—Aquí es —dijo Gustavo en voz muy baja, contento—. ¿Sientes la paz en el aire, Vincent?

—Este lugar es imponente, Gustavo. Se siente cómo fluye la energía buena en medio de la calma y la armonía —coincidió Vincent.

Se acercaron al grupo y tomaron asiento en el suelo de tierra. Gustavo miró a los presentes pero no reconoció a nadie de alguna de sus otras visitas al lugar. Siempre había gente nueva, tanto curiosos, como pacientes y sanadores. Ambos permanecieron quietos y en solemne silencio.

Pasada poco más de una hora, la iluminada se acercó a Vincent. Le tocó la cabeza y murmuró algo ininteligible, que el intérprete pronunció sólo para el paciente.

—Yara dice que se levante —dijo el hombre en voz baja.

Vincent obedeció. Se levantó despacio y se quedó inmóvil, mirando a la mujer con gran respeto. Ella dio un paso atrás y caminó alrededor del forastero para observarlo bien. Después, se acercó a él y con un gesto le indicó que se arrodillara. La sanadora hizo la señal de la cruz varias veces sobre la cabeza pelirroja de Vincent, que recibía la atención en silencio.

Al completar la última cruz, con los ojos cerrados y sin hablar, la iluminada mantuvo su mano sobre la cabeza por unos minutos. Luego tocó el cuerpo de Vincent por varios minutos más. Entonces retrocedió y se hizo entender a través del intérprete.

—Yara quiere saber desde cuándo tiene dolores de cabeza, alucinaciones y ataques de pánico.

Gustavo miró con grandes ojos a Vincent, pero por alguna razón, al maestro no le sorprendió la pregunta. Miró al suelo y respiró hondo para responder.

—Creo que desde siempre, pero hace unos veinte años los tengo más seguido.

Al enterarse, la sanadora le indicó a su ayudante lo que debía traerle para comenzar la limpia. El hombre hizo lo debido y unos instantes después, regresó con dos ramos de hierbas, un tabaco rústico, corto y grueso, y un cuenco con un líquido.

—Quítese la camisa y haga lo que Yara le indique.

Vincent asintió. La iluminada tomó su mano y lo llevó a la orilla del riachuelo, donde hizo señas de que se dejara manejar por ella. Él accedió, deseoso de que alguien lo ayudara a vencer esos ataques que le mermaban calidad de vida y no lo dejaban trabajar. La mujer lo sumergió cinco veces en aquellas aguas cristalinas al tiempo que recitaba un cántico. Luego lo hizo incorporarse y salieron de la quebrada hacia el claro, desde donde las demás personas presenciaban el trabajo y colaboraban con la ceremonia canalizando sus propias energías. Allí, el ayudante los esperaba con las ramas de albahaca y ruda que usaría la sanadora en el siguiente paso.

—Quédese aquí, que Yara le va a pasar las ramas.

La iluminada lo frotó por todo el cuerpo con la albahaca y la ruda para mover la energía atascada mientras invocaba a María Lionza. Lleno de humildad y de fe, Vincent se dejaba tratar por la sabia mujer, confiando por completo en sus conocimientos naturales. Al terminar, la sanadora extendió la mano hacia el hombre, que le pasó el cuenco con el líquido fermentado. Ella bebió un par de sorbos y se lo pasó a Vincent, señalando que tomara un poco también. Al devolverle el cuenco al ayudante, este le dio a la mujer el tabaco ya encendido. Ella lo chupó con fuerza y exhaló el humo sobre el pintor para rodearlo por completo, musitando cánticos a la Reina de Sorte, María Lionza. Entre las oraciones, hacía pausas para preguntarle al forastero qué otras cosas necesitaba.

—Me avergüenza decirlo, pero nunca he encontrado alguien que me quiera y que desee vivir conmigo. Me siento solo y a veces me preocupa mi futuro —confesó Vincent en voz baja al ayudante.

—Yara le dice que tenga paciencia. Dice que encontrará al amor de su vida en medio de todos los colores del arcoíris —afirmó el intérprete—. Y sobre el futuro... Yara dice que puede estar tranquilo, que ve su futuro con mucha luz, color y agua. Agua azul y cristalina, agua sanadora —recalcó.

A Vincent le brillaron los ojos al oír las palabras de la iluminada a través de aquel hombre. Esa declaración tan contundente le devolvió todas las esperanzas que había perdido a lo largo de tantos años de rechazos y amores no correspondidos.

—Para su salud, debe tratar de evitar el alcohol, el exceso de café y de tabaco. También, siempre que pueda, debe comer parchita, plátano o cambures y cacao. Si puede, cómalos todos los días. Además, debe beber infusiones de esta mezcla de hierbas que Yara le da aquí, que le ayudarán a relajar los músculos y a evitar los ataques. Debe tomar la infusión dos veces al día por seis meses. Cuando se le acaben las hierbas, puede comprarlas en cualquier bodega: son valeriana, flores de naranjo, tilo, toronjil y manzanilla. Después de los seis meses, verá que no tendrá más ataques. Pero es bueno que beba la infusión de vez en cuando para mantenerse sano.

Vincent escuchaba todo con la mayor atención. Estaba profundamente conmovido por toda la experiencia, la energía y la sabiduría invertidas en su persona por esta alma iluminada y generosa. Agradecido, tembloroso y con los ojos anegados, le preguntó al hombre cuánto le debía.

—Yara no cobra por sus dones. Ella dice que María Lionza la iluminó para ayudar a quien lo necesite y no puede cobrar por esa ayuda —explicó el intérprete.

—Pero quiero demostrarle mi gratitud de alguna manera —insistió el forastero.

—Bueno, si usted desea, puede dejarle una ofrenda —accedió el ayudante.

—No te preocupes, Vincent. Yo me encargo — intervino Gustavo y con mucho respeto le dio unas monedas al hombre—. Regresemos ahora, que debes estar agotado —dijo con conocimiento de experiencias anteriores.

Vincent asintió. Ya comenzaba a atardecer en la montaña. Era hora de que los dos amigos desandaran la vereda del monte y volvieran a la posada.

Chivacoa, Yaracuy, 1908

Mi querida Johanna:

Una y otra vez vuelvo a comprobar lo bueno que resulta no estar atado a pertenencias que le impiden moverse a uno. Siento que mientras menos cosas materiales poseo, más feliz soy. Valoro la libertad total, la independencia del alma frente a los objetos que nos rodean. Creo que por eso me gusta viajar con poco equipaje, lo más ligero que puedo. Sólo llevo conmigo mis implementos de trabajo, unos lienzos y una muda de ropa. No necesito más.

En Apure regalé algunos cuadros que me quedaron después de enviarte el último paquete. Al señor Schröder le dejé un retrato con su sombrero peloeguama castaño oscuro que contrasta sobre su cabeza rubia. A su señora le di un recodo del río lleno de flores de bora, que lo cubren con su manto de colores lilas azulados y que, en algunas partes, se acercan con fuerza a los rosados. A Lisbeth le regalé el atardecer vibrante y rojo del Llano tras los morichales de los esteros de

177

la hacienda y a Gustavo le di un paisaje de la sabana con apamates, bucares y araguaneyes encendidos.

Así, cargando con lo poco que tengo, voy descubriendo lo bella que es Venezuela. Ahora estoy en ruta a Caracas con Gustavo Schröder y vinimos a la montaña de Sorte. En este lugar selvático y mágico, lleno de ríos y animales silvestres, habita el espíritu de María Lionza. Ella es una gran reina indígena que va acompañada de una danta y protege la Naturaleza, a la gente buena y a Venezuela. A través de ella, se pueden sanar enfermedades y pedir milagros. Mucha gente la venera y le pide favores de amor, trabajo, suerte, prosperidad y felicidad. La familia de Gustavo viene aquí siempre que tiene oportunidad, para llenarse de energía positiva y paz. Ahora, él me trajo a mí para tratar mis ataques. Anteayer tuve una sesión con una iluminada que me dio un tratamiento y tengo muchas esperanzas de que funcionará. Ya te contaré.

Querida Jo, a ti y a mi ahijado les envío mi abrazo desde esta parte maravillosa de Venezuela, donde siento la presencia del Creador más cerca que nunca.

Cariños, Vincent

Malecón de Macuto, 1933

—Oye, Vincent, ¿qué le pasó a tu oreja? ¿Es así de nacimiento? —quiso saber Armando mientras bebía un jugo de tamarindo del carrito de Nicasio.

—No. No nací así. Más bien tenía las orejas más bonitas de toda mi familia —bromeó.

—¿Y qué te pasó?

—Nada. En realidad no pasó nada, fue un accidente tonto.

—No parece haber sido muy tonto. Cuando sopla el viento y te despeluca, se ve que sólo tienes un trocito de lóbulo. Yo pensaba que lo traías de nacimiento...

—No —Vincent dio un largo sorbo a su agua de papelón, pensativo—. Sólo fue un error del alma... El alma a veces se equivoca...

—Tranquilo, hermano. No te preocupes si no quieres hablar de eso ahora. Quizás otro día...

—No, no importa. Además, fue hace mucho tiempo; antes de llegar aquí. Yo era más joven y estaba pasando por una época muy mala. Me sentía solo. Sentía que no avanzaba en mi trabajo.

—Te entiendo. Todos pasamos por épocas oscuras...

—Eso fue. Una época muy oscura. No encontraba una mujer que me quisiera; todas me rechazaban. Además, trabajaba mucho, pero no vendía mis pinturas. Vivía en París con mi hermano Theo, que me mantenía. Yo me esforzaba mucho, de verdad, pero nadie compraba mi arte.

—Seguro que el público todavía no estaba preparado para ti, amigo.

—No lo sé. La cosa es que me comencé a aburrir del ajetreo de París, que además me ponía nervioso, y me mudé a Arles, en el sur de Francia, donde la temperatura era más caliente.

—Sí, me contaste eso hace tiempo.

—Ajá, recuerdo que algo te conté. Pues sí, al llegar a Arles sentí una calma excelente para pintar. Además, la campiña era encantadora. Los paisajes eran bellísimos y estaban bañados por una luz mucho más brillante que las intensidades generalmente opacas de París.

—Fíjate, a mí sí me gustó París... Pero tienes razón, la luz allá no es gran cosa.

—La cosa es que, estando allá, tuve el sueño de fundar el Estudio del Sur para los pintores en una hermosa casa que alquilé: la Casa Amarilla. Hablé con mi hermano Theo y pensamos que sería una buena idea invitar a nuestros amigos artistas: Seurat, Toulouse-Lautrec, Bernard, Signac, Gauguin...

—Sí, sí. Recuerdo que me dijiste eso... Mira, yo sé de lo que me hablas, pero no creo que yo pudiera vivir en una comuna. A mí me gusta tener mi espacio, ¿sabes? Y me gusta poder estar solo cuando lo necesite. Eso de tener a otra gente encima mío todo el día no es para mí. Por eso soy tan feliz con Juanita en El Castillete. Ella me da mi espacio y me deja trabajar tranquilo.

—Claro que no a todos tiene que gustarles la idea. En todo caso, de todos los pintores que invitamos a la Casa Amarilla, el único que aceptó fue Gauguin. Él vino a Arles y estuvimos trabajando juntos por unos dos meses. Comenzamos muy bien, pero ahora entiendo que éramos muy distintos... Yo lo respetaba mucho como artista porque él sabía mucho más que yo, tenía mucha más trayectoria y experiencia. Pero ahora me doy cuenta de que, en realidad, él no me respetaba para nada. Siempre criticaba mi arte, mi técnica, mis temas... Entre otras cosas, él decía que había que pintar desde la imaginación. Y bueno, a mí me gusta pintar lo que veo delante de mí. Así que de las discusiones sobre el arte y la pintura, pasamos a discutir sobre cualquier tontería a cada rato. Las discusiones se tornaron cada vez más eléctricas, hasta que Gauguin se hartó y quiso regresar a París.

—No se puede obligar a nadie a hacer algo que no quiera, ¿cierto?

—Así es, y así lo entiendo ahora que encontré la paz con Felisa. Pero en esa época tan mala para mí, en la que me alimentaba mal, bebía demasiado y no me cuidaba, sólo sentí que él también me abandonaba. Y eso me dolía demasiado.

—¿Y todo eso qué tiene que ver con tu oreja?

—Mira, Gauguin y yo bebíamos bastante y nos emborrachábamos a menudo. Sobre todo nos gustaba beber Absinthé, que aquí le llaman "ajenjo". Entonces, una noche de diciembre en la que estábamos bien borrachos, él me dijo que se quería ir. Yo no quería que se fuera y comenzamos a discutir. Entonces él sacó la espada para asustarme y...

—¿Y qué pasó?

—Lo que pasó después no lo recuerdo bien. Sólo sé que cuando desperté, tenía una resaca fuerte, dolor y una venda en la cabeza. La policía estaba en la casa haciendo preguntas y Gauguin se había ido. Me llevaron al hospital y luego los vecinos escribieron una carta pidiendo que me internaran en un sanatorio porque decían que yo estaba loco. Me llamaban "El Loco Rojo".

—Ah, otra vez el cuento del loco... La gente sí que fastidia, ¿ah? Pareciera que no tienen nada mejor que hacer con sus vidas sino meterse en las vidas de los demás para fastidiarlos. Lo que no saben, es que un día se les va a aparecer la Virgen María y les va a jalar las orejas para que aprendan a no ser tan metiches.

El Castillete, Macuto, 1934

El olor a café con papelón despertó a Armando temprano en la mañana del primer lunes de mayo. Al abrir los ojos, distinguió al frente a una Juanita muy sonriente que le tendía una taza de peltre con el elíxir divino.

—¿Y esto?

—Buenos días, Armando. Aquí te traje tu café para que te vayas preparando.

—¿Preparando para qué?

—¿No te acuerdas? Vamos a la playa con Felisa y Vicente —dijo emocionada.

—¿A la playa? Hmm... No me acuerdo. ¿Cómo es eso?

—Sí, Armando. Acuérdate. Hoy es el día libre de Felisa y vamos aquí mismo, a Macuto con ellos. Vamos, apúrate, que nos esperan en su casa.

Vincent los esperaba a un lado de la casita amarilla con las ventanas color cobalto, sentado sobre el tocón de un árbol talado, sonriendo ensimismado. Al divisarlos a lo lejos, entró a su casa para ayudar a Felisa con los bultos que llevarían.

Salieron al encuentro de los amigos, y al llegar a la siguiente esquina, enfilaron por la calle hacia el oeste, con el sol a sus espaldas, rumbo a la playa.

—Armando, ¿tú también trajiste la libreta y los lápices? —quiso saber Vincent.

—Claro que sí. No sé si lo usaré, pero lo traje todo por si acaso.

Vincent sonrió.

—Yo también. Prefiero tenerlo y no usarlo, y no arrepentirme de no haberlo traído. Nunca se sabe, ¿ah?

Las mujeres caminaban detrás de ellos, chachareando y riendo. Eran las ocho de la mañana y todavía quedaban residuos de frescor en el aire marino carente de brisa. El trayecto no era largo, unos quince minutos a pie hasta llegar a los Baños de Macuto. Pero las dos parejas no estaban interesadas en usar las instalaciones. Preferían quedarse bajo la sombra de los almendrones y los uveros de playa que crecían en las dunas cerca de la orilla. Felisa estaba contenta de aprovechar su día libre para descansar del ajetreo de la semana y Juanita estaba feliz de salirse de la rutina para ir a la playa con su amado Armando y los amigos.

Por ser lunes y temprano en la mañana, la playa estaba vacía. Con el mar al frente y el paseo atrás, no tuvieron dificultad en encontrar un fajo de árboles que dieran la sombra necesaria para proteger a los cuatro. Los hombres extendieron varias sábanas sobre la arena entre los almendrones y los uveros, y las mujeres sacaron la merienda y las bebidas con las que harían la magia de producir un desayuno de picnic playero.

Después del festín matutino, los dos hombres buscaron el regazo de sus mujeres para relajarse en la calidez de la brisa. Se acomodaron a gusto, mirando el azul del cielo a través de las copas multicolores de los almendrones y los uveros de playa.

—Oye, Armando, tengo una idea —dijo Vincent con los ojos sonrientes—. Se me ocurre que sería interesante pintar un cuadro a cuatro manos. ¿Qué te parece? ¿Te gustaría pintar un cuadro conmigo?

—¿Un cuadro juntos? Hmm... Nuestros estilos son muy diferentes... ¿Cómo te lo imaginas, un cuadro lleno de luz o de color?

—Sería un cuadro que tenga las dos cosas: luz y color que se fundan entre sí.

—Me gusta la idea. Será todo un desafío.

—Podríamos hacer algunos bosquejos hoy, aquí mismo.

—Después de la siesta, Vincent. Después de la siesta.

En un instante quedaron rendidos, con las panzas llenas, tranquilos y arrullados por la conversación suave de las amigas.

Al poco rato, los ronquidos de los dos hombres hacían que sus mujeres no pudieran contener la risa.

—¡Dios mío! —dijo Felisa—. Yo que creía que Vincen'Vicente roncaba como un báquiro, pero Armando le gana —rio.

—Imagínate. Muchas veces me despierta, pero si le digo algo, se molesta. Así que me salgo de la habitación y me voy a dormir al taller.

—Bueno, por lo menos tienes para dónde ir. Yo lo único que puedo hacer es jamaquear a Vincen'Vicente para que se de la vuelta. Lo bueno es que él nunca se molesta conmigo.

—Lo que pasa es que Armando es un poco terco. Él dice que la que ronca soy yo. Y bueno, yo lo dejo tranquilo y no le digo nada porque sé que él es así y yo lo quiero como es.

—Yo también quiero mucho a Vincen'Vicente, pero él sabe que tengo que descansar para ir a trabajar todos los días... ¿Cómo te explico? Yo lo quiero mucho a él, pero no a sus ronquidos —rio de nuevo—. Y ya que estamos en esto, pues la verdad, tampoco me gusta cuando llega a la casa todo suda'o y oliendo a mono... Pero él dice que no huele nada, que ese es su olor. Supongo que será porque en Europa la gente no se baña mucho y están acostumbrados. No sé...

—Ay, sí. Esa es otra cosa... Armando insiste en no usar jabón. De vez en cuando se mete en la pileta, se soba un poco con las manos y según él, es suficiente. Pero qué va, no lo es.

—Claro que no... Bueno, la verdad es que Vincen'Vicente no tiene mucho problema en asearse cuando se lo pido. Sobre todo si quiere tener algo conmigo,

¿sabes? Pero igual, siempre me dice que ese es su olor a "hombre natural".

—Ay sí, Armando también dice eso del "olor natural". Dice que los hombres de verdad tienen que mantener su olor natural... Olor a mono, será —rio en sus palmas—. Como Pancho. Huele como Pancho —rio.

Al despertar, cada quien tomó su libreta y un lápiz, y en medio de un silencio solemne, buscó inspiración entre el mar cegador y los árboles que los protegían del sol candente del mediodía. Juanita y Felisa conocían bien la importancia crucial de ese silencio ceremonial y participaron de manera activa en el mismo, como de costumbre.

Un par de horas más tarde, los hombres decidieron entrar al agua e invitaron a sus parejas. Pero a pesar de su insistencia, ninguna de las mujeres quiso mojarse ese día. Así que Armando y Vincent tomaron impulso para correr lo más rápido posible, sin quemarse demasiado las suelas de los pies en aquella arena blanca, que casi se derretía para convertirse en vidrio. Entraron al mar corriendo como locos, gritando y brincando sobre las olas, riendo a carcajadas.

Desde lejos, las dos amigas se divertían viéndolos jugar en el agua como niños.

Felisa se acercó a la orilla y les hizo señas con los brazos.

—¡Oigan! ¡Aprovechen y restriéguense bien! ¿Oyeron? —gritó risueña; un tanto en broma, un tanto en serio.

El Castillete, Macuto, 1934

En la Cava, el aire húmedo del acogedor recinto vibraba con el rumor continuo del pequeño brazo de la quebrada que lo atravesaba. Sentados sobre unas piedras en el oasis subterráneo, Armando y Vincent bebían ron a la vez que se refrescaban del calor que azotaba inmisericorde el litoral a la hora del burro en pleno agosto.

La sonrisa incontenible de Vincent hacía juego con el brillo de sus ojos a la luz del quinqué. Parecía un niño. Cada vez que Armando lo invitaba a bajar a la Cava, se volvía a maravillar ante aquel sótano ubicado debajo del Caney Grande, del estudio, donde el aire siempre era fresco y el agua corría limpia, llevándose las preocupaciones río abajo y más allá, hacia el mar.

—Eres un genio, Armando. No me canso de decírtelo. Eres el rey aquí, en El Castillete mágico, y aquí no te falta nada. Eres independiente. Lo lograste, amigo. Te felicito. ¡Salud!

—Gracias, hermano. Así es. Es necesario aislarse para poder concentrarse en el arte. Pero sabes que Felisa y tú siempre son bienvenidos aquí. Y tú no lo has hecho tan mal tampoco, ¿ah? No le debes nada a nadie, tienes una excelente compañera y tienes toda la libertad del mundo para pintar. Yo creo que ustedes están bendecidos.

—La verdad es que no me quejo. Tengo una vida sencilla y completa a la vez. Tengo todo lo que siempre quise: mi arte y una mujer que me entiende, me ama y me cuida. Como tú con Juanita, pues.

—Así es, así es. Somos dueños de nuestras vidas y tenemos nuestro arte. Oye, por cierto, ¿recuerdas que hace unos meses hablamos de pintar un cuadro juntos? He estado pensando mucho en eso...

—Claro; esa idea la vengo madurando desde hace tiempo. Sería un cuadro muy caribeño, lleno de esta luz perfecta y lleno de los colores brillantes del trópico.

—Pero Vincent, el problema está en que aquí la luz se come los colores, incluso las formas. ¿Cómo reconciliar esa luz devoradora con sus propias víctimas?

—Fácil. La luz es color y los colores son luz. Los dos tienen la misma naturaleza, sólo se expresan de manera distinta. Lo que debemos hacer es regresar a su origen primigenio y hermanarlos de nuevo. Ya verás.

—Hmm... Creo que tienes un concepto interesante ahí.

—Confía en mí. He estado pensando en esto por mucho tiempo. Sé que podemos hacer algo maravilloso juntos.

—Bueno, ¿qué tal si comenzamos mañana mismo aquí?

—Perfecto.

A la mañana siguiente, un emocionado Vincent sonaba la campana del portón de El Castillete. Pancho lo recibió y se ocupó de sonar la campana también.

—Buenos días, Pancho. ¿Estás bien? Hoy vengo a pintar aquí —dijo contento.

El mono Pancho lo miró con grandes ojos y siguió sonando la campana hasta que vio acercarse a Juanita.

—Buenos días, Vicente. Pasa, por favor. Armando me dijo que hoy van a trabajar juntos. Él está en el estudio. ¿Quieres un cafecito?

—Sí, Juanita. Muchas gracias.

En el Caney Grande, Armando ya estaba listo; descalzo y vestido sólo con un pantalón kaki de algodón. Antes de la llegada de Vincent, ya había ejecutado las cuatro primeras partes de su ceremonia de preparación: invocación, trance, piedras para energizarse y telas para sensibilizar las manos. Había escogido un lienzo grande que cumplía con las cinco etapas de la imprescindible metamorfosis y, estirado sobre el bastidor correspondiente, esperaba ansioso sobre un caballete hecho de madera de cocotero.

A las diez de la mañana, el estudio todavía no se calentaba. La brisa pasaba libremente por la estructura abierta de pilares de palmeras, techo de hojas de palma y algunas paredes de cañamazo. La sombra clara que albergaba el Caney Grande llamaba a la reflexión y despertaba la creatividad de las personas sensibles. Apenas entró, el suspiro involuntario de Vincent delató su emoción de haber sido invitado a trabajar en tan magnífico lugar.

Los amigos compararon sus bosquejos. Sentados en sendos chinchorros, en silencio, cada uno absorbía los detalles incluidos en la propuesta del otro. Buscaban internalizar aquellos sentimientos, la energía y la visión del colega para comprender en profundidad lo que quería expresar, los conceptos que deseaba transmitir con esos trazos preliminares para discernir la manera en que pudieran combinarse con su propia visión.

Después de estudiar los esbozos de Vincent por un buen rato, Armando se levantó. Se amarró los libros, se puso los tapones en los oídos y las bolas de trapo bajo los brazos y se persignó. Con la paleta y el pincel preciso se dirigió hacia el lienzo. Amusgando, inhaló y comenzó a danzar frente a la tela. Así se comunicaba con ella. Le pedía permiso para adornarla con minuciosidad, con los trazos cortos y firmes de una composición figurativa y bañada de blanco, que pasó del paisaje a su libreta y que ahora veía en su mente. Vincent lo observaba maravillado, en absoluto silencio. Entendía la importancia del ritual y sabía que lo que produciría sería, sin lugar a dudas, una obra maestra. Lo contempló absorto durante un par de horas, hasta que Armando se dio por satisfecho y cayó rendido en su chinchorro de moriche.

Vincent esperó un rato a que se disipara la energía orgásmica que había inundado el ambiente y se acercó a la pintura. Ver a Armando pintar lo había conmovido mucho y estar frente a su obra recién parida lo hacía sentirse inmensamente privilegiado. Una vez más, comprobó que Armando era un genio. El Genio de la Luz. De pronto, se percató de que estaba temblando y decidió volver a su chinchorro para esperar unos minutos más. Sentía una responsabilidad enorme y no quería arriesgarse a arruinar el cuadro.

A la media hora, Vincent se levantó de nuevo. Se aproximó al lienzo, pero esta vez llevaba la paleta en la mano. Se había llenado del paisaje de Armando y ya sabía qué elementos le añadiría. Respiró hondo, muy hondo. Con los dedos de la mano derecha, tomó las pinturas de la paleta y comenzó a aplicarlas de manera gruesa y rápida sobre la tela, en un trance vertiginoso que producía ondas concéntricas definidas, palpitantes, llenas de los colores del Caribe; cada uno apareado con su complementario, y cuyo contraste hacía vibrar la composición. En ese estado de conciencia alterada, infinitamente concentrado y casi sin pestañear, pintó hasta quedar sin fuerzas, habiendo saciado su impulso creador.

El Castillete, Macuto, 1935

Como todas las tardes de su discreto existir, a la vez que se disipaban las trazas olorosas del pescado frito, los tostones y el arroz, Juanita recogía los trastes de la sencilla cena para dos que lograba crear con toda la experiencia de una vida humilde y la magia de su inventiva culinaria.

Satisfecho en cuerpo y espíritu, Armando descansaba en el chinchorro del estudio en el ocaso de un día luminoso y productivo. Después de unos meses difíciles y estériles, volvía a pasar por una racha de mucho trabajo que lo mantenía enfocado y apasionado. En el alma fértil del maestro, la inspiración se alimentaba del amor y la luz, y germinaba furiosa por cada centímetro de su humanidad. Hoy, el fruto de la exaltación resultó en un paisaje costero de Punta de Mulatos, en el que el sol del mediodía había blanqueado los colores vibrantes del Caribe y derretido las formas de los cocoteros y las personas que paseaban por la playa.

Siempre serena, Juanita se preocupaba por Armando. Lo cuidaba hasta donde él se lo permitía, sobre todo cuando pasaba por alguna crisis. Así, en los meses previos, cuando se fue apagando, no lo dejó solo ni un segundo. Se convirtió en la brisa salada que lo abrigaba con suavidad, igual que lo envuelve todo en la costa caribeña. Con una dulzura infinita, se aseguró de que no se le olvidara alimentarse, vestirse y dormir. De día, intentaba consentirlo con dulces y jugos frescos, sin mucho éxito. De noche, lo arrullaba y velaba su sueño hasta comprobar que quedara dormido en paz. Como en tantas otras fases bajas, Armando no encontraba el camino a las libretas de dibujo. Haciendo un esfuerzo titánico, cuando reunía algo de ánimo y fuerzas, intentaba esbozar algún desnudo femenino, pero todos quedaban irremediablemente reducidos a garabatos desparramados por el suelo del Caney Grande, a la deriva, en espera de que Juanita los recogiera con la infinita dedicación que le profesaba al artista, su marido, su ídolo.

Ahora, en cambio, Juanita cuidaba que no se excediera. Sobre el lecho común, el sueño ligero le permitía percatarse de los movimientos inquietos de Armando. Se levantaba en cuanto él lo hacía, antes del amanecer, y lo atendía incesantemente en medio del torbellino que el maestro generaba a su alrededor. La energía que emanaba se transformaba en una obra tras otra, mientras la intuitiva Juanita le proveía lo que necesitara sin tener que mediar muchas palabras. En ese frenesí, la mirada de Armando de pronto se volvía vidriosa y hablaba con seres fantásticos que sólo él podía ver, y que le contaban mil secretos de la luz y el universo. Otras veces, tomaba la libreta de bocetos y, con un trozo de carbón, vertía en ella cien esquemas de mujeres desnudas en poses sugestivas, unos más burdos que otros, en los que desahogaba sus ansias y permitía a los demonios pasearse libres por su reino. Entonces, preso del arrebato, se dejaba caer en el sofá y, con la mano izquierda, se complacía de manera violenta hasta liberarse en un grito, para luego colapsar sobre sí mismo, inconsciente. Al despertar, se veía acompañado de la Virgen María y el Niño Jesús, que generosos, le brindaban de nuevo el sosiego que tanto necesitaba.

En su inmensa sabiduría, Juanita lo observaba con ternura, sin interferir. La jornada había sido muy positiva. Armando estaba contento y, con la barriga llena, reposaba tranquilo en el chinchorro. Al fin, al terminar las tareas en la cocina, Juanita se animó a acercarse a él. Los muchos años de convivencia le enseñaron que debía hacerlo con seguridad y respeto, pero también con dulzura, como cuando se quiere ganar la confianza de un potro salvaje. Con pasos silenciosos por el suelo de tierra amarilla apisonada, se aproximó hacia el estudio y se deslizó al interior del chinchorro, donde se abrazó a Armando con la mayor delicadeza que pudo. Él la recibió con cariño y le prestó su pecho para que anidara en paz. Juanita cerró los ojos y suspiró. Al fin, sucumbieron al cansancio y dormitaron un rato al abrigo de la brisa cálida del incipiente anochecer.

Juanita se sentía en el paraíso. Hoy no le molestaba el olor penetrante de Armando; más bien lo encontraba provocativo. Acercó el pequeño rostro a su pecho e inspiró profundamente para inundarse de su varón. Poco a poco, su piel cobriza se fue llenando del calor que se había acumulado en el cuerpo de Armando durante la mañana en la costa y que ahora fluía a borbotones. Las ondas entraban por la cabeza y los brazos de Juanita, invadían el torso y se propagaban hacia las piernas, erizándola por completo. Era una sensación placentera que hacía mucho tiempo no experimentaba. El corazón comenzó a latir cada vez con más fuerza, mientras el tronco se enroscaba alrededor de su hombre, que yacía rendido de un día de intensa labor. Nublada la razón y abierta en pleno la veta sexual, Juanita obedecía ciega al instinto femenino que busca reproducción, gozo, paz. Abandonó cualquier control que pudiese restar en la consciencia y entregó la voluntad a la hembra que, al fin, se apoderó de su cuerpo. Las manos comenzaron a explorar la figura de ese hombre que sabía suyo. Los dedos lo recorrían con calma, concentrados en percibir por las decididas yemas cada vello, cada pliegue, cada fibra de un Armando que no se percataba de cuanto sucedía. Las menudas manos fueron conquistando palmo a palmo la geografía del gran maestro. Abarcaban la piel curtida en olas concéntricas, dirigidas inevitablemente hacia su entrepierna en busca de aquel enardecimiento que ella bien conocía. De pronto, una ola candente escapó por todos los poros del cuerpo, haciéndola jadear ahogada en su propia sal.

El estremecimiento de Juanita hizo vibrar el chinchorro con fuerza y despertó a Armando. La boca de ella buscó la suya para tranquilizarlo, mientras con la mano tanteaba el miembro dormido.

—Juanita... ¿Qué haces, mujer? —murmuró, malhumorado.

—No hago nada, Armando... ¿Te gusta? —susurró, seductora.

—Ahora no, Juanita. Estoy cansado... Quiero dormir.

Ella guardó el silencio sumiso de la mujer del artista, como siempre. Pero esa noche no se dejaría vencer por él. Hizo el amago de acomodarse en el chinchorro sólo para rozarlo con su pubis caliente y húmedo, y quedar encima de él, en espera de alguna reacción involuntaria que despertara su apetencia sexual. Ansiaba que funcionase como antes, cuando le bastaba con acariciarle la nuca o hablarle quedo al oído para que Armando se encendiera de deseo por ella. Pero no fue así. Ahora, aún dormido pero incómodo, gruñía. Sin despertar, empezó a retorcerse cada vez con más vigor para sacudir del lecho a la invasora de su cuerpo, que no lo dejaba descansar. Asustada, Juanita se aferró con todas las fuerzas a su tronco para no caer al suelo, hasta que por fin acabó el ajetreo. Armando había ganado una vez más.

Sin embargo, a pesar de saberse vencida por su dueño, Juanita no tenía intenciones de emprender la retirada. Era consciente de sus encantos y habilidades, pero comprendió que esa noche no era la indicada para seducir a Armando. Se limitó entonces a buscar refugio en el pecho velludo que sólo pedía tranquilidad. Al fin y al cabo, ese era su verdadero hogar.

Así, abrazada a su hombre, Juanita comenzó a acariciar con ternura la figura de quien ella tanto adoraba y protegía, a veces incluso de él mismo. Sus brazos y manos se convirtieron en manantiales del cariño más puro que su corazón agreste podía albergar. En medio de la calma que queda después de la tormenta, Juanita se encontró divagando sobre su vida con Armando. Recordaba cómo se habían conocido en los carnavales de 1918, cómo la enamoró con su porte elegante y sus palabras bonitas, cómo la llevó a conocer a doña Dolores y cómo le dijo que quería compartir su vida con ella, cómo se mudaron de Caracas a La Guaira, a Punta de Mulatos y después a Macuto, y construyeron juntos El Castillete. Todo lo habían hecho juntos. Siempre juntos, en equipo, como uno solo. Punto a punto, con la mente más clara, Juanita caía en cuenta de la nueva realidad en que vivía. Una a una fue sumando las señales que la rodeaban desde hacía tiempo, pero que por su testarudez, se había negado a ver. A pesar de estar en plena madurez sexual, Armando ya no la buscaba como antes. Las pocas veces que tenían algo, era porque ella lo buscaba con insistencia a él. De resto, no parecía interesarle tener intimidad alguna con ella, su mujer. Si bien en todo lo demás la trataba como siempre, de pronto Juanita sintió una fisura en la parte erótica de su relación y no encontraba el motivo. Por más que cavilara, no llegaba a una respuesta evidente. Tampoco tenía caso alguno preguntarle a él. La experiencia le decía que sólo lograría molestarlo, y eso era lo último que ella quería. De nuevo, su corazón comenzó a palpitar agitado, pero esta vez era de pura pena. Los ojos se le anegaron y tomó aliento para llenarse de valor. Mujer sabia aun en medio de la aflicción, se percató de que el ardor de su amante marido se apagaba inexorablemente para comenzar tal vez otra etapa de la vida en común. Aunque no entendía la razón de lo que sucedía, conocía bien el resultado final y sabía que, a pesar de ello, nunca abandonaría al amor de su vida. Eran ellos dos mitades que se completaban en una sola alma.

Con la plena conciencia que hace que el corazón se llene del amor más grande, Juanita se estiró con cuidado al costado de Armando, cerró los ojos y selló su pacto unilateral y eterno con un suave beso en la mejilla de su amado compañero.

Caracas, 1909

Mi querida Johanna:

    Te envío estas líneas desde Caracas, la capital de Venezuela, adonde llegué hace dos meses. Es una ciudad de casas coloniales con techos de tejas rojas. Es bella, grande, imponente y tiene mucho verde. Está anidada en el valle amplio que forman las faldas del majestuoso cerro Ávila en la Cordillera de la Costa al norte y unas colinas menores al sur del río Guaire, que atraviesa la ciudad horizontalmente.

    Claro que las montañas de los Andes venezolanos son más altas y el paisaje de la sierra es escarpado, con una personalidad más fuerte y una temperatura algo más severa que en las partes bajas del país. En cambio, el valle donde descansa Caracas está a unos 900 metros sobre el mar y eso hace que tenga un clima primaveral todo el año, sin demasiado calor. Y por supuesto, aquí nunca hace frío. Y la luz... ¿Te he dicho que la luz es brillante y preciosa?

La familia Contreras es muy amiga de los Schröder de Apure. Me siento muy afortunado porque ellos también me invitaron a quedarme en su casa tanto tiempo como yo desee. Es maravilloso; parece como si hubiese caído en un riel mágico de gente amable, solidaria e interesada en el arte, que cree en mí y apoya mi trabajo. Los Contreras también son potentados. Además de varias haciendas cercanas, tienen una gran casa en Caracas con varios sirvientes, cocinera y mucama. La cocinera se ocupa mucho de mí; creo que me tiene cariño. Siempre está pendiente de que vaya con ropa limpia, que me asee y que me alimente bien.

La tercera hija de los ocho hermanos, Rosa, es muy hermosa. Tiene el cabello castaño oscuro y grandes ojos verdes. Siempre se ve impecable; pareciera que estrenara un vestido cada día. Además de su belleza, también me gusta Rosa porque es simpática y muy alegre, pero te confieso que a veces eso mismo me pone algo nervioso. Ella es muy distinta de las demás muchachas que he conocido aquí. Es rebelde, habla en voz muy alta y se ríe a carcajadas. Siempre hace lo que quiere y no le importa lo que los demás piensen de ella. Creo que sus padres ya se dieron por vencidos y la dejan salirse con la suya porque saben que no tiene sentido tratar de domarla. Sabes que a mí me gustan las mujeres con mucho carácter, así que le regalé un retrato donde la pinté en su estado natural: bailando y riendo.

Te imaginarás que en esta ciudad de más de 90 mil habitantes me resulte difícil estar solo para concentrarme en mi trabajo, pero debo decirte que dentro de todo, la gente que me rodea entiende que necesito tranquilidad y más bien esperan a que yo me desocupe. Y yo les agradezco la gentileza. Aunque no me lo dicen, creo que les divierte verme embelesado mirando al Ávila a distintas horas del día. No dejo de maravillarme ante la inmensa montaña que cuida el hermoso valle donde descansa la ciudad y que se ve desde todos sus rincones. Es un punto de referencia perfecto para no perderse en ella.

Por supuesto que el precioso cerro Ávila y el plácido río Guaire están entre los temas más importantes que estoy trabajando en este lugar privilegiado. Como sabes, para mí es vital estar afuera, y aquí tengo la suerte de que puedo salir a pintar todos los días. En mis paseos de trabajo voy en busca de orquídeas, pero también de bucares, acacias, apamates, araguaneyes y tantos otros árboles que florecen bañados de esta luz embriagante y cálida, infinitamente brillante, mágica. Sé que te gustarán mucho las piezas que te vaya enviando desde aquí. Espero que se te haga fácil moverlas en Holanda y en el resto de Europa.

Querida Johanna, te cuento que desde que me dieron parchita en los Llanos y desde que como plátano y cacao, estoy mucho mejor. Casi no tengo visiones ni oigo voces. Me siento mejor ahora. Tengo más fuerza física que antes, pero cuando bebo de más, me emborracho con facilidad y un par de veces he perdido el conocimiento. Por suerte, cuando me ha pasado eso, siempre hay algún amigo que me acompaña, me ayuda a corregir mi estado y me lleva de vuelta a casa.

Sin embargo, fíjate que hace dos semanas, cuando venía caminando solo por la calle de regreso de un bar, tarde por la noche pero sin estar borracho, tuve la mala suerte de que me siguieran unos vagabundos que intentaron robarme. Imagínate su decepción cuando se dieron cuenta de que no tenía nada valioso. Se molestaron mucho y me golpearon hasta dejarme inconsciente, tirado en la acera. Menos mal que ya estaba cerca de la casona de los Contreras y el ruido despertó a

*unos vecinos, que me ayudaron. Es la primera vez que me pasa algo
así en Venezuela. Ya ves, mientras más grandes son las ciudades,
más peligrosas se vuelven. Y claro, si además hay inestabilidad
política, como sucede en estos momentos aquí, con el golpe de estado
que el general Juan Vicente Gómez le hizo al general Cipriano
Castro al final del año pasado, pues todo se desordena y empeora. Y
es peor en las ciudades; en el interior siempre todo es más tranquilo.
Qué te puedo decir... Me inquietan los golpes de estado porque nunca
se sabe realmente a qué conllevan. Esperemos que esta situación
complicada pase pronto y que Venezuela y su gente no sufran
demasiado. Ay, Jo, estos temas son tan difíciles, tan espinosos. Y yo,
como huésped de este bello país, prefiero no meterme ni opinar sobre su
política... Tú sabes que a mí no me gustan la política ni la religión;
soy pacifista y estoy convencido de que el respeto mutuo es la base de
todo. Prefiero concentrarme en las cosas bellas de la vida, que de por
sí, es demasiado corta.*

*A pesar de todo esto y en medio del remolino social actual, el
círculo artístico venezolano me recuerda bastante al parisino, así que
interactúo poco con ellos y más bien los observo desde fuera. A menos
que me tope con algo que me conmueva mucho, claro. De lo contrario,
prefiero estar solo y tranquilo. Sabes que no soy una persona que le
guste la dinámica que se da en los grupos cerrados.*

*Claro que al vivir aquí como invitado de los Contreras, he
tenido contacto con mucha gente de distintos ambientes sociales altos en
la ciudad: hacendados, negociantes, profesionales, intelectuales y los
que llaman "Grandes Cacaos", dueños de haciendas enormes que
producen el mejor cacao del mundo. Algunos de los conocidos de la
familia incluso me han comprado varios cuadros, lo cual sabes que
siempre me viene bien. Entre todas estas personas, hace poco conocí a*

*Carl Roth, un joven alemán que trabaja en el ferrocarril Caracas –
La Guaira. Me contó que lleva un par de años viviendo en la capital
y que le gusta el ambiente de ciudad grande, pero que quiere ir a
Alemania para casarse con Paula, la chica de la cual está enamorado,
y que vive en Wiesbaden. Su idea es traerla a Venezuela, por lo
menos hasta que se acabe su contrato con la compañía ferroviaria.
Quién sabe si se quedarán aquí definitivamente después de eso. La
verdad es que no me sorprende que haya tantos europeos que quieran
venir a esta tierra grande, rica y hermosa del Nuevo Mundo. Aquí
hay oportunidades para todos. Y bueno, sabes que por mi parte, la
invitación para ustedes está abierta.*

*Querida Jo, te dejo aquí mi abrazo fuerte y un beso para mi
querido ahijado.*

Cariños, Vincent

PS: *Por favor, envíame varios rollos de lienzo y los tubos de
       pinturas a esta nueva dirección. Supongo que el correo
       no debe tardar tanto en llegar aquí como sucede con el
       interior del país. Muchas gracias siempre.*

Caracas, abril 1911

Ese día amaneció tarde. Vincent se frotaba la cabeza con vehemencia. No debió mezclar el ron que venía bebiendo con el vino que le ofrecieron los jóvenes pintores. Eran las 11:30 de la mañana y se sentía avergonzado por haber perdido medio día de trabajo. Se alistó lo más rápido que pudo y se dirigió a la cocina. La cocinera lo miró divertida.

—Buenos días. ¿Va a desayunarse?

—Buenos días. Es tan tarde ya, que prefiero sólo un café, gracias.

—¿Y a dónde va hoy?

—Pensaba ir a pintar el Guaire, pero creo que mejor lo dejo para mañana. En el jardín de la casa hay muchas cosas interesantes y una vista preciosa del Ávila, así que hoy me quedaré a pintar desde aquí.

—Si quiere, le puedo llevar una merienda más tarde. Y aproveche la sombra de los árboles grandes para que no le pique el sol, que usted es bien pálido, ¿sí?

Él asintió, sonriendo. Terminó de beber su café y se dirigió a la habitación para hacerse del caballete, el marco de perspectiva, la libreta de dibujo, un par de lienzos, los lápices y las pinturas. Al salir al jardín por la puerta trasera, la cocinera lo siguió con una silla plegable hasta el pie de un gran árbol de mango, donde el maestro decidió trabajar esa tarde.

Con toda la luz del mundo que se posaba sobre Caracas al mediodía, Vincent observaba maravillado los hermosos árboles en flor que adornaban el magnífico jardín de la casona de los Contreras. Las orquídeas y bromelias se lucían sobre los troncos y entre los arbustos. Hacia el este había una gradación completa de apamates, con flores delicadas que iban desde el violeta hasta el blanco, pasando por varios tonos de rosado, mientras que al oeste reinaban los araguaneyes y un par de acacias rojas. Más allá, al pie del Ávila, distinguía los bucares encendidos en medio del verde de la montaña. Vincent recordó que Alexander von Humboldt había visitado el Ávila dos veces en su viaje exploratorio de Venezuela, unos cien años atrás. Pensando en eso, cerró los ojos, complacido. En silencio, daba gracias por tener el privilegio de poder trabajar allí. Se sentía inmensamente afortunado.

Unos segundos después, abrió los ojos y declaró para sí mismo: *Hoy me lleno del Ávila y mañana temprano bajo a pintar el Guaire. Más adelante haré las dos rutas de Humboldt por la montaña.* Una vez más, la sonrisa le invadió el rostro. Tomó el pincel y comenzó a trabajar.

*

Sentado a la barra pulida solo, Vincent saboreaba concienzudamente el primer trago de ron de la noche. Se había percatado de que no debía excederse de dos porque corría el riesgo de emborracharse, sobre todo si tenía el estómago vacío. Y emborracharse significaba volver a sufrir aquellos ataques que tanto temía. Aunque fuese por ensayo y error, al fin estaba aprendiendo a conocerse y a cuidarse.

Por encima del ruido normal del bar, esa noche se imponía una algarabía inusual que provenía de un par de mesas al fondo del local. Vincent levantó la mirada al oír una risa estridente que le pareció conocida e intentó descubrir su origen entre el grupo, que se entretenía despreocupado. Forzó la vista hacia la penumbra de la esquina a través del humo que llenaba el recinto y al fin distinguió a Rosa. Llevaba una falda plisada a rayas azul marinas y una blusa blanca con chal anaranjado; un atuendo casual que su porte distinguido convertía en elegante. La muchacha bailaba alegre con un joven. A Vincent le divertía su espontaneidad. Su alegría le recordaba lo bella que podía ser la vida cuando se compartía con alguien más. Se acercó a saludarla entre el tumulto.

—¡Rosa, qué bueno verte aquí! —se sorprendió gritando por encima del ruido, al tiempo que le tocaba el hombro a la joven para que se diera vuelta.

Ella giró y lo saludó con una enorme sonrisa. Sin dudarlo un momento, le presentó a sus amigos, le ofreció un asiento y una copa de vino.

—No gracias, estoy tomando ron.

—Pero el vino es la bebida de Baco, lo que se bebe en una bacanal como esta —replicó ella, riendo.

Vincent la miraba con sus grandes ojos verdeazules, sin saber qué decir.

—No te preocupes, que te estoy tomando el pelo... El pelo colora'o que tienes, Vincent —rio Rosa—. Pero tienes razón; es mejor que no mezcles el ron con el vino... Puede caerte mal —concedió al fin.

Vincent no estaba acostumbrado al sentido del humor de la juventud caraqueña. Unas veces le parecía gracioso, otras no lo entendía del todo, pero siempre le sorprendía la picardía natural de aquellas personas que parecían no tomarse nada en serio o más bien, que sabían vivir la vida con los altos y bajos por donde los llevara el destino.

Rosa coleccionaba amigos de distintos círculos. Tenía cosas en común con cada uno y le gustaba compartir algo diferente con cada quien. Podía tener conversaciones muy profundas con alguna de sus amigas más cercanas, y cuando se reunían en el bar, era la personificación de la alegría más genuina. Vincent estaba deslumbrado con ella, a pesar de la gran diferencia de edad.

Estuvieron un largo rato divirtiéndose en el bar, hasta que dio la hora de cerrar. Salieron y se dispersaron en grupos pequeños por las calles aledañas. Vincent y Rosa se dirigieron a su casa por las calles desiertas en lo que se convirtió en un paseo a la luz de la luna creciente. Como la noche estaba fría, él le ofreció su chaqueta en un acto de caballerosidad, que ella aceptó con una bella sonrisa de dientes perfectos.

—Nunca había conocido a nadie como tú —se atrevió a confesar Vincent, animado por los dos rones que llevaba encima—. Eres muy especial.

—Gracias. Sabes que tú también me caes bien —respondió ella, sonriendo.

—Bueno, pero tú me caes más que bien...

Rosa no lo dejó terminar la idea. Tomó su brazo y lo estrechó con fuerza.

—Vincent, tú me caes bien y aprecio tu compañía. Eres un hombre muy interesante y me gusta mucho tu trabajo. Tus cuadros reflejan tus bellos sentimientos, tu amor y la pasión que tienes por lo que haces y por todo lo que pintas. Claro que eres especial también para mí. Me encanta conocerte.

—¿Eso quiere decir que podemos ser compañeros y más adelante formalizar nuestra relación?

—No, no, no... No quiere decir nada de eso, Vincent. Sólo quiere decir que me gusta que seamos amigos, más nada. Buenos amigos, ¿ves?

—Pero la otra noche fuimos mucho más que amigos, ¿no te acuerdas?

—Ah, la otra noche... Cierto... Pero eso no cuenta.

—No entiendo... Rosa, yo sólo sé que nunca tuve una mujer más apasionada que tú... Creo que te quiero y me gustaría tanto que seas mi esposa y que formáramos una familia...

—Ahí está la cosa, Vincent. Yo no quiero tener hijos y tampoco quiero casarme.

—¿Pero qué me dices de la otra noche? No entiendo...

—Hasta donde recuerdo, la otra noche los dos estábamos bebidos y tratamos de tener algo íntimo, pero la verdad es que no me gustó. Te sentí torpe, yo diría que un tanto bruto. Lo siento, Vincent, pero no me gustó para nada.

—¿No te gustó? ¡Ay, qué vergüenza, Rosa! Discúlpame, por favor... Yo pensaba que todo estaba muy bien... Perdóname, perdona... No sabía... —pronunciaba, al tiempo que sentía cómo toda la sangre del cuerpo bullía en su cabeza por un instante para luego caer como un látigo dentro de los pies.

Mientras el manto oscuro de la noche ocultaba el rubor de Vincent, el temblor de su voz lo delató frente a la joven, que prefirió no darse por enterada para no herirlo más.

—Mira, la otra noche los dos tomamos de más y no sabíamos lo que estábamos haciendo. No hay nada que perdonar, mientras entiendas que sólo podemos ser amigos. Nada más, ¿sí?

—Claro, Rosa, claro. Seguiremos siendo sólo amigos —pronunció en voz baja, aún avergonzado.

Siguieron caminando de brazos enganchados y en silencio rumbo a la casa. En el cielo oscuro, entre miles de ojos brillantes que lo habían presenciado todo, también la luna iba de bajada.

*

Muy temprano por la mañana, la luz llenaba poco a poco la oscura inmensidad, como la leche suaviza el café cuando se funde con él para siempre en la taza. Rosa subía por la vereda sin ninguna dificultad. Vincent la seguía, cargando en su mochila una libreta y varios lápices. Adelante, en fila, iban los amigos de la muchacha guiados por Juan, que conocía muy bien los senderos del Ávila y la ruta para llegar a Galipán desde Caracas por Cotiza.

El camino surcaba el verde eterno de la enorme montaña. La vegetación y el olor cambiaban según la altura que, paso a paso, iba conquistando el grupo. El rocío mañanero producía un petricor delicioso. A medida que subían, las plantas y sus hojas se hacían más pequeñas, hasta casi desaparecer en la cima, para dejar sólo los aromáticos musgos y líquenes sobre las rocas de la sierra.

Una vez arriba, los ojos de cada quien se abrían como ventanales para admirar los distintos tonos azules del cielo, que definían la línea de la cordillera y contrastaban con el esplendor del verde de la foresta tropical. Desde la cumbre despejada, Vincent veía el mar hacia el norte y Caracas hacia el sur. Un sentimiento de inmensa humildad lo invadió al comprobar su propia insignificancia frente a aquel paisaje imponente que no tenía fin. En medio del rubor de la subida y el calor, sus ojos se desbordaron inexorables por las costuras. Rosa lo abrazó, conmovida, con el cariño digno de una hermana menor. Y Vincent se dejó consolar.

Al rato de ubicarse cada quien en una roca relativamente cómoda, comenzaron a aparecer las meriendas y bebidas que habían llevado para compartir. Libreta y lápices en mano, Vincent esbozaba sin parar todo lo que veía: paisajes, personas, expresiones, horizontes, nubes, luz. Trabajaba con gran velocidad porque sabía que esa era una oportunidad única y tenía que aprovecharla al máximo.

A los pies del cielo, Juan señalaba los distintos lugares que le iban preguntando los amigos: el Camino de los Españoles al oeste; la casa del doctor Knoche al norte, entre La Guaira y Macuto; San Antonio de Galipán al norte, muy cerca; y hacia el este, la Silla de Caracas y el Pico Naiguatá, los picos más altos, arropados por nubes blancas. Vincent tomaba notas gráficas de todo cuanto veía. No podía dejar de sonreír. Pensaba que Alexander von Humboldt había estado en ese mismo lugar poco más de un siglo antes para admirar y estudiar la naturaleza, y ahora él lo visitaba para captar su belleza y mostrarla a otros a través de sus pinturas, para que la gente sintiera la grandeza de la Creación.

Las Quince Letras, Macuto, 1938

> *Mi querida Johanna:*

Te escribo a la sombra de un árbol de mango enorme que hay en el terreno baldío junto a nuestra casa, que convertimos en huerto hace ya muchos años. También sembramos un par de árboles de aguacate, un uvero de playa, plantas de parchita, plátanos y cambures; todo bien separado entre sí. En el medio pusimos verduras y hierbas. En la parte más cercana a la casa tenemos un par de gallinas y un gallo. A veces le digo a Felisa que somos campesinos de la costa y ella se ríe... Lo importante es, que producimos varios de los alimentos que comemos. Y bueno, sabes que siempre conseguimos pescado, además de algo que sobre en la cocina de la fonda. Así que tenemos casi toda la comida cubierta. Como yo lo veo, somos prácticamente independientes del comercio de alimentos, así que no nos afecta demasiado la crisis agrícola, que viene empeorando desde hace tiempo por la prioridad que le han dado a la industria creciente del petróleo. Pero lamentablemente, nuestra realidad no es la misma de la mayoría de la gente en el resto del país.

Imagínate... De pronto, Venezuela se convirtió en un país petrolero. Dicen que hay mucho petróleo aquí y que eso traerá mucha riqueza. Lo llaman el "Oro Negro". Es cierto que el petróleo tiene muchos usos, pero nunca se debe descuidar el trabajo de la tierra. La agricultura y la ganadería son las industrias con las que se produce el alimento para el pueblo. Lo mejor sería usar lo que se gane del petróleo para fomentar la agricultura e invertir en el desarrollo integral del país y su pueblo. Recuerdo haber leído en el libro de Alexander von Humboldt que en 1799 encontró un pozo de petróleo en la Península de Araya y que los indios ya lo usaban para distintas cosas de la salud y el hogar. Claro que con el petróleo se puede hacer mucho, pero al fin y al cabo, el mene todavía no se puede comer.

No sé qué sería de mí si no tuviese a Felisa, que siempre está tan pendiente de todo lo que tiene que ver conmigo. Ella sembró en el huerto las hierbas que me recetó hace años la iluminada de Sorte, y me da la infusión por lo menos cada dos semanas. También me prepara jugo de parchita para que no me den ataques de epilepsia. Además, se asegura de que no se me olvide comer los dos cambures o plátanos diarios. A veces me hace té de jengibre y siempre insiste en que coma completo. Cocina con aceite de coco y condimentos suaves, y todo le queda muy sabroso. Comemos huevos, queso, pescado, aguacate, arepas y casabe. De vez en cuando consigue algo de cacao y lo preparamos como una bebida muy rica. Me recuerda que no abuse del café, del alcohol ni del tabaco e insiste en que camine mucho y que duerma por lo menos seis horas al día. También me repite que me asee y me lava la ropa con frecuencia. Creo que todo esto hace que me sienta más fuerte y más sano del cuerpo y de la mente. Ya no tengo depresiones. Ya ves, nunca estuve loco, como me llamaban en Francia. Yo sólo tengo varios problemas de salud, y desde que me cuido correctamente, dejé de tener alucinaciones y ataques. Estoy seguro de que le debo mi salud a Felisa; a sus cuidados constantes. Ya tampoco me desmayo ni pierdo el conocimiento. Como siempre, todo es cosa de entender el problema para encontrar la solución. Definitivamente, la ignorancia es muy dañina y puede matar. Tengo suerte de que Felisa me quiera y se ocupe de mí. Ella me mantiene vivo y sano. Le debo todo a ella.

Querida Jo, te envío aquí unas series de trabajos de almendrones y uveros de playa que me gustaron mucho. Estos árboles son preciosos; tienen las hojas gruesas y van cambiando de color con el tiempo. Yo los he visto mucho en las costas de Venezuela. Son muy resistentes al calor y a la falta de agua, y producen frutos muy sabrosos. Espero que te gusten y que puedas venderlos bien.

Muchas gracias por el paquete con los lienzos y las pinturas; ya les estoy dando buen uso. Espero poder enviarte más cuadros pronto.

Querida Johanna, te envío un cariñoso abrazo y un beso para mi ahijado.

Cariños, Vincent

El Castillete, Macuto, 1938

Atardecía y cuatro mujeres iban de salida. La sesión había terminado al fin. Después de posar durante cinco horas para el maestro, se vistieron con sus sencillas ropas, terminaron de beber el papelón con limón que les había servido Juanita, agradecieron la paga simbólica de un bolívar, se despidieron y caminaron charlando hacia sus casas.

Como de costumbre, Juanita recogía el sillón, el sofá, los sacos de yute y los cojines que habían usado para ambientar la nueva pintura de la serie de las majas criollas.

Durante la cena, Juanita se armó de valor. No le gustaba para nada tocar temas espinosos con Armando, pero ya no podía aguantar más. Se sentía a punto de estallar.

En cuanto terminó de recoger la mesa, fue a acompañarlo junto a la pileta. Hacía calor. La humedad atrapada debajo de las nubes bajas y grises era aplastante.

Las chicharras cantaban con insistencia, buscando concertar citas amorosas furtivas.

—Qué buena sesión tuvimos hoy, ¿no crees? —comentó Armando con ojos felices.

—Ajá... Supongo que sí...

—Claro que sí. La pintura quedó casi lista. Mañana la termino, y ya.

—Armando...

—¿Qué pasa, Juanita?

—Ay, Armando... No me gusta que estés metiendo otras mujeres en la casa para que posen.

—Huy, Juanita... No me digas que estás celosa otra vez —bromeó Armando, sonriendo.

—No sé... No sé... Creo que sí... Ay...

—Pero, Juanita, ¿no ves que necesito varias modelos para esta serie de pinturas que estoy haciendo?

—Sí lo entiendo, pero no me gusta... No me gusta...

—Pero si siempre hemos recibido otras modelos aquí en el rancho de vez en cuando, ¿por qué ahora te molesta tanto? Esto no es nada nuevo.

—No sé, Armando... Es que ahora como que es más a menudo que antes...

—Pues claro, Juanita. Estamos haciendo la serie de las majas criollas y tú también estás posando para estas pinturas, ¿no?

—Sí, pero no me gusta cómo miras a esas mujeres...

—¿Que cómo las miro? No me digas eso, chica. Sabes que ellas sólo vienen aquí para posar. Nada más.

—No... Yo te veo cómo las miras cuando están desnudas...

222

—Claro que las miro, chica. Si no las miro, no las puedo pintar.

—Ay, Armando... Creo que no quieres entender...

—La que no quiere entender eres tú, Juanita. Mira, yo soy artista. Soy pintor y tengo que tener distintas modelos y tengo que poder mirarlas para pintarlas, ¿ves? ¿Cómo quieres tú que yo trabaje si no las puedo ver?

—Entonces no las llames a ellas y píntame a mí solamente...

—Pero es que a veces quiero tener más de una mujer en el cuadro, chica. Entiéndelo.

—Armando... Yo te quiero, pero esto no me gusta... No las llames más.

—Ay, Juanita... Creo que tenemos un problema aquí. No voy a cambiar lo que quiero pintar sólo porque tú estés celosa o alguna tontería de esas.

—Puedes pintarme a mí todo lo que quieras y cuando quieras. No tienes que esperar a nadie y no tienes que pagarle nada a nadie. Yo estoy aquí siempre que necesites una modelo.

—Ay, Juanita... Chica... Ya te lo expliqué muchas veces... Es bueno variar de vez en cuando y a veces se necesitan varias modelos en la misma pintura...

—Armando, entiende que no me gusta esto y decídete: o me respetas, o me voy y puedes meter a cuanta mujer se te ponga enfrente. Pero recuerda que si eliges eso, te quedas solo.

—Pero yo te respeto, Juanita. Chica... Tú sabes que tú eres mi única musa...

—Entiéndelo: si no te basta conmigo, me voy y te quedas solo, sin nadie quien te atienda.

El canto ensordecedor de las chicharras anunciaba la implacable lluvia. De pronto, las nubes espesas se abrieron, dando paso al agua celestial que todo lo sana.

El siguiente día amaneció prístino, con un Armando muy hacendoso en el Caney Grande. En un extremo del recinto había apilado alambres, sacos de yute, papel, telas y pinturas para un nuevo proyecto. Los ojos oscuros le brillaban con destellos de genio y sonreía orgulloso.

Juanita se acercó al estudio a media mañana con una taza de café para Armando, que ni se había recordado de desayunar.

—Buenos días, Armando. ¿Te decidiste?

—No tengo nada que decidir, Juanita. Tú eres mi mujer y no voy a dejar que te vayas.

—¿Así que ya no vas a traer a otras mujeres para que posen desnudas?

—No. Y además, encontré la solución perfecta. Mira.

—¿Cómo es eso?

—Mira, Juanita. Ya traje todo lo que hace falta. Ven, siéntate conmigo y ayúdame.

—¿Pero qué es lo que quieres hacer, pues?

—Mira, pásame ese alambre. Vamos a doblarlo así... Y así... Y así. ¿Ves?

—Huy, qué grande... Parece un esqueleto...

—Exacto. Eso es lo que vamos a hacer primero. Vamos, haz uno tú también.

Juanita tomó otro trozo de alambre y comenzó a doblarlo para darle forma.

—Fíjate en el tamaño del mío. Tiene que ser grande. Tamaño natural, pues.

—Está bien... ¿Y después qué?

—Después le vamos a poner la carne encima.

—¿Carne? ¿Cómo es eso?

—Claro. No las vamos a dejar en los huesos, ¿no? Les vamos a dar cuerpos de mujer. Y luego las vamos a vestir y las vamos a poner bellas, ya verás.

—¿Como si fueran muñecas grandes?

—Así mismo, Juanita. Y entonces, ellas van a posar para mí, como tú también lo haces.

—Está bien, Armando. Pero recuerda que tu mujer soy yo, no las muñecas.

—Claro, Juanita. Tú siempre serás la más bonita.

El Castillete, Macuto, 1940

Guarecidos del calor de las dos de la tarde en la
Cava, sentados sobre sendas rocas, Armando y Vincent se
disponían a disfrutar un puro. La brisa dulce de la quebrada
cantarina que atravesaba el recinto refrescaba el oscuro
ambiente de aquella gruta escondida bajo el Caney Grande.
Se respiraba allí una paz regeneradora. Armando había
instruido a Juanita para que no lo interrumpiera cuando se
refugiaba en ese, su recinto sagrado.

—Qué maravilla, Armando. Eres totalmente libre.
Has logrado fabricar todo lo que necesitas aquí en El
Castillete. Todo —sonrió al caer en cuenta—. Desde la
arquitectura precisa que cumple con tus exigencias, hasta
absolutamente todo lo que hay aquí dentro. Los muebles,
las máquinas, los instrumentos musicales... Todos los
adornos, todas las cosas. De verdad puedes decir que todo
esto es tuyo. Y ahora también creaste tus modelos. Ya no
necesitas buscar modelos que vengan aquí. Ellas viven

contigo y todos son felices. Eres un genio creador, chico. Eres el Creador, el Dios de tu propio Paraíso.

—Es verdad. Yo soy el Dios en El Castillete, el Dios de mis muñecas. Yo las creé, pero ellas también son mis amigas. Ellas nos acompañan a Juanita y a mí, y a Pancho, y nos divertimos mucho juntos. Pero yo las creé a ellas y Juanita me ayudó. Y cada una tiene un carácter distinto, una personalidad propia, ¿ves?

—Sí lo veo, claro.

—Claro, tú también lo sabes, Vincent. Para crear algo sólo hace falta el amor, ponerle amor a las cosas. Yo creé a cada una de mis muñecas con todo el amor. ¿Pero sabes algo, Vincent? Mis muñecas Josefina, Nisa, Teresa, Graciela y Serafina me quieren mucho. Ellas se portan muy bien y son buenas modelos. No se quejan nunca de nada. Pero Juanita... —Armando suspiró.

—¿Qué pasa con Juanita?

—Ay, mi Juanita... Mi Juanita... Esa sí que me da pelea a veces...

—¿Juanita te da pelea? No me la imagino... ¿Cómo es eso?

—Bueno, no siempre. Tú sabes. Pero de vez en cuando se porta mal y tengo que castigarla.

—¿Pero cómo se porta mal? ¿Qué hace? Yo sólo veo que te quiere y te atiende...

—Sí me quiere, pero a veces hace cosas sin preguntarme, sin pedir permiso. Otras veces me insiste en que yo haga algo que no quiero hacer...

—Será que tienes que tenerle más paciencia, ¿no?

—Yo creo que le tengo bastante paciencia. Pero es que es testaruda, mi Juanita. Es testaruda, pero es mi modelo preferida. Si las ves bien, de todas mis muñecas, ella es la más bonita. Ya era así cuando yo era niño y jugaba con mi prima al teatro o a las corridas de toros, allá en Valencia...

—Juanita te adora, Armando. Es la mejor compañera que pudiste encontrar —comentó Vincent, mientras encendía el puro que acababa de recibir.

—Claro que sí, mi amigo. No la cambiaría por nadie. ¿Sabes? Cuando estudiaba en Madrid, tuve un profesor que me reveló el secreto para vivir del arte y pintar tranquilo toda la vida —con el puño cerrado, uno a uno fue abriendo cuatro dedos mientras contaba—: conseguir dinero, tener un techo donde guarecerme, aislarme del mundo y buscar una mujer humilde que me atienda. ¿Ves? —y con las manos abiertas, señaló a su alrededor.

—Sí, son buenos consejos. Tu maestro tenía razón. Y parece que lo conseguiste todo, ¿cierto? —corroboraba Vincent, al tiempo que chupaba con fuerza el grueso puro encendido y despedía un humo blanco con aroma a cedro y chocolate.

—Ya ves que sí. El dinero me lo dio mi madre cuando regresé a Venezuela. Un tiempo después, conocí a Juanita y me di cuenta de que ella era perfecta para mí. Ella se vino a vivir conmigo y ya llevamos casi veinte años aquí, en este paraíso y en El Castillete. Yo quiero mucho a mi Juanita, ¿sabes?

—Claro que sí. Todos lo saben, Armando.

—Sí... Yo sé que el Niño Jesús me la mandó para que fuera mi compañera y de paso, resultó ser mi mejor modelo. Y claro, yo la quiero mucho, a mi Juanita, tan bonita. Pero ella no es tonta, ¡qué va! Mi Juanita es callada, pero tiene su carácter y es terca... Y muy celosa, sí, pero la quiero así mismito como es —rio mientras soltaba una bocanada albarina que lo hizo atragantarse por un momento.

El Castillete, Macuto, 1941

En la cocina, Juanita y Felisa conversaban despreocupadas mientras preparaban el almuerzo tardío. Los maridos inquietos paseaban por el patio, acompañados de los monos Pancho y Pepe. Armando le mostraba orgulloso a Vincent los últimos objetos que había fabricado: el teléfono, el piano y la máquina de coser. Vincent admiraba todo lo que Armando construía con materiales que encontraba a lo largo de Macuto y La Guaira, y que formaban parte de su vida diaria y mágica en El Castillete. Como de costumbre, Vincent no dejaba de asombrarse y comentaba entusiasmado cuanto veía: el diseño orgánico y la arquitectura natural de la casa y el complejo entero, los materiales, los árboles frondosos, el platanal, las trinitarias de colores, las gallinas, la pileta; incluso los muros circundantes... Y a Armando le encantaba que le celebraran sus logros.

Armando decidió darles permiso a sus muñecas para divertirse un rato en el Bar. Una por una, los dos hombres fueron llevando a Josefina, Nisa, Serafina, Teresa y Graciela al Bar de las Muñecas, que estaba justo a un lado de la cocina, y las sentaron en las sillas que Armando les había fabricado con madera de palma.

El aroma a carne mechada y caraotas negras que venía de la estufa de leña les dejó saber que las mujeres ya casi tenían lista la comida. Mientras tanto, el arroz esperaba en la olla a que las tajadas de plátano maduro se caramelizaran en una sartén bien curada. Felisa sirvió cuatro vasos de agua y terminó de poner la mesa al otro lado de la cocina. Las dos parejas disfrutaron en grande aquel almuerzo delicioso preparado por Juanita con los ingredientes que había traído Felisa. Al tiempo que charlaban de mil cosas, comieron con toda la calma hasta casi reventar.

Como buen anfitrión, Armando se levantó para buscar algo con qué digerir el banquete. Unos instantes después, regresó sonriente con una botella de ron que aún estaba sellada, cuatro vasos de vidrio y un par de olorosos puros metidos en el bolsillo de su camisa blanca.

Comenzaba a caer la tarde y a refrescar el ambiente, que a la vez se llenaba poco a poco del perfume de las flores nocturnas. El sol se fue apagando pronto, al mismo ritmo alegre de la vida en el Caribe. Juanita trajo varias lámparas de kerosene, que colgó de los clavos correspondientes en lugares precisos para crear una atmósfera acogedora.

Armando invitó entonces a la pareja a pasar al Bar, donde las muñecas los esperaban disfrutando el rato. Al entrar, las damas se alisaron los vestidos floreados y se acomodaron el cabello para estar acordes con la celebración improvisada. Se ubicaron alrededor del mostrador alto, entre las muñecas, y Armando sirvió el ron.

Después de brindar por el arte y la amistad, los caballeros encendieron los puros y primero los compartieron con las damas. Luego, el aire se llenó de hilachas blanquecinas sinuosas que salían de las bocas de los dos amigos. Parecían un par de dragones barbudos y algo desaliñados, pero felices.

—Mira, Armando. El humo es como nosotros —dijo Vincent con el trago de ron en la mano.

Armando frunció el ceño, tratando de entender.

—¿A qué te refieres?

—Pues que, a veces, el humo es bastante recto y fino como una gasa, transparente, y es blanco como la luz misma; como pintas tú. Pero otras veces, el humo se mueve en espirales o en formas concéntricas, como si vibrara, y a la vez es tan grueso que no se puede mirar a través de él; como pinto yo...

—Ay, Armando, no le des más ron a Vincen'Vicente, que ya está diciendo cosas raras —bromeó Felisa.

Juanita ahogó una risa tímida en las manos.

—Yo no creo que sean cosas raras —respondió Armando, sonriendo—. Yo sí lo entiendo, y creo que Vincent tiene toda la razón: el humo es como nosotros, y nosotros somos como el humo. ¿No es cierto, amigo?

—Bueno, así lo veo yo... —confesó Vincent, encogiendo los anchos hombros.

—Igual, te tienes que cuidar, mi amor —dijo la morena mirándolo con una mezcla de ternura y firmeza.

—Ay, Felisa... Yo no estoy borracho. Tú sabes que bebo poco... Cuando era joven, bebía mucho. Sobre todo, ajenjo. Y me caía muy mal. Me daban ataques y perdía el conocimiento. Pero desde que llegué a Venezuela, sólo bebo ron. Y aunque primero sí bebía bastante, me di cuenta de que lo toleraba mucho mejor que el ajenjo... Pero tú sabes que desde que estamos juntos, bebo muy poco... No digas que estoy borracho, Felisa...

—Bueno, bueno, mi amor, ya... Tranquilo, que yo sólo te quiero cuidar... —dijo al acariciarle la cabeza.

—Y yo te amo, Felisa —le susurró al oído, abrazándola con ternura.

Armando interrumpió a los enamorados.

—¡La Virgen los arropa bajo su manto santo y los bendice! ¡Amén! —declaró Armando, solemne.

—Amén, amén —respondieron a coro los demás.

—¡Ay, ay, ay! ¡Salud! Tanto amor amerita una musiquita, ¿no creen? Juanita, trae los instrumentos para cantar —indicó el anfitrión y bebió un trago de ron.

A las muñecas les repartieron instrumentos hechos por Armando y a Vincent le dieron un par de maracas para que los acompañara. Así, con la orquesta completa, los demás se inspiraron para interpretar tangos de Gardel y se divirtieron cantándole "Compadre Pancho" al mayordomo encargado de sonar la campana para anunciar a los visitantes.

En los muros de piedra de El Castillete resonó la música y la algarabía de cuatro amigos que se entendían, se respetaban y se querían tal y como eran; sin poses y sin intereses escondidos. Esa noche perfectamente estrellada y condimentada con una deliciosa brisa salada y fresca, Vincent sintió la presencia divina en aquel lugar lleno de belleza, verdad y libertad, en compañía de las pocas personas que poblaban su vida y la hacían mejor. Entonces, comprobó que el destino al fin había sido justo con él y que no necesitaba nada más.

Río Chico, Barlovento, diciembre 1912

Los rayos del sol del mediodía intentaban abrirse paso a través de las frondas hacia el sendero del bosque costero. En busca de una mañana tranquila y productiva, sin importarle los insectos ni el calor, Vincent se había internado en un sector de vegetación más densa. Un tronco caído le sirvió de asiento para contemplar el escenario más verde de su vida. Completamente empapado, se dejaba arropar de buen grado por la humedad caliente que se mezclaba con su sudor de forastero. Las gotas nuevas bajaban por la frente y se acumulaban en las cuencas de los ojos, manteniéndolos húmedos mientras Vincent observaba el entorno sin pestañear. Concentrado, pensaba cómo era posible que la luz cayera tan pesada sobre la tierra en los claros del camino, y justo al lado, se quebrara en miles de manchas al pasar por el cedazo de esos árboles altos, llenos de bromelias y orquídeas, tupidos de hojas de infinitas formas y colores, tan distinto de los bosques europeos que conocía. El artista se maravillaba una y otra vez al descubrir los frutos de cacao colgados de los tallos de los árboles. Quería entender la gama de marrones, pardos, sepias, violetas, rojos, anaranjados, amarillos y cremas que mostraban las presumidas frutas cuando se llenaban de los destellos de aquella luz afilada como cristales de un mosaico vivo.

Estaba en el paraíso, sin duda. Vincent quería absorber todos los colores, todos los brillos de la luz tropical para plasmarlos luego sobre el lienzo. Estaba absorto en medio del sonido de las libélulas y el murmullo del viento en las hojas, cuando notó la presencia de una tenue melodía que se iba imponiendo desde la vereda. Sigiloso, se retrajo aún más hacia la foresta y se escondió detrás de un árbol de tronco ancho. Desde allí se asomó sólo lo necesario para ubicar el origen de aquel sonido dulce. Entrecerró los ojos para ver mejor en la distancia incandescente y distinguió una figura femenina que se acercaba. Era una morena alta y esbelta que parecía tallada del más fino ébano, envuelta en un sencillo vestido de colores encendidos.

El lápiz le temblaba entre los dedos, mientras que la otra mano se aferraba a la libreta de dibujo. En su mente, agradeció a la sirvienta de la casa donde se hospedaba, que esa mañana le pidiera salir de la habitación para limpiarla y que lo apurara tanto, que no le diera tiempo de llevarse toda la parafernalia para pintar, tan sólo la mochila con la libreta y los lápices que había usado dos días antes. De otro modo, no hubiera podido esconderse.

A medida que la mujer se acercaba, el pintor traducía sus formas en líneas vivas sobre el papel aburrido.

Es la mujer más hermosa que he visto, se sorprendió pensando. *Tiene las proporciones ideales: es alta y sobre sus fuertes nalgas descansan caderas anchas, perfectas para la maternidad. Su pelvis es un nido acogedor, ansioso por albergar su preciosa descendencia.* El lápiz se movía presto por la página, que hubiera estado destinada a mostrar los esbozos de alguna orquídea o cacaos colgados de los tallos en aquel bosque caliente y húmedo. Deslumbrado, Vincent transpiraba gotas brillantes, efímeras. *¡Dios, qué piel tan maravillosa! Cuando el sol la toca, aparecen todos los colores del cacao y la envuelven en un manto sedoso. Tengo que detallarla más para pintarla en cuanto llegue a mi habitación*, pensaba el maestro, extasiado.

La mujer pasó de largo, musitando su cancioncilla sin advertir la presencia de Vincent, que liberó el suspiro profundo de quien se descubre perdido en otra piel.

Río Chico, Barlovento, enero 1913

Vincent entró en la cantina huyendo del calor y la humedad aplastante que se había acumulado en el aire durante la tarde. Se sentó cerca de la puerta para aprovechar cualquier brisa perdida que quisiera pasar junto a él.

—Buenas tardes, ¿me sirve un ron, por favor? —pidió en voz alta al vacío oscuro del recinto.

—¡Ya voy! —le respondió una voz de mujer desde la parte trasera del establecimiento.

Vincent creyó que deliraba cuando la dueña de la voz se acercó con el vaso de ron.

—Buenas tardes, maestro —dijo con una sonrisa la morena cantarina de la vereda.

—No soy maestro, soy pintor —replicó con la voz trémula, al tiempo que sentía que la cabeza se le ponía más colorada que nunca; mucho más que cualquier mediodía de calor tropical.

—Es lo mismo. Es musiú. Usted es gringo, ¿verdad?

—No soy gringo. Soy holandés.

—Igual, es musiú —sonrió de nuevo, sabiéndose victoriosa.

—Como diga —murmuró entre dientes, mirando el suelo.

—Ay, pero no se moleste... ¿Cómo se llama?

—Vincent... Vicente —titubeó.

—Aquí tiene, pues, Vincen'Vicente. ¿Anda solo?

—Gracias. Sí, estoy solo.

—¿Y qué hace usted tan solo?

—Viajo por Venezuela y pinto lo que veo.

—¿Sí? ¿Y qué le parece lo que ve?

—Me parece precioso. Eres preciosa... Tienes la piel más perfecta que he visto... Cuando el sol se posa sobre ella, veo el arcoíris del cacao.

—Hmm... ¿Y cuándo me has visto tú en el sol? Hmm... A ver... ¿Tú viniste aquí buscando bebida o buscando una mujer para pasar el rato?

—Tristemente, sólo el ron. No tengo suficiente dinero para pagar por compañía ahora.

—Hmm... No te ves mal para ser musiú... Pero estás hediondo... Te diré qué: si te lavas bien y te quitas el olor a chivo, te regalo un rato y te lo hago gratis. Piénsalo.

Vincent se volvió a sonrojar. Apuró el trago y se levantó de golpe, tumbando la silla.

—Me gusta la idea. Ya regreso —dijo emocionado. Y se fue rumbo a la casa dando grandes zancadas.

—¡Oye, Vincen'Vicente, me llamo Felisa! ¿Oíste?

Esas últimas palabras sonaron como un eco distante en los oídos del musiú, que se alejaba sonriente.

Río Chico, Barlovento, 1913

Mi querida Johanna:

Después de 15 años, estoy de nuevo cerca del mar. Ahora vivo en Barlovento, una zona al este de la capital, donde se produce el cacao Carenero, el mejor cacao del mundo. Vivo en la hacienda de uno de los amigos de la familia Contreras, al que conocí en Caracas. Dicen que aquí la tierra es muy fértil y por eso hay tantas plantaciones de cacao. Es un lugar muy caliente y húmedo; la piel se lubrica de tu sudor todo el día.

Barlovento es una zona preciosa de playas y bosques bien tupidos, con ríos y cuevas. Me gusta pensar que el Edén se parece a Barlovento. O será que ya me hacía falta el mar. Venezuela es muy hermosa; tiene tantos paisajes distintos y está llena de gente bonita y buena, pero te confieso que el mar me da una energía especial. Para mí es fascinante poder pintar en la costa del mar Caribe. Me siento más cerca de los elementos y sé que vivo a su merced. El contacto con el sol, el viento y el agua despiertan mi naturaleza humana y mi espíritu. Admirar la creación divina y su enorme poder en las tormentas y los relámpagos, y su belleza extrema en los arcoíris, el rocío y las enormes nubes blancas me llena de humildad y respeto por el universo, me recuerdan lo pequeño que soy y lo poco que puedo abarcar a lo largo de mi vida. Siento que aquí estoy en casa.

Te cuento que en Barlovento, la gran mayoría de la gente es negra, de piel mucho más oscura que cualquier otra que haya visto en mi recorrido por Venezuela. Son los descendientes de los esclavos africanos que trajeron los colonizadores españoles en el siglo 18 para trabajar en el cultivo del cacao. Así que la cultura de esta zona tiene muchas tradiciones que ellos trajeron cuando se los llevaron de sus tierras en contra de su voluntad. No como yo, que vine aquí porque quise... Pero ahora todos estamos en el mismo sitio y yo tengo la oportunidad de aprender algo nuevo y de retratar esta gente guapa y el paisaje perfecto donde viven. Y claro, ya probé las comidas típicas de cerdo y pescado, que son muy ricas y distintas a las demás que comí antes en el país.

Creo que lo que más me maravilla aquí es el cacao. Nunca lo había visto en la Naturaleza; es precioso. Aunque los árboles no son muy altos, es una planta especial que florece todo el año. Los frutos van de menos de una cuarta hasta dos cuartas de tamaño, son ovalados y puntiagudos, brillantes y hermosos, y salen del mismo tronco y las ramas. Son dulces y vienen en un abanico de colores que van desde el blanco hasta el violeta oscuro, pasando por toda la gama de amarillos, naranjas, rojos, verdes y marrones. Para mí, el cacao refleja todo el pueblo de Venezuela: la belleza de sus razas, sus mezclas, su arcoíris de pieles perfectas, su alegría y su dulzura. Si alguien me preguntara, diría que deberían nombrarlo fruta nacional.

Puedes verlos en todo su esplendor en las quince pinturas que te envío aquí. Espero que gusten en Europa y que se vendan bien.

Me gusta mucho la música de tambores que tocan aquí los domingos. No sabía que había varios tipos de tambor, cada uno con un sonido distinto. Cuando los tocan, producen una música alegre, casi hipnótica, y la gente comienza a bailar al compás de los golpes sobre los cueros. Incluso a mí se me mete el ritmo por la piel. Imagínate, así de tieso como soy, la gente me ha animado a bailar... Entonces, en medio del calor y la música, de pronto siento que mi cuerpo se libera y comienza a moverse como quiere... o en mi caso, como puede, claro. Es algo mágico. Lo bueno es que nadie te mira raro, porque el baile es una actividad donde participan todos. Así, te vuelves parte del grupo; una parte de un todo más grande. Y eso se siente muy bien.

Hace unos meses, conocí en este Paraíso a Felisa Díaz, una morena preciosa, alta y delgada, que parece una escultura de ónix. Tiene un pequeño bar en el pueblo, donde de vez en cuando bebo un ron por la tarde. Es una mujer muy serena y de buen carácter. Bailamos tambores un par de veces y pareciera que le caigo bien. Le pregunté si quería viajar conmigo por Venezuela, pero me dijo que tenía que ocuparse del negocio porque vive de él. Pues hasta ahí llegó, porque como bien sabes, yo no estoy en condiciones de mantener a nadie. Al menos, hasta que comience a vender mis cuadros con frecuencia.

Después de conocer ya varias mujeres interesantes y hermosas en este país tan diverso, me pongo a pensar que tal vez Dios no me haya reservado una mujer y en verdad quiera que sólo me dedique a pintar. Ay, Jo, sabes que me apasiona mi trabajo, pero me gustaría

247

tanto tener una compañera con quien compartir mis pasiones y mi vida. ¿Será que mi destino es quedarme solo?

Quién sabe lo que me depare el futuro. Mientras tanto, querida Johanna, te dejo un beso y un abrazo a ti y a mi ahijado.

Cariños, Vincent

El Castillete, Macuto, 1942

Eran las dos de la tarde y el sol hacía su mayor esfuerzo por derretir el empedrado de Macuto. Juanita tocaba con insistencia a la puerta de la casita amarilla a mitad de la cuadra. Al fin, Vincent abrió. Se sorprendió por la inesperada visita.

—Hola, Juanita. ¿Qué te pasa? Estás pálida.

—Vicente, Vicente... Estoy muy preocupada por Armando. Por favor, venga conmigo, que no sé qué hacer con él.

—Claro, claro. Pero, ¿qué tiene? —dijo mientras se ponía una camisa.

—Estuvo bebiendo como loco desde la mañana. Lloraba, hablaba cosas sin sentido, vomitó y de pronto se desmayó.

—¿Y por qué se puso a beber tanto? —quiso saber, al tiempo que caminaban con paso presuroso por las calles rumbo a El Castillete.

—Le trajeron un telegrama tempranito, pero no me lo quiso dejar ver. Apenas lo leyó, lo hizo pedacitos y se los metió en la boca. Después, sacó una botella de ron y se la empinó entera. Luego otra, y otra más. ¡Ay Diosito, que no le pase nada, por favor!

—Tranquila, Juanita. Vamos a ver cómo lo ayudamos.

Armando yacía desnudo sobre el suelo del patio interno del complejo. Sentado a su cabeza, Pancho, el mono, parecía querer despiojarlo. Vincent y Juanita le pusieron una frazada ligera encima y le humedecieron los labios con un trapo empapado en agua fresca.

Unos minutos después, le acercaron una botella de aguardiente a la nariz, para intentar despertarlo con el olor. Armando se estremeció, dejó salir un fuerte suspiro y comenzó a roncar. En ese momento, a Juanita le volvió el color canela al cuerpo.

—¡Gracias, Diosito, por no desampararlo! —sollozó.

Lo cuidaron durante unas horas, manteniéndolo tapado y humedeciéndole la boca, hasta que abrió los ojos al sol amable del atardecer.

Juanita le besó la frente, emocionada. Entre los dos, lo ayudaron a sentarse y lo recostaron del muro de la casa.

—¿Qué me pasó...? ¿Qué haces aquí, Vincent?

—Armando, llegó un telegrama... —comenzó a decir Vincent.

—Hmm... Un telegrama... Hmm...

—Sí, Armando... Lo leíste y luego te lo comiste, ¿te acuerdas? —insistió Juanita, ansiosa.

—Ah, sí... Mi madre murió... Toda la gente que quiero se me muere, Vincent: primero perdí a mi querida Josefina, mi hermana de leche. Luego a Nicolás, mi amigo del alma. Y ahora se me fue mi madre... ¿Qué está pasando? Juanita, no te me vayas a morir tú también, por favor. Tú tampoco, Vincent. No me vayan a dejar solo, que no lo podría soportar.

—Yo nunca te abandonaré, Armando —le aseguraba Juanita mientras lo abrazaba con dulzura—. Nunca, nunca...

—Ay, Armando, qué noticia tan triste. Nunca estamos preparados para perder a nuestros seres queridos... Pero sabes que así son los designios del Creador. No podemos oponernos a su voluntad. Lo lamento mucho, amigo —afirmó Vincent.

—A veces creo que Dios me tiene rabia. Se lleva a la gente que más quiero —se lamentó Armando—. No quiero que se los lleve a ustedes también.

—Sí, es triste cuando perdemos a alguien a quien amamos. Mi hermano Theo murió antes de yo irme de Francia. Yo me estaba recuperando de un accidente y Theo se murió de pronto. Todos sufrimos mucho.

—Quería tanto a Josefina... Nos criamos juntos... Y Nicolás... Él era como un hermano para mí. Murió en Curaçao hace varios años... Quería hacer una colonia de artistas en un barco que viajara por el mundo...

—Sí, sí... Recuerdo cómo te afectó esa pérdida. Pero hay que ser fuertes y hay que entender que ahora ellos están en un lugar mejor. Oye, vamos a hacerle una misa a tu mamá y adornamos la capilla con las flores que el viejo Domínguez trae de Galipán, ¿te parece?

—Siempre le compro claveles y azucenas al viejo cuando llega con su carreta...

—Así será. Le haremos una misa muy linda a doña Dolores. ¿Verdad que sí, Juanita?

—Claro que sí. Una misa con muchas flores bonitas —afirmó ella y besó a Armando en la frente.

El Castillete, Macuto, 1943

Al terminar de recoger el desayuno en una mañana
prístina de junio, Juanita, un tanto agobiada, se dirigió al
estudio en silencio, con pies de plomo. Armando hacía la
digestión recostado en su sofá artesanal a un lado del
recinto. El maestro miraba absorto la luz que se colaba por
el enramado de paja de una de las paredes del Caney
Grande. Parecía querer desarmar en un arcoíris cada uno de
los haces mañaneros que atravesaban el tejido rústico de su
estudio.

Junto al sofá había dos sillas grandes, hechas de
madera de coco con cojines de saco. Juanita se sentó en
una de las sillas y fijó la mirada en Armando, que seguía
ensimismado, observando la esterilla y la luz atrevida que la
vencía. No le gustaba para nada interrumpirlo en sus
cavilaciones porque sabía que eran esos los momentos de
mayor inspiración y creatividad del pintor. Procurando no
hacer ruido, se movió con suavidad hasta dar con una

posición más cómoda e intentó relajarse para compartir aquel espacio de tranquilidad matutina.

Pasado un largo rato, el cielo se nubló y la luz se disipó. Juanita aprovechó para buscar la atención de su marido.

—Armando, necesito dinero para comprar café y azúcar.

—¿Por qué? ¿Ya se acabó el café?

—Sí, se acabó el café y también se nos acabó el dinero —aseveró, preocupada—. Tienes que salir a vender algún cuadro, Armando.

—Juanita, Juanita... Tú sabes que se me hace difícil vender los cuadros.

—Pero si tienes tantos amigos importantes y que saben tanto de arte y esas cosas, ¿no les puedes pedir que te ayuden a vender los cuadros?

—Ay... Tú sabes que no tengo muchos amigos ya... Nicolás se me murió hace muchos años, y los que me quedan, vienen a veces y se llevan algunos cuadros... Y cuando vienen, nos traen algo de comida, ¿ves?

—Sí, pero eso no es suficiente. Se los vendes demasiado baratos... A veces siento que nos dan limosnas.

—No, chica. Qué limosna ni qué nada. Son mis amigos y no puedo abusar de ellos, que además me apoyan. No les voy a vender los cuadros caros, ¡qué va!

—No quiero que se los vendas caros, sólo que se los des a un precio justo. Hay veces que ni nos alcanza para comprar comida en la bodega...

—¿Y qué pasa con lo que tenemos aquí, pues? Las gallinas, las frutas, los plátanos, ¿ah?

—Ah, si no fuera por eso, ya nos hubiéramos muerto de hambre... Pero tú sabes que las gallinas sólo ponen un huevo al día, y las frutas y los plátanos tienen que crecer y madurar, ¿no? Esto no es una hacienda, Armando. Es una casa con dos gallinas y un gallo, y unas matas que nos regalan sus frutos, a nosotros y a nuestros animales, ¿entiendes?

—¿Y qué me dices de los cocos y el pescado que te traigo de la playa?

—Ah, eso está muy bien. Pero eso es a veces, que te lo regalan los pescadores. Y a ellos no siempre les sobra para darte algo.

—Bueno... ¿Y qué hay de doña Rosalía, que nos manda sancocho de pescado, empanadas y comida con Felisa?

—Fíjate que doña Rosalía nos apoya mucho y yo le estoy muy agradecida. Digo, aparte de la comida que nos manda con Felisa, porque ella te deja mostrar tus cuadros en la fonda y se los muestra a los clientes. Y cuando al fin alguien los quiere comprar, siempre los vende a un precio justo. Así mismo debe ser, ¿ves?

—Ay, Juanita... Yo hago lo que puedo. Tú sabes...

—Sí, pero no les des los cuadros fiados a la gente, que luego no te los pagan. Tenemos que ganarles algo para poder vivir de eso.

—La cosa no está fácil, Juanita. Mira, a Vincent le pasa igual...

—Bueno, pero ellos tienen otra vida. Aquí estamos tú y yo, y nuestros animales. Todo esto me preocupa. Algo tienes que hacer, Armando. No podemos seguir así. Eres un pintor; ese es tu trabajo y deberías poder vivir de él.

—Lo sé, lo sé. Pero no puedo obligar a nadie a que me compre los cuadros, mujer. Tranquila, que el Niño Jesús nos protege y Dios proveerá, Juanita. Ya lo verás.

—Amén —Juanita cerró los ojos y suspiró.

Cumaná, Sucre, 1914

 Mi querida Johanna:

 Siento que mis piernas tienen voluntad propia. Cuando se percatan de que mi corazón comienza a acostumbrarse a algún lugar, se ponen inquietas y me llevan a otro sitio. Así fue que llegué a Cumaná, la ciudad más antigua fundada por los españoles en tierra firme en este continente. Cumaná es la capital del Estado Sucre, que está en el noreste del país, a orillas del mar Caribe y que tiene una península doble. Cristóbal Colón pisó tierra firme por primera vez en el continente cuando llegó a la península de Paria, aquí en el este, y por la belleza de la costa, llamó a esa zona la Tierra de Gracia. Y la verdad es que tenía razón. Sé que estarás de acuerdo conmigo cuando veas los paisajes que te envío aquí.

 Te cuento que estoy trabajando mucho. Hay tantas cosas bellas que plasmar en esta zona del oriente del país. Igual que Coro, Maracaibo y Caracas, Cumaná es una ciudad colonial muy bonita.

La fundaron religiosos españoles para evangelizar a las tribus indígenas que poblaban la zona. En sus calles empedradas hay dos castillos, una catedral y varias iglesias y plazas. El río Manzanares atraviesa la ciudad de sur a norte y desde el tope del Cerro Pan de Azúcar se ve la hermosa costa del Golfo de Cariaco y hacia el norte, la Península de Araya, donde hay salinas magníficas con unos paisajes preciosos que te hacen pensar que estás en otra dimensión. Y entre todas estas maravillas, revolotean aves tan distintas y de tantos colores como nunca las vi en Europa. Desde garzas, corocoras y flamencos, hasta colibríes, pasando por loros y águilas. A menudo pienso qué habrá sentido Alexander von Humboldt cuando vio todo esto en su paso por Cumaná y la Península de Araya, y doy gracias a la vida por haberme dado esta oportunidad grandiosa de visitar algunos de los lugares que él describió con tanto detalle en sus libros.

Querida Jo, la gente aquí en Venezuela es tan diferente, de colores tan diversos, de mil rasgos y razas mezcladas. Es gente maravillosa que me acepta; sencilla y amable. Las mujeres son tan hermosas como no las he visto en ninguna parte antes.

Sabes que me gustan las mujeres sencillas y sensibles. Sobre todo, me atraen aquellas con las que puedo conversar de cualquier tema. En todo este tiempo te he nombrado varias mujeres que me han interesado, pero por una o por otra cosa, no hemos llegado a juntarnos seriamente. Aquí en Cumaná conocí a Dolores, una mujer preciosa. Y aunque tenemos algo que parece un romance, en el fondo sé que no sería una buena compañera a largo plazo, porque pareciera vivir en un mundo de fantasía. Nunca sé si creerle o no lo que me dice. Cada día me cuenta una historia distinta sobre ella y su familia. Y lo hace con tanta seriedad, que creo que ella misma está convencida de lo que dice.

Cómo quisiera encontrar una mujer que me quiera para que me acompañe. Mi soledad sentimental es lo único que me falta resolver aquí para ser totalmente feliz.

Aunque en general me llevo muy bien con todos, no te niego que a lo largo de los años me he ido a los puños un par de veces con algunos sujetos que ofenden o lastiman a las mujeres. Sobre todo, a las meseras y a las prostitutas. Ellas se ganan la vida trabajando y se merecen respeto. Entonces, si soy testigo de cualquier injuria y he bebido algo, me hierve la sangre y me le voy al cuello al desgraciado que las agravie. Las mujeres son para adorarlas y me encoleriza que alguien las trate mal. Aunque ninguna me quiera de vuelta.

Querida Jo, esto es todo por hoy. De nuevo, te agradezco los materiales que recibí en tu último envío y espero que te gusten los trabajos que te mando hoy con esta carta. Como siempre, muchas gracias por tu diligencia.

Te envío mi abrazo y un beso para mi ahijado.

Cariños, Vincent

Bahía Quetepe, Sucre, 1915

Los colores estaban inquietos en la paleta. Vibraban imparables, querían saltar al lienzo en la primera oportunidad que se les presentase. Eran óleos que venían de Europa, donde los pintores les daban el uso común y ellos se mantenían tranquilos en su oficio, aburridos de colorear de manera pasiva los lienzos del Viejo Mundo. Pero una vez que llegaban a Venezuela, la luz intensa y el calor del Caribe generaban en ellos una reacción inesperada, que les confería una energía que no habían tenido antes. Todo era nuevo. No sólo para ellos; también para la paleta, para el lienzo, para el caballete y en primer lugar para el artista, que aún se preguntaba cómo controlarlos.

Vincent llegó a la playa paradisíaca de aguas mansas el día anterior, aprovechando la gentileza de un comerciante que se dirigía hacia Cariaco en su carreta y que lo recogería de nuevo dos días después. Además de los implementos de trabajo, el maestro llevó todo lo necesario para pasarse un par de días en la tranquilidad monástica que brindaba aquella bahía desierta a orillas del mar Caribe. Dispuso sus pertenencias junto a un tronco caído y amarró la hamaca entre un guácimo y un caujaro, que daban buena sombra sobre la ancha franja de arena gruesa. Colgó de unas ramas el bolso con la comida y las cantimploras, y se puso a trabajar con la diligencia de quien sabe que el tiempo se acaba demasiado pronto. Deseaba que Johanna y su sobrino vieran las aguas prístinas y la playa virgen de Quetepe a través de sus ojos y así comprendieran lo que él sentía en esa tierra tan lejana.

*

Cumaná, Sucre, 1915

Temprano por la mañana, Vincent salió contento de la pensión. Caminaba con paso de plomo por las calles coloniales aún frescas de Cumaná. Llevaba encima todos los bártulos de su trabajo, dispuestos manera estratégica sobre su humanidad. Se dirigía al puesto de empanadas de Dolores para desayunar.

—Buenos días, Dolores. Estás muy linda hoy. ¿Quieres venir a pasear conmigo? Voy a subir el cerro —pronunció Vincent mientras bajaba la complicada carga que llevaba al hombro y se quitaba el sombrero de paja en un gesto de respeto.

—¿El Pan de Azúcar? ¿Para qué? —quiso saber la joven de piel morena y cabello negro largo, liso y brillante, que se disponía a servirle una empanada de queso blanco envuelta en un papel de estraza sobre un plato de peltre y un café recién colado en una taza del mismo material.

—Quiero llegar al castillo. Me gusta mucho la vista desde allí. Puedo ver la costa del golfo y Araya. Es un paisaje hermoso; quiero pintarlo.

—Ay, no, Vicente. Hoy no puedo. Voy a pasarme el día con mi amiga Bárbara.

—¿Bárbara? No sé quién es, nunca antes la has nombrado.

—¿No? ¿Estás seguro? Imagínate, es mi mejor amiga... Es de muy buena familia, tienen mucho dinero... Me invitó a pasarme el día en su casona, donde los sirvientes nos van a atender muy bien. Voy a estar todo el día allí. Me invitó a comer con ella y vamos a tomar café y esas cosas... Por eso me puse este vestido tan bonito, ¿sabes? —dijo mientras se alisaba la falda roja.

—¿Pero te puedes ir así? ¿Qué vas a hacer con tu puesto de empanadas todo el día?

—Voy a dejar encargada a Rafaela, mi hermana menor... Tú te quedas, ¿sí? —le guiñó el ojo a la jovencita que compartía con ella el humilde mostrador—. Imagínate —se dirigió de nuevo a Vincent, enderezándose y estirando el cuello—, yo tengo este negocio sólo para entretenerme... La verdad es que no me hace falta trabajar. Mi padre es muy rico, ¿sabes?

—No entiendo... Tú me dijiste que tu padre los había abandonado...

—No, no, nada de eso... Mi padre sólo se fue de viaje cuando yo era pequeña... Él tiene muchos negocios por toda Venezuela, así que se le hace complicado venir a

Cumaná a vernos a mi madre y a mis hermanas. Pero en cualquier momento regresa...

Vincent la miraba con sus ojos verdeazules muy abiertos, sorprendido.

—¿Y qué negocios tiene tu padre?

—De todo... Él comercia con la sal de Araya y las perlas de Cubagua, pero tiene muchos otros negocios grandes... Mi madre dice que cuando él muera, nos va a dejar una buena herencia que sólo tenemos que ir a cobrar cuando queramos...

—Ah, sí. La sal de Araya, el "Oro Blanco", qué interesante... Qué buena suerte, que tu padre se ocupe de ustedes —concedió Vincent, mientras para sus adentros se preguntaba por qué Dolores y su familia vivían en una casita tan pobre a la entrada de la ciudad, si el padre era tan rico.

Vincent terminó de comer la empanada, apuró el café y comenzó a cargarse de nuevo con sus implementos.

—Qué pena que no puedas venir conmigo, Dolores. Me hubiese gustado mucho hacerte un retrato —le dijo zalamero.

—Ah, pues eso lo dejamos para otro día, ¿sí? Tal vez podemos ir juntos a la playa.

—Me gusta la idea... Tú y yo descansando unos días en la playa... —los ojos le brillaron, emocionado—. Quiero conocer playa Colorada, ¿sabes llegar allí? Me han hablado de que la arena es roja y está llena de cocoteros.

—¿Playa Colorada? —sonrió—. ¡Claro! Mi padre tiene una hacienda por ahí mismo, en Mochima.

—¡Qué bien! ¿Tal vez me la enseñas cuando vayamos?

—Oh, no se puede... El encargado siempre está muy ocupado y no le gusta que lo molesten. Lo siento...

—Entiendo —dijo Vincent sonriéndole con dulzura a aquella mujer ilusa y soñadora—. Tal vez sea mejor entonces pasear por la orilla del río...

—¿El Manzanares? ¿Cuándo?

—Cuando tú puedas, preciosa.

*

El mediodía extendido pasó deslumbrante, como sucede cada día en el oriente del país. Después de esperar por una hora, Vincent entendió que Dolores no vendría. Al saberse plantado, suspiró. En realidad, nunca tenía la seguridad de que Dolores acudiera a las citas. Cualquiera que fuese el resultado, siempre era una sorpresa para él. Por eso mismo había llevado sus materiales de trabajo al parque esa tarde. Por eso, se ubicó a la sombra de unos caobos y ya lo tenía todo listo para comenzar. Vincent miró el lienzo sobre el caballete y tomó las pinturas con su cañita para plasmar la orilla del río Manzanares en el parque Ayacucho. Sobre la tela había dibujado un esquema de lo que quería mostrarle al mundo a través de su arte. Una iguana enorme paseaba despreocupada por el pasto mientras otra más pequeña subía por el tronco de una gran ceiba. Al otro lado de la orilla, el viento movía las pencas de una fila de palmeras y más allá, una pareja de guacamayas atendía su nido en la corona de un chaguaramo. En medio del concierto de las aves, el parque presumía araguaneyes dorados entre el verde oscuro de los árboles de mango y los apamates en flor que adornaban las veredas. En un gesto solemne, Vincent dejó que sus ojos se llenaran de la luz y el color de la tarde para expresar todo su amor por la vida en ese nuevo lienzo.

Maturín, Monagas, 1916

Mi querida Johanna:

Cerrada mi estadía en Cumaná, me dirijo ahora rumbo al sur, hacia el Orinoco. En la ruta hacia Maturín, pasé por el pueblo de Caripe para visitar la inmensa Cueva del Guácharo, que exploraron Alexander von Humboldt y Aimé Bonpland. Mucha gente viene a ver la cueva; por eso, no fue nada difícil para mí encontrar alguien que me ayudara. El mismo día que llegué, mientras cenaba en una fonda en Caripe, conocí a Akuay, un guía chaima que me ofreció llevarme a visitar la cueva.

Además de lo que yo recordaba del libro de Humboldt sobre la Cueva del Guácharo, Akuay me contó que la cueva se llama así por un pájaro nocturno que vive dentro de ella y que hace un sonido que se parece a su nombre. Me sugirió que nos quedáramos hasta caer la tarde, cuando los guácharos salen de la cueva en bandadas enormes para alimentarse de frutas. Akuay también me dijo que la cueva es

267

*sagrada para los chaima y que sus brujos celebran los rituales
importantes en ella. Saber todo eso me emociona mucho.*

*El día estaba fresco y el camino por el monte nos tomó poco
menos de una hora. Cuando llegamos, mis ojos no podían entender
cuán inmensa era la boca de esa cueva, rodeada de vegetación tan
verde. Entramos a un salón muy largo, en el que las paredes y el techo
estaban llenos de guácharos, que anidan entre las irregularidades de
las rocas. Había mucho ruido en ese salón por los pájaros y el
riachuelo que lo recorría. Caminamos unos veinte minutos y luego
pasamos por una galería más pequeña para llegar al segundo salón.
Al entrar allí, nos sentamos en el suelo, apagamos las lámparas y
guardamos silencio. Entonces todo quedó en calma.*

*Nunca había experimentado la oscuridad total. Fue una
sensación intensa e inquietante. La oscuridad no sólo es la ausencia de
luz y color; es la ausencia de toda forma. Nada vibra en ella; es fría.
La oscuridad total es el vacío. La no existencia. No hay nada allí.
Es la nada. En el cielo nocturno, en el espacio sideral, la oscuridad
está llena de estrellas y cuerpos celestes. Hay fuentes de luz que
rompen la oscuridad. Hay soles, planetas y vida. Por eso, la oscuridad
del universo no es tal. La oscuridad total niega el ser, incluso el
espíritu. Al principio todo era oscuridad, y al final también lo será.*

*En cuanto al silencio... Sabes que a veces soy muy hablador;
sobre todo cuando estoy nervioso o inquieto. Pero también sabes que
me gusta disfrutar del silencio de una tarde en mi propia compañía, en
la que sólo tienen cabida los sonidos de los saltamontes, el canto de las
aves, el murmullo del agua y el silbido del viento. Sin embargo, debo
decirte que dentro de la cueva, el silencio fue absoluto y aplastante. No
me esperaba algo así. Estando allí, en medio de esa cueva enorme, en*

compañía de Akuay, descubrí que el silencio es más pesado que el ruido, porque es capaz de desintegrarlo. El silencio total es la ausencia original. No hay latidos vitales. No hay vibración. En el silencio total no existe nada, porque no hay movimiento. Todo está quieto. En el comienzo todo era silencio, y al final también lo será.

Querida Jo, allí comprendí que la oscuridad y el silencio juntos hacen la nada. Son dos dimensiones del vacío primordial, aquel que se lo come todo. En esa oscuridad y silencio totales que presencié en la cueva del Guácharo, me percaté de que el tiempo también desaparece junto con las demás dimensiones. Antes del principio no existía el tiempo, y al final tampoco existirá.

Sentado en aquel vacío donde no existe el tiempo, perdí la noción del espacio que me rodeaba. De pronto, no supe dónde era arriba y dónde abajo. Las dimensiones se deshicieron en el espacio que ocupaba y era incapaz de imaginar siquiera la forma de la sala o su contenido. Comencé a marearme y sentí que me faltaba el aire... Todo esto me hizo descubrir la estrecha relación que hay entre la luz y el sonido, y cómo ellos juntos generan el espacio y el tiempo en que todo se desarrolla, donde puede existir la vida. Cuando volvimos a encender nuestras lámparas, comprobé que, a pesar de todo el poder aniquilador de la nada en el espacio, un solo punto de luz puede romper la oscuridad, y una sola nota, el silencio. Y es que la luz destruye la oscuridad desde dentro, igual que el sonido destruye el silencio desde el centro. La oscuridad y el silencio son dos mantas pesadas que lo envuelven todo y lo aplastan de afuera hacia adentro; desde la periferia a donde llegan la luz y el sonido, hasta su origen. Así, también la vida es expansiva, y la muerte, reductiva.

Bueno, creo que es suficiente filosofía por hoy. No quiero marearte con mis cosas.

Querida Jo, ¡cómo me gustaría mostrarte todas estas maravillas! Recuerda que mi ahijado Vincent y tú siempre serán bienvenidos a visitarme en este Paraíso. Los espero con los brazos abiertos.

Cariños, Vincent

El Castillete, Macuto, 1944

En el Caney Grande, parado frente al gran tablón que descansaba a un lado del recinto sobre dos burros de madera, Armando organizaba sus utensilios de trabajo, infinitamente concentrado. El silencio ceremonial y contundente que rodeaba al maestro se desvaneció cuando Pancho comenzó a tocar la campana con insistencia, anunciando que había alguien en la entrada. Sin embargo, Armando no se inmutó.

Juanita se acercó y le abrió la puerta a Vincent que, sonriendo bajo chorros interminables de sudor, traía un mandado de doña Rosalía, la dueña de la fonda Las Quince Letras. Insistiendo en ser caballero, llevó el bulto con la comida hasta la cocina, donde la agradecida Juanita le ofreció un refresco de papelón con limón para aliviar el calor soporífero de las dos de la tarde.

Con la bebida en la mano, Vincent se dirigió al estudio para ver a Armando, que seguía ensimismado en su

271

universo de implementos cual parafernalia de un mago meticuloso, obsesivo, grandioso. No quiso hablarle para no interrumpir el proceso mental que venía desarrollando. Avanzó despacio y se detuvo a unos pasos de su amigo.

De espaldas a Vincent, Armando parecía no percatarse de su presencia. Meditabundo, con las puntas de los dedos, tocaba concienzudamente cada uno de los retazos de las distintas telas que había alineado al lado izquierdo del mesón repleto de instrumentos. Vincent lo observaba en silencio a la vez que terminaba de beber el resto del refresco.

—¿Sabes, Vincent? Yo pinto con lo que me provee la naturaleza. No necesito nada más —dijo de pronto Armando, sin sentir la necesidad de darse vuelta para mirar a Vincent.

Vincent se acercó a su amigo por la derecha. Callado, se detuvo cerca del borde del tablón para mirar con detenimiento la exposición improvisada de los materiales de trabajo.

—El mar, la playa y el monte me regalan los implementos con los que fabrico mis materiales —continuó—. Mira aquí; las telas son fibras animales o vegetales. Ellas llevan la vida dentro —dijo mirándolo con los ojos encendidos de sapiencia—. Mira los palitos; son de tejidos vegetales. Ellos son partes de árboles o arbustos que ahora parecieran muertos, pero siguen vivos en su interior —le dio un par de palitos en la mano—. ¿Lo sientes? Igual pasa con las conchas, ¿ves? Ellas crecieron llevando dentro la vida de su animal y luego les sirvieron de refugio a otros animales más. Ellas son hogares vivos —aseveró con una sonrisa al tomar con la mano un par de ellas.

Vincent observaba maravillado a Armando y lo escuchaba con el mayor interés. Colocó los palitos de vuelta en el lugar preciso de donde los había tomado su amigo.

—Mira esto, Vincent. Estas piedras son muy especiales —extendió la mano abierta con tres piedras pulidas pequeñas—. Toma. Siéntelas vibrar. Cada una vibra distinto. Las piedras llevan en su interior la vida de todo el universo. ¿Sientes las vibraciones?

Vincent asintió. Tocó cada una de las piedras por unos momentos con toda solemnidad y las devolvió a la palma abierta de Armando.

—Tú me entiendes, ¿verdad, Vincent? Lo que pasa es que cuando yo le trato de explicar estas cosas a la gente que viene a visitarme a veces, creen que estoy loco. No entienden lo que les digo. Pero tú sí sabes de qué hablo. Nosotros sí nos entendemos, hermano.

Vincent sonrió y asintió sin pronunciar palabra. No hacía falta.

—Los colores están en la naturaleza, por eso se pueden sacar de ella. Entonces hay que prepararlos con los mismos elementos de la naturaleza. La tierra está viva y vivo sigue lo que viene en ella: los cristales, los pigmentos, incluso los excrementos, ¿me sigues? Mira, los pigmentos de las flores y frutas siguen vivos y por eso vibran sobre la tela... Por ejemplo, del musgo saco los pigmentos verdes y pardos, ¿ves? Igual pasa con los pigmentos de los animales, que respiran sobre el lienzo porque están vivos. Y claro, también los metales están vivos. Los óxidos de los metales se producen por los cambios que sufre su esencia... Como el óxido de hierro, que también uso mucho, ¿ves?

El brillo intenso en los ojos oscuros de Armando hacía palidecer la misma luz del Caribe, aquella que lo inunda todo. El maestro explicaba su filosofía con una emoción ferviente, capaz de contagiar al más apático. Y Vincent no era precisamente flemático. Los dos amigos compartían ese amor infinito por el arte que se expresa como una pasión generadora, esencial para su propio vivir, para respirar. Por eso se comprendían tan bien.

—La verdad es que, a lo largo de mi vida, he usado todo lo que ha llegado a mis manos para convertirlo en mi arte. He dibujado con lápiz y carbón, he pintado con pastel, acuarela, sanguina, temple, óleo... Lo que viniera, ¿sabes? En estos años aprendí a dominar todas las técnicas en alguna oportunidad. He pintado con los dedos, con palitos y con los pinceles que yo mismo hago aquí, como esos —señaló una fila de brochitas rústicas artesanales que estaban ubicadas a la derecha del mesón—. Hace mucho tiempo que me di cuenta de que los mejores implementos son los que nosotros mismos fabricamos, ¿no crees?

Vincent sonrió y otorgó en silencio.

—Igual me pasó con los soportes —dijo Armando mirándolo fijamente—. Siempre he conseguido materiales distintos para expresarme de muchas maneras. He usado papel, cartón, madera, metal, platos, lienzos... Tú sabes, soportes universales. Pero también he plasmado mi arte sobre saco, yute, coleto, arpillera; lo que para la mayoría tal vez sean soportes no convencionales. Fíjate que primero pintaba sobre telas regulares que yo mismo preparaba y ahora uso arpillera... Me gusta usar lienzos rústicos sin preparar, sin fondo. Yo aprovecho la textura y el color de esos tejidos para darles protagonismo en mis cuadros, ¿ves?

—tomó la mano de Vincent entre las suyas y buscó su mirada azul verdosa—. Mira, yo fabrico todo lo que quiero tener, y al hacerlo, respeto la naturaleza de los materiales porque así es como los hizo Dios. Y aquí en El Castillete, yo soy Dios. Porque yo soy el creador de mi mundo y de todo lo que contiene. Y esta, mi amigo, es mi realidad.

Emocionado, Vincent lo abrazó con fuerza, sin mediar palabra.

Las Quince Letras, Macuto, 1946

Mi querida Johanna:

A pesar de que vivimos en un pequeño pueblo de pescadores, las señales del progreso de Venezuela nos llegan por la radio y por los comentarios de los clientes del bar Las Quince Letras, donde trabaja Felisa. Sabes que nosotros casi no vamos a Caracas porque no nos hace falta. Muy de vez en cuando nos visita algún familiar de Felisa desde Barlovento, pero aparte de ellos, tenemos a Juanita y Armando, nuestros mejores amigos, que viven a unas calles de nosotros. Con ellos compartimos las cosas buenas y los momentos importantes, hablamos de todo, nos divertimos y nos reímos mucho. Es una bendición tenerlos en nuestras vidas. Nos hacemos compañía y nos apoyamos mutuamente. Armando y yo hemos colocado algunos de nuestros cuadros a la venta en el bar donde trabaja Felisa, y también nos intercambiamos otros. Los dos tratamos de vender nuestro arte, pero tú misma sabes que no es tan fácil.

En los últimos meses ha habido mucho movimiento político en el país, pero aquí en Macuto casi no se sienten las revueltas. A finales del año pasado le dieron un golpe de estado al presidente Medina Angarita, y en este momento, Rómulo Betancourt es quien preside la Junta Revolucionaria de Gobierno. El pueblo deberá elegir una Asamblea Constituyente en octubre de este año, ahora que la Junta al fin le otorgó el derecho al voto a todos los venezolanos, incluyendo las mujeres. Ya era hora. Esperemos que la democracia y la paz perduren en esta bella tierra llena de gente noble.

Querida Jo, sabes que a pesar de la distancia pienso mucho en ustedes y estoy pendiente de la situación mundial. No puedo dejar de preocuparme por todas las cosas que han pasado en Europa y en el Pacífico en lo que va de este siglo; dos guerras enormes e innecesarias, absurdas. Ahora, en medio de tanta destrucción y tantas ruinas, sólo queda usar la diplomacia para reconstruir los pueblos y las vidas que quedan, y salir adelante con la mayor dignidad posible. No puedo imaginar el pánico de la gente afectada por los horrores de la guerra y de los crímenes que vienen con ella. Es demasiado duro. Aunque Venezuela mantuvo la neutralidad durante la Primera Guerra Mundial, la Segunda sí nos afectó de cerca, cuando el ejército alemán vino a interferir en el suministro de petróleo a los países aliados. Pero claro que no se compara para nada con la hecatombe en el Viejo Mundo. Ahora, a pesar de la enorme tristeza que me invade por semejante tragedia, me siento aliviado de saber que lo peor ya pasó. Ojalá que las Naciones Unidas sirvan de algo para mantener la paz en el mundo por medio de la diplomacia, como siempre debió ser.

Siempre he estado contra la guerra y contra toda violencia. Me defino como un pacifista a ultranza. En una guerra sólo hay perdedores; una victoria manchada de sangre es una victoria hueca.

278

Una sola vida perdida es demasiado. Y es que, si tenemos el don de comunicarnos entre nosotros, ¿por qué no lo usamos para resolver los problemas políticos con diplomacia? Se supone que el lenguaje debería servir para entendernos mutuamente, ¿cierto? En todos estos años que he tenido tiempo de entender la vida y meditar sobre mi camino por ella, he descubierto una y otra vez que la violencia sólo lleva a calles ciegas que nos atrapan y no nos dejan continuar la ruta. La paz es el tesoro más grande de la humanidad porque es el más raro de encontrar. La paz depende del respeto entre todos; si hay respeto, la gente se entiende y se acepta entre sí. La paz nos permite amar y apoyar a los demás, ser solidarios y ayudar a quien lo necesite.

No logro entender la necesidad del ser humano de tener poder y dominar a otros usando bombas, torturas o exterminio. Si como humanos somos capaces de apreciar la belleza e incluso crear obras sublimes, me espanta la fácil disposición que tienen tantos para ser crueles con sus semejantes. Es cierto que muchos animales tienen un líder, pero nunca he encontrado un animal que disfrute siendo cruel hacia otro. A veces pienso que la cualidad de "humano", lo que nos separa de los animales, es justamente nuestra capacidad para sentir odio. Muy al contrario de los animales domésticos, que nos dan muestras de amor. Nunca en la Naturaleza he encontrado un animal que muestre odio. Me da tristeza entender que la palabra "humano" no significa lo que desearíamos, sino que sólo sirve para clasificarnos como especie. Una y otra vez, compruebo que los animales tienen sentimientos más puros que la mayoría de las personas que están en el poder.

Nunca me han gustado las armas. Nunca he tenido armas y nunca las he usado. Recuerda que yo mismo fui víctima de un accidente con un arma de fuego cuando vivía en Auvers-sur-Oise. Sé que ese chico que me disparó con el revólver no lo hizo con mala intención; sólo estaba jugando. Pero las armas no son juguetes. Cuando se dio cuenta de que me había herido, él y su hermano se asustaron tanto, que escondieron el arma y mis implementos de trabajo. Eran casi unos niños. Tenían miedo de meterse en un lío porque yo los denunciara, así que se fueron corriendo y me dejaron en la campiña, sangrando. No me quedó más remedio sino juntar todas mis fuerzas y regresar a la pensión. No, las armas nunca han sido juguetes y no deberían caer en manos de personas inmaduras o irresponsables que puedan hacer mal uso de ellas... Como Gauguin, cuando no supo controlar bien el sable al querer asustarme en Arles, un año y medio antes. Sé que no quería hacerme daño, por eso todo quedó entre nosotros y más bien, quien asumió la responsabilidad y corrió con la vergüenza fui yo... Con los niños que me dispararon fue igual. No los denuncié para no arruinarles la vida, así que todos creyeron que tenía la intención de suicidarme. Pero tú sabes que yo nunca renunciaría a la vida, porque la vida es bella; el Universo está lleno de belleza... Cuando miro atrás y recuerdo estas cosas, me doy cuenta de que mi amor por el prójimo era más grande que cualquier dolor que me pudieran infligir. De alguna forma, me tranquiliza saber que todavía es así.

Entre tantos recuerdos, me viene a la memoria que aquella noche, cuando llegué a la pensión con la herida en el pecho y aquel dolor insoportable, yo pedía a gritos que me sacaran la bala, pero no pudieron encontrar al médico del pueblo. Por su parte, el doctor Gachet decidió no operarme, así que me vendó y se fue, abandonándome a la suerte del destino. Es decir, me estaba dejando morir allí, sin ayudarme. Por suerte, el dueño de la pensión le envió el telegrama a Theo en cuanto supo que estaba herido, y mi hermano me llevó a tiempo al hospital en París, donde me sacaron la bala. Ya ves;

a veces, quien no hace nada termina siendo igual de peligroso que quien ataca con un arma...

Querida Johanna, una vez más, te agradezco por el paquete y espero que te gusten los lienzos que te envío. Esta vez encontrarás varias marinas con cocoteros, uveros de playa y almendrones. Ya me contarás las reacciones entre el público holandés.

Mientras tanto, te dejo mi abrazo fuerte y un beso para mi ahijado.

Cariños, Vincent

El Castillete, Macuto, 1947

    Nadie me conoce. Sólo Juanita. Ella es la única que me conoce de verdad. Los que me conocían ya se murieron todos. Menos Juanita. Josefina, mi madre, Nicolás; todos murieron ya. No me queda nadie. Sólo Juanita. Mis amigos son muy pocos. La mayoría de los que vienen aquí no son mis amigos. No me entienden, sólo vienen a ver al loco que les monta un teatro gratis y a llevarse mis cuadros a precio de gallina flaca. Menos Vincent. Vincent y Felisa. Ellos sí me entienden y no se aprovechan de mí. Son nuestros amigos y no nos piden nada a cambio. Creo que Vincent sí me conoce. Sí, Juanita y Vincent. Sólo ellos dos. Bueno, y Felisa, claro. Vincent y Felisa nos apoyan. Creo que ellos nos quieren, a Juanita y a mí. Sí. Pero aparte de ellos, nadie me conoce. Vincent dice que los autorretratos son la mejor explicación que podemos dar de nosotros mismos. Claro que tiene razón. Todos saben que en los autorretratos nos mostramos como somos en realidad. Porque nadie nos conoce mejor que nosotros mismos. Eso es. Si yo quiero que me conozcan de verdad, lo mejor que puedo hacer es un autorretrato. Hace tiempo que

283

no pinto uno; creo que ya es hora de hacerlo. Voy a mostrarles a todos cómo soy, para que me entiendan y dejen de llamarme "El Loco de Macuto". ¡Locos serán ellos! Voy a comenzar ahora mismo. Un lienzo mediano está bien. Quiero usar óleo hoy; óleo y tal vez tizas sobre la tela... Otro día puedo retratarme sobre papel con lápiz y pasteles... Aunque también puedo usar el óleo con las tizas y el carboncillo sobre papel o cartón... Hmm... No sé qué hacer. No sé... Tal vez otro día; mejor hoy no. Hoy quiero presentarme con una pintura "seria" para que vean que sí sé pintar y dejen de hablar pistoladas de mí. Voy a aprovechar que a esta hora hay una buena luz aquí en el caney. La luz, la luz, la luz... El sol es blanco y su luz intensa hace que las cosas parezcan vibrar... Vamos a ver si descubro otra vibración hoy. Bueno, voy a armar el fondo... ¿Dónde habrá puesto Juanita los espejos? A veces guarda las cosas donde no van y pierdo tiempo buscándolas... ¡Ah! Aquí están. Voy a usar tres. Estos dos van adelante, para verme desde cada lado, y el tercero lo voy a ubicar más bien hacia atrás, junto con Nisa y Serafina. Muchachas, ¿quieren que las pinte? ¿Sí? ¿Ah? A ver, vengan conmigo, que hoy vamos a estar juntos en una pintura. Vengan, pues. No se hagan de rogar, que lo vamos a pasar bien. Pónganse una ropa bonita, para que queden bellas, ¿sí? Si quieren, yo las ayudo. Así, así. Están muy guapas las muchachas. Vengan, pues, para que se sienten en estas sillas. Se me quedan muy tranquilitas, ¿sí? Pórtense bien y no se me vayan a mover, para que queden bellas en el cuadro, ¿sí? Muy bien. Ya vengo; voy a traerles el acordeón y la mandolina, para que me acompañen con música... Así mismo, muchachas. Muy bien. Se me quedan quietecitas, que así se ven más bonitas, ¿sí? Al fin, ya todo está en su lugar. Se ve perfecto. Qué maravilla, el cuadro también va a quedar perfecto... A ver, a ver... Déjame ponerme una camisa para que Juanita esté contenta. Ella dice que la gente me llama "loco" porque prefiero andar desnudo, así que mejor me pongo por lo menos una camisa para el cuadro... Y me voy a pasar el peine también, claro. Me voy a peinar hasta la barba, para que no digan nada. ¿Qué tal si uso un puro para verme más elegante? Hmm... No sé si sea una buena idea... ¿Ser o no ser elegante? Ese es el dilema... Hmm... Ya veré... Voy a demostrarles a todos que no soy ningún loco, ¡qué va! ¡Locos serán ellos! Listo el caballete, faltan los implementos. La mesa no está limpia; debo pasarle un trapo para que no se me contaminen los implementos. Ah, sí... Así está mejor. Las telitas, los palitos, las brochas, las piedras... La paleta, la paleta... Faltan los óleos, el plato para hacer las mezclas... Voy a usar los marrones de la tierra, porque mi cuerpo es tierra y a la tierra regresará algún día. Estos óxidos de hierro combinan muy bien con los ocres del suelo y con los verdes de las hojas... Puedo mezclarlos para hacer una gama de sepias y pardos muy interesantes. Serios y elegantes, sí. Así me van a tomar en serio de una buena vez. Huy, se movieron los espejos; tengo que fijarlos mejor. Ah, este ángulo funciona bien... Creo que ya lo tengo todo preparado. Déjame quitarme las alpargatas; las voy a dejar debajo de la tarima. Debo palpar estos trozos de tela con calma. Déjame concentrarme un poco... Hmm... Concéntrate, Armando... Debo poder sentir cada una de las fibras con las yemas de los dedos... Así, sí. Muy bien. A ver, para hacer esta pieza me voy a frotar con un trozo de ojo de tigre primero y después con el cuarzo blanco para completar el cilicio... Así mismo, lo siento casi en los huesos... Ahora el mecate, bien apretado en el ombligo, para separar lo puro de lo impuro y que no se me contamine la obra. Así mismo, bien fuerte, para que mi parte superior encuentre la luz que voy a pintar en el cuadro... Ah, qué bien se siente, caramba... Muy importante, las estopas en las axilas, aunque hoy tenga puesta la camisa... Muy bien... Sólo me faltan los tapones de los oídos, porque no quiero que nada ni nadie me distraiga del trabajo, que hoy es un cuadro tan importante... Un cuadro esencial. Debe ser el retrato que mejor me represente para que al fin la gente me conozca como soy... Que la Virgen Bonita bendiga mi trabajo y que el Niño Jesús me acompañe y me haga ver lo que tengo que ver. Y que guíe mi mano para que pinte lo que debe pintar. Amén, amén y amén. Bueno, déjame respirar hondo y cerrar los ojos un momento para concentrarme... A ver qué me cuenta el espejo derecho sobre mi mundo exterior, mis relaciones con los demás, mi trabajo... Quiero que la gente me conozca más... Y qué me dice el espejo izquierdo sobre mi vida personal, lo que pienso, mis sentimientos... A ver si así dejan de llamarme "El Loco de Macuto"... ¡Qué buenas mozas se ven Nisa y Serafina, tan elegantes y tranquilas, cada quien sentadita en su silla, tocando esa música tan alegre que me emociona tanto! Yo las quiero mucho, a mis muchachas... ¡Qué afortunado soy, de tener mi propio castillo lleno de todas mis cosas! Esto no me lo quita nadie, no señor... Voy a retocar un poco la nariz, que como que me está creciendo... La última vez que me retraté no se veía tan grande... Huy, igual me está pasando con las orejas; de pronto se ven enormes... Será que me estoy poniendo viejo, no sé... Será... Déjame ver bien mis ojos, para mostrarlos como son, para que los demás por fin me conozcan... ¡Listo! Quedó exactamente como me lo imaginé. Está perfecto. Me gusta; no le falta nada. A ver qué me dice Juanita... Igual, a mí me gusta. Yo creo que a ella también le va a gustar... Ya Pancho va a tocar la campana para anunciar que terminé mi labor... Y yo me voy a meter en el chinchorro a reposar hasta que Juanita me llame para cenar...

Las Quince Letras, Macuto, 1949

A las siete de la mañana de un fresco miércoles de febrero, un Armando en alpargatas y con sombrero verde hecho de hojas de palma, vestido con pantalón marrón y prístina camisa blanca, caminaba hacia la casita amarilla en Las Quince Letras. Llevaba al hombro una mochila vieja y desgastada, llena de lápices y una libreta, y una bolsa de papel con un par de empanadas de queso bien envueltas. Vincent lo esperaba sentado en el tocón del árbol a un lado de la casa, mirando absorto los almendrones que tenía al frente. Eran tres árboles grandes, llenos de hojas de distintos colores que, sabiéndose magníficos, presidían orgullosos la calle.

—¡Buenos días! ¿Vamos? —Armando interrumpió la contemplación de Vincent.

—¡Claro! Buenos días —repitió Vincent sin pensarlo mucho, mientras se ponía de pie y se cruzaba en el pecho el bolso de yute en que llevaba sus implementos—. Está lindo hoy, ¿ah? Y no hace calor...

—Todavía no. Pero no te preocupes, que en cuanto suba el sol, se va a poner caliente como siempre. Este fresco es sólo por un ratico, tú sabes. Igual, nos sentaremos debajo de los árboles.

—Por supuesto. Los almendrones tienen buena sombra y quitan un poco el calor —concedió Vincent, al tiempo que se acomodaba el obligado sombrero de paja de ala ancha. Felisa no lo dejaba salir a la calle de día sin él. Si se daba cuenta de que Vincent no lo llevaba, lo regañaba hasta que le prometía no volverlo a olvidar.

Caminaron hacia el este, en dirección al sol. No tenían prisa, disfrutaban en silencio cada paso a la vez que bordeaban el mar sereno de la mañana. De lejos los acompañaban dos pelícanos que planeaban al ras del agua para luego remontar, dar vuelta y volver a sobrevolar el mismo trecho, una y otra vez.

Unos quince minutos después llegaron al punto perfecto en Camurí Chico, donde un grupo de árboles les regalarían la mejor sombra a lo largo del día en la playa vacía.

—Me gustan mucho los almendrones —comentó Vincent, pensativo—. Son árboles sencillos, nobles y hermosos. Tienen las hojas grandes y se vuelven tornasoladas en toda la gama desde el verde hasta el rojo, pasando por los amarillos y los anaranjados. Y por otro lado, las flores son pequeñitas.

—¿Y qué me dices de los almendros en Europa? Cuando florecen, los árboles enteros se vuelven rosados o blancos y huelen riquísimo.

—Ah, sí. Los almendros en Europa son todo un espectáculo a principios de la primavera. Una brisa de colores dulces que te alegran el alma triste que va saliendo de la oscuridad del invierno. Me parece curioso que los almendrones de aquí tengan flores tan pequeñas y hojas tan grandes, y en cambio, en los almendros de Europa, sea lo contrario. Cada uno pareciera expresar una filosofía de vida distinta: la europea y la caribeña.

—¿Cómo es eso?

—Bueno, yo lo veo así: igual que los pueblos europeos, a principios de la primavera, los almendros producen muchas hojas pequeñas que trabajan juntas a lo largo del año para abastecer de nutrientes al árbol durante el invierno. En otoño, las hojas se secan y se caen sin mucha pompa. Así es la vida; todo se reduce a un mínimo y se acaba. Entonces, después de un tiempo desnudo de todo color, el árbol renace con flores preciosas a finales del invierno para dar paso a un nuevo ciclo de vida. Todo está organizado, todo cambia. Todo tiene un tiempo y un momento.

—Ajá, así es con todos esos árboles allá.

—Sí. En cambio, aquí en Venezuela, he visto que los almendrones están florecidos casi todo el año, aunque la mayor cantidad de flores aparecen como por marzo y septiembre. Y las hojas también cambian de color a lo largo del año. Y si bien la mayoría se cae en la época seca, cuando hace mucho calor, al cabo de unos días ya producen hojas nuevas. No paran. Así también es la vida aquí: un morir y un renacer continuo. El tiempo no para y a la vez es eterno aquí; el cambio es tan constante que resulta duradero. Aquí siempre es el momento. El ahora es infinito.

—Sí, el tiempo aquí se mide de otra manera.

—Y a veces no hace falta medirlo —sonrió Vincent.

A los pies de los almendrones extendieron una sábana que Vincent traía en una bolsa de tela, en la que también venían la cantimplora con agua y unos cuantos cambures que Felisa le había dado como merienda. Erguidos, miraron alrededor, cerca y lejos, buscando aquello que captara su atención y su pasión. Una vez que se sintieron atraídos por un encuadre particular, se sentaron y tomaron las libretas y los lápices, cada quien enfocado en un punto distinto del amplio paisaje.

Armando se concentraba en unas palmeras altas sobre una pequeña loma distante. En su boceto, los detalles parecían multiplicarse como si tuviesen vida propia. Vincent dibujaba un bosquejo tras otro, hipnotizado por el movimiento de las olas al acercarse a la orilla. Sentía cómo la espuma blanca del agua besaba apasionada la arena en una insistente explosión de sonido y sal.

Trabajaron en silencio, sumergidos en la paz de una playa vacía de gente, pero llena de luz y color. Allí sólo existía el rumor de las olas y la caricia de la brisa cálida, que jugaba suavemente con sus cabellos.

Bajo el sol casi perpendicular de apenas 10 grados de latitud norte, el movimiento escueto de la sombra sobre la arena indicaba el paso de las horas en la imprescindible etapa de inspiración previa al proceso creador de los artistas. Alrededor del mediodía, cuando la sombra estaba más recogida, compartieron las empanadas y los cambures, acompañados por la ya tibia agua de la vieja cantimplora de Vincent.

Después de la merienda se mostraron los bocetos entre sí, esperando las respectivas opiniones.

—Esas palmeras aisladas parecen estar aguardando algo. Son sólo dos, pero se hacen compañía en la loma, cerca del acantilado, envueltas en una brisa ligera... Me gusta la sensación que transmiten, como de esperanza y espera a la vez —dijo Vincent al ver los dibujos en la libreta de Armando—. Se mantienen erguidas, estoicas, como sabiendo que merecen aquello que saben que vendrá... No sé si me explico; no se ven tristes, sino más bien sabias. Están allí, a merced de los elementos, y sin embargo, tienen una dignidad invulnerable, porque de alguna forma tienen esa certeza férrea de que perdurarán en el tiempo...

—Ajá, Vincent. Así mismo, como nosotros, ¿ves? —los ojos de Armando sonreían.

A Vincent se le iluminó el rostro bajo el sombrero.

—Ya quiero ver cómo va a quedar cuando lo termines. Sé que será magnífico.

—Ya lo verás, ya lo verás... De hecho, ese cuadro será para ti. Te lo voy a regalar.

Vincent se sonrojó, y no fue por el calor abrasador de las dos de la tarde.

Armando estiró la mano.

—Déjame ver los tuyos ahora... ¡Estas olas que rompen en la orilla casi me mojan, chico! ¡Qué vida y qué vibración tienen! De sólo verlas oigo el mar —dijo Armando entusiasmado.

—Pero Armando, estamos en la playa y estamos oyendo el mar —rio Vincent.

—Sí, sí. Pero tus olas tienen movimiento. Ruedan sobre sí mismas y sobre la arena, y siento que me van a salpicar. Es inevitable que oiga el mar cuando las veo. Son maravillosas, amigo.

—Qué bueno que te guste. Cuando esté listo, será tuyo.

Se echaron una siesta antes de recogerlo todo para regresar a casa.

—Oye, Vincent, ¿sabes qué nos vendría muy bien ahora?

—Una cervecita fría.

—¡Exacto! ¿Qué tal si paramos en el bar Las Quince Letras?

—No se puede. Todavía está cerrado.

—¿Todavía? ¿Pero y doña Rosalía de qué vive, entonces?

—Supongo que vivirá del dinero de la venta de la fonda. Acuérdate que se la vendió a un tal Nascimento... Juanillo Nascimento creo que se llama.

—Ah, sí. Y es él quien la está remodelando.

—Sí. Pero tranquilo, que te brindo la cervecita en mi casa.

Desandaron la ruta matutina enfundados en sus alpargatas y coronados con sus sombreros. Ahora la carga era un tanto más ligera; sólo llevaban los bolsos llenos de inspiración para continuar su trabajo sobre los lienzos, con calma y con pasión, como era natural para ellos.

A la izquierda de su ruta, varios niños de unos nueve años jugaban en la arena. Al verlos pasar, se rieron y murmuraron algo. Uno de los niños se acercó a los dos amigos, y dirigiéndose a Armando, dijo:

—Señor, ¿usted es El Loco de Macuto?

Armando rio, pero como la pregunta lo tomó por sorpresa, no respondió nada.

El niño insistió:

—¿Sí es usted El Loco de Macuto?

—Mira niño, este señor no es ningún loco. Este señor es el Genio de Macuto, el Pintor de la Luz. No es ningún loco. No, señor —intervino Vincent.

Armando volvió a reír y señalando a Vincent, añadió:

—Bueno, si yo soy el Pintor de la Luz, entonces él es el Dueño del Color. ¿Viste, mijo? Nosotros somos la luz y el color.

El niño abrió los grandes ojos negros de par en par, sin entender, mientras los dos hombres reían y lo dejaban atrás.

—Ya sabes que no me gusta que me llamen "El Loco de Macuto". Pero este niño me agarró desprevenido.

—Sí, claro. A mí tampoco me gustaba cuando me llamaban "loco" en Francia... La gente no se da cuenta de que molesta mucho.

—Sí. Pareciera que no tienen otra cosa que hacer sino molestar a los demás. La verdad es que hay días que me molesta más y otros que me molesta menos; no sé por qué. Por suerte, este niño no nos fastidió demasiado.

—No. Y lo bueno es que ahora ya sabe quiénes somos —sonrió Vincent.

Barrancas del Orinoco, Monagas, 1916

Mi querida Johanna:

Llegué a Barrancas del Orinoco vía Maturín. Mis pasos siguiendo las huellas de Alexander von Humboldt me trajeron al medio de la selva venezolana, a orillas del Orinoco, el río más grande del país. Nunca había visto un río tan caudaloso; es un paisaje impresionante.

Este pueblo es muy distinto, sólo tiene una iglesia y la mayoría de las casas son de paja. Casi todos los pobladores son indígenas warao y hay algunos mestizos. Una familia me invitó a vivir con ellos en su choza. Son parte de una de las comunidades que habita en la zona. Jekii, uno de los yernos, habla español y me ayuda a comunicarme con los demás. A mí me llaman Simo, que significa "Rojo". Ya ves, en todas partes me siguen llamando por el color de mi pelo...

Sé que aquí será más complicado recibir los materiales y enviar las pinturas. Así como estoy haciendo ahora, seguiré pendiente de cualquier persona que vaya a Maturín para que me haga el favor de llevar mis cartas al correo. Espero que lleguen a tus manos, si bien tarde, pero seguro. Todavía me quedan varios lienzos y pinturas; no te preocupes de enviar nada hasta que yo sepa de alguien que vaya regularmente a Maturín para pedirle que me traiga algún paquete tuyo.

Los warao viven en el Orinoco y en su delta. Son personajes preciosos del paisaje de la selva. Jekü me explicó que el nombre "warao" significa "Gente del Agua". De hecho, igual que en el Zulia, muchos viven en palafitos. Para ellos, su bien más preciado son las curiaras, que fabrican de un solo tronco de un árbol, porque con ellas se trasladan por los ríos. Los warao no necesitan nada de los blancos; tienen todo porque ellos mismos fabrican lo que necesitan. Son un pueblo sencillo que vive de la pesca y la recolección de fruta y miel. Tienen un profundo respeto por la Naturaleza y son muy sabios, conocen todo sobre las plantas y saben exactamente cómo se van a comportar los animales a cada instante. Su cultura reconoce que todo lo que hay en la selva tiene un uso. Como la palma moriche, que ya conocí en los Llanos, y que para los warao es el "Árbol de la vida". Con ella hacen muchas cosas. Cada parte de la palma la usan para fabricar algo distinto; desde chinchorros, techos, cestas, pan y aceite, hasta carbón. Las frutas se comen, pero con ellas también preparan dulces, bebidas y medicinas. Incluso los gusanos que viven en la planta se comen. Al reverso de esta carta puedes ver unos dibujos de morichales a la orilla del Orinoco y de palmas de moriche solas, donde detallo cada una de las partes de este árbol sagrado y maravilloso que asegura el sustento de este bello pueblo.

En ocasiones especiales, los warao usan algunos pigmentos para adornar sus caras o sus cuerpos. También los usan para teñir las fibras del moriche y la bora cuando hacen cestas o chinchorros. Te confieso que los warao me han hecho entender la importancia de trabajar con los implementos y los materiales del lugar donde pinto, así que estoy aprendiendo a usar los recursos y elementos que encuentro aquí en la selva. Siento que vivir de esta manera más simple puede ser también más gratificante, así que, además de fabricar los palitos de siempre que uso para pintar, estoy aprendiendo mucho sobre cómo obtener y usar los pigmentos que me regala la Naturaleza.

En la familia hay una joven de unos 18 años que es preciosa y me gusta mucho. Se llama Simosimo y es hija del suegro Arotu. Es muy dulce conmigo y creo que le gusto, por las cosas que Jekü me cuenta que ella dice de mí. Quisiera tomarla como esposa y llevármela conmigo para que me acompañe cuando regrese a la civilización. Si es que regreso, claro. En todo caso, debo hablar con su padre.

Por otro lado, estoy buscando alguien que me lleve a El Callao, un pueblo que está al sur del río Orinoco, en un valle de la selva del Estado Bolívar. Me dijeron que en los ríos de allí se pueden encontrar pepitas de oro entre la arena y las piedras, así que hay muchos aventureros que llegan de distintas partes buscando fortuna, contagiados de la fiebre del oro. Por eso hay mucha actividad minera en esa zona virgen del país. Los mineros tienen vidas duras y peligrosas. Recuerdo cuando viví con los mineros en la Borinage, llevándoles la Palabra de Dios... Tal vez sea por eso que me siento tan atraído por conocer El Callao. Pero allá no llegan sólo venezolanos, también viene gente de las islas, españoles, ingleses, franceses, africanos y brasileños; un mosaico de razas y culturas. Por eso, en esa zona no se habla sólo español, sino más bien una mezcla de español, inglés, francés y portugués. Cuando al fin encuentre al guía que me lleve allá, le preguntaré más detalles del pueblo y sus costumbres, y luego haré lo posible para hacerme entender entre la gente. Te imaginarás que con todos esos ingredientes, tendré muchos temas para pintar. Creo que una estancia de un par de semanas estará bien. En fin, ya te contaré.

Mientras tanto, recibe un fuerte abrazo desde la selva del Orinoco y un beso para mi ahijado.

Cariños, Vincent

Barrancas del Orinoco, Monagas, 1917

Vincent se sentía en otro mundo. El calor y la humedad eran extremos, como en la selva del Zulia algunos años atrás. El forastero transpiraba profusa y constantemente, por lo que recurría a varios baños diarios en los caños cercanos para mantenerse lo más fresco posible. Aun así, el ambiente hacía que tuviera siempre la piel lubricada con su sudor. La intensa mezcla del aroma de las flores y del olor de las frutas y hojas que se descomponían lo llevaban a sentirse en otra dimensión. El sonido de la selva era apabullante; sobre el rumor de las aguas trinaban las aves, otros animales llamaban a sus parejas y el viento rozaba las hojas al pasar entre los árboles.

La selva del Orinoco era muy alta. Los árboles gigantes se estiraban intentando alcanzar el cielo y los rayos del sol rebotaban en sus copas color esmeralda. Tan cerrada era la perspectiva vertical, que la poca luz que pasaba por la parte superior del bosque se debilitaba con violencia a medida que bajaba hacia el suelo, como un embudo equipado con un filtro de malla minúscula. Abajo, el pintor se figuraba casi a oscuras. Haciendo un esfuerzo, miraba de abajo hacia arriba para definir la vegetación que plasmaría en su lienzo: musgo, hongos y pocas plantas bajas de hojas muy grandes y oscuras en el suelo junto a él. Luego, arbustos, helechos, árboles pequeños y medianos con hojas grandes, y mucho más arriba, sobre troncos enormes, las copas de los árboles con hojas anchas, más verdes y más claras. Todo estaba adornado de arriba abajo con lianas y raíces aéreas, bromelias, plantas trepadoras, flores y animales para él desconocidos.

En este ambiente salvaje y a la vez tan puro, Vincent se sintió uno con la Creación. Se limpió el sudor de la frente con la manga de la camisa. Respiró hondo y comenzó a trabajar el bosquejo de un cuadro donde mostraría la selva del Orinoco, vibrante y llena de vida, aún limpia de la influencia humana, que en su afán de conquistarlo y poseerlo todo, termina destruyéndolo sin remedio.

*

Cada día que pasaba, Vincent aprendía algo nuevo de las costumbres de sus anfitriones. A pesar de ser un hombre sencillo, en su viaje por Venezuela poco a poco se fue separando de su ego, hasta deshacerse de él por completo en su trayecto al Orinoco un año antes. Así llegó hasta una de las casas de los warao, la Gente del Agua. Desnudo de pretensiones y acompañado por su amigo

Jekii, se presentó frente al suegro Arotu, que le ofreció asiento sobre una caja de madera. En la ruta desde Maturín, Jekii le había explicado que Vincent era un *hotarao*, un "no warao", pero que aunque la familia le diera un nombre de pila, nadie los usaba para dirigirse a las personas.

Al llegar, Jekii se reunió con Arotu para hablarle de Vincent y su deseo de pintar la selva y la vida de los warao. Sabiendo que necesitaba el consentimiento del suegro, le pidió permiso de invitarlo a vivir con ellos mientras durara su estadía en el Orinoco. Arotu lo pensó un rato y tomó la decisión. Entonces, miró al *hotarao* y pronunció:

—Simo.

Jekii sonrió y se dirigió a Vincent.

—Te llamó "Rojo".

Vincent sonrió con timidez y asintió en señal de agradecimiento.

—Cada quien tiene el nombre de lo que se piensa cuando se le mira por primera vez. El mío significa "Alegría" —dijo sonriente y orgulloso—. Bienvenido a la familia.

*

En medio de la selva y de su familia warao, Vincent sintió que al fin había hallado la paz. El chamán de la tribu le ayudó a encontrar las frutas que necesitaba para evitar los ataques, y junto con la alimentación sencilla de pescado y vegetales que le daba la familia, se mantenía en buena forma. Se sentía tan bien como nunca antes. Sabía que podía dedicarse a su trabajo artístico sin más preocupación, pero también ayudaba en el ritual del moriche y en algunas faenas domésticas. Sobre todo, le gustaba participar en los bailes y ceremonias de la tribu, que acompañaban con música y cantos.

La vida en la familia transcurría de manera tan serena, que era fácil perder la noción del calendario. Esto le venía muy bien al maestro, que se dedicaba a vivir y a crear su arte en total libertad, sin pensar en nada que lo atara. No le costó mucho aprender a subsistir con lo mínimo necesario. Igual que los demás miembros de la familia hacían chinchorros y cestas con los tejidos de fibra de moriche, y fabricaban flautas, maracas y tambores usando cuernos, botutos, taparas y piel de mono, Vincent se volvía cada vez más diestro en producir sus utensilios de trabajo con los materiales que le regalaba la naturaleza.

Los warao vivían en un ambiente acuático. El agua era santa. Todo giraba en torno a ella. La vida diaria, el transporte, la alimentación, la fabricación de los enseres; todo dependía del agua. Como era de esperarse, sus pinturas representaban aquella belleza acuática en todo su esplendor. Cada caño, cada laguna, cada pantano, cada espejo y cada cuerpo de agua con toda la vida que sostenía, quedó inmortalizado en los lienzos del maestro forastero soñador. Vincent no sabía qué hacer con tantos elementos juntos. El verde eterno del mundo vegetal quedaba salpicado de orquídeas y muchas flores desconocidas. Sobre la generosa carga de frutos de la foresta posaban toda clase de escarabajos, ranas, guacamayas, tucanes o monos, mientras que por el suelo desfilaban picures o dantas y alguna serpiente silenciosa. Más allá, una tortuga entraba al caño, al tiempo que un caimán se asoleaba para ganar calor.

Pero entre toda la belleza natural que lo rodeaba, los ojos de Vincent siempre terminaban posándose sobre Simosimo, una de las hijas de Arotu y cuñada de Jekii. Era una joven preciosa; tenía la piel canela más exquisita y el cabello más negro que hubiese visto jamás. Vincent pensó que el universo le estaba enviando una señal positiva cuando le preguntó a Jekii qué significaba su nombre y la respuesta fue "Amarillo".

A Simosimo, Vincent le parecía gracioso, con su barba y su cabello rojos y siempre, siempre abochornado por el calor, que hacía que su piel pálida tuviera un tono rojo encendido casi todo el tiempo. Definitivamente, el nombre warao que le dieron le quedaba bien a este hombre descolorido de piel curtida. Se fueron haciendo amigos; ella posaba para él, y él le ayudaba con alguna labor artesanal. Con ella, aprendió a hacer cestas y sebucanes de bora y a recolectar distintas frutas del monte. Por otro lado, el maestro comenzó a experimentar en la fabricación de pinturas con los pigmentos naturales que usaba la familia para sus artesanías, y que él mezclaba con aceite de coco o con grasa del fruto del moriche. Así, obtenía negro del carbón de la semilla del moriche, blanco de la calcita triturada, amarillo de cenizas de palos hervidas, naranja de ciertas hojas y pétalos de flores, rojo de la fruta del árbol de lacre, verde de la clorofila de las hojas y azul de una fruta silvestre oscura que mezclaba con tierra. Otras veces, combinaba los pigmentos con miel para lograr acuarelas, que reflejaban la pureza de las aguas benditas.

Cuando estaban por acabarse los lienzos, Vincent le preguntó a Simosimo si veía posible fabricar un equivalente en fibra de moriche para poder seguir pintando. "Debe ser un tejido muy cerrado, mucho más cerrado que el de los chinchorros", le dijo. La muchacha lo miró con sus enormes ojos negros, rio y asintió.

No pasó mucho tiempo antes de que Vincent tuviera en sus manos el primero de muchos lienzos de fino moriche, tejidos con todo el esmero por Simosimo. La joven se lo entregó con gran orgullo y con una sonrisa en la mirada. Emocionado, Vincent agradeció el esfuerzo y la dedicación minuciosa de la joven y enseguida comenzó a prepararlo con capas gruesas de calcita en aceite de coco. Sabía que los nuevos materiales funcionarían muy bien juntos porque todos venían del mismo lugar; de la selva bendita. Igual que su trabajo, que se engendraba en el vientre de la misma jungla.

*

A pesar de la enorme diferencia de edad, Vincent se enamoró perdidamente de Simosimo. Sentía que ella podía ser la compañera que tanto estuvo buscando. Si bien hablaban poco, se entendían muy bien. Reían mucho juntos. Y lo más importante; se acompañaban y se ayudaban entre sí. Pero la timidez de Vincent aún le ganaba, así que decidió darse tiempo para madurar la situación y acumular temple para seguir su instinto.

Al cabo de muchas lunas, el pintor forastero al fin se animó a pedirle ayuda a Jekii para hablar con Arotu.

—Me gusta mucho Simosimo. Pido su permiso para tomarla como esposa —dijo Vincent con toda solemnidad mirando a Arotu.

—Él dice que tienes su permiso. Que puedes colgar tu chinchorro junto al de ella y comenzar a trabajar como los demás miembros de la familia —Jekii transmitió a Vincent la respuesta del suegro.

—Estoy muy agradecido y muy honrado. Sé que seremos muy felices juntos y que ella será mi mejor compañera, dondequiera que el destino nos lleve. Yo la voy a cuidar con mi vida —pronunció el forastero, emocionado.

Jekii lo miró un tanto sorprendido y se dirigió a Arotu para interpretar las palabras de su amigo. La expresión en el rostro del suegro al oír el mensaje de Vincent no cambió. El hombre contestó con una sola frase, que Jekii tradujo al español.

—Ella no tiene permiso de irse de aquí.

Incapaz de evitar la sorpresa, Vincent abrió los ojos de par en par, mientras una ráfaga de ideas y razonamientos le cruzaba la mente.

—Pero si me caso con ella, deberá acompañarme, ¿cierto? Yo soy pintor y quiero que el resto del mundo vea mi trabajo. Ahora mismo no sé cuánto tiempo más me quedaré aquí. Más adelante debo ir a las ciudades a vender mis cuadros...

Por respeto, Jekii ni se molestó en insistirle al suegro. Se dirigió a Vincent y le explicó.

—Así vivimos aquí. Estas son nuestras costumbres. Si te casas con ella, debes quedarte aquí con la familia. No te la puedes llevar a otra parte. Su lugar está aquí, junto a su madre y junto a la familia, en la casa del suegro.

—Pero tal vez ella quiera venir conmigo... Le podemos preguntar a ella...

—Entiende que ella no tiene nada que decir. La decisión la toma el suegro. Y él dice que ella debe quedarse aquí. No hay opción: sólo te dejarán casarte con ella si te quedas aquí con nosotros, en la casa del suegro.

Hacienda Caño Monagas, Valencia, 1896

—A ver: Nisa, Serafina, Teresa, Graciela y Juanita, quédense sentadas tranquilitas, que ya va a comenzar la función —instruía Josefina a sus muñecas, sentadas en fila sobre pequeñas sillas, dispuestas a la sombra de un enorme árbol de mango en el patio interno de la Casa Grande de la hacienda. La brisa suave meneaba las ondas calientes que se desprendían de las blancas paredes y del piso de ladrillo a las tres de la tarde en una delicada danza.

Cuando terminó de acomodarlas, la niña se paró frente al público.

—¡Damas y caballeros, les presento al gran torero matador! —anunció, haciendo círculos en el aire con los brazos, para darle más pompa.

Armando esperaba paciente detrás del arbusto de cayenas, deleitado en su olor floral. Al oír el llamado de Josefina, el chico desfiló desde su escondite hacia el ruedo con un capote improvisado y un sable de palo. Hizo una reverencia exagerada al público y levantó la vista, altivo.

—¡Oléééé, olééé! —gritaba Josefina.

Armando caminaba de lado a lado haciendo gestos de torero, elevando brazos y manos al cielo limpio, adornado de pequeñas motas blancas. De pronto, se detuvo frente al público, miró hacia arriba, respiró hondo y se persignó con gran parsimonia. Bajó la vista, miró directamente a los ojos de Juanita y volvió a recorrer el ruedo.

—¿Dónde está el toro loco? —decía al sacudir la capa.

—¡Aquí, aquí! —Josefina señaló a su perro Sultán, que siempre la acompañaba.

Mirando fijamente al torero, Sultán se levantó de golpe.

—¡Ese toro me quiere cornear! —afirmó Armando.

—¡Toréalo, toréalo! —lo animaba Josefina.

—¡No voy a dejar que me cornees, toro loco! ¡Josefina, quieres que lo mate?

—¡No lo mates, Armandito, pero regálame una oreja!

—¿Y qué dicen las otras damas? ¿Le corto una oreja? ¿Qué opinas, Juanita? ¿Se la corto?

Sentadas obedientes en sus sillas, Juanita y las demás muñecas sonreían contentas.

Curioso, Sultán se acercaba despacio a Armando cuando de pronto, el torero le gritó:

—¡Ven, toro loco! ¡Ven acá! —insistió, moviendo el capote para interesarlo más.

Marina con almendrones

Entonces, Sultán embistió la capa y el torero giró sobre sus talones, dándole paso.

—¡Oléééé, olééé! —gritaba emocionada Josefina.

—¡Ven acá, toro loco! ¡Tu oreja será para la dama Josefina! ¡Ven acá!

Y Sultán volvía a correr hacia el capote.

—¡Oléééé, olééé!

El Castillete, Macuto, 1951

—¿Dónde está ese toro loco? —gritaba alegre Armando a través de la barba larga y despeinada, al tiempo que corría por el patio de El Castillete. Iba ataviado con su capote y blandía un sable de palo con gestos de torero apasionado. Los largos mechones de pelo canoso ondeaban tras él.

Encorvado, sujetando con una mano una manta de piel que le cubría la cabeza y la espalda, y con la otra mano, unos cuernos de vaca sobre la cabeza, Vincent resoplaba y bufaba como poseído por el espíritu de un gran toro. Levantando el polvo del suelo apisonado de tierra, se acercaba y se alejaba en una danza de amagos de atacar al torero Armando.

Era una tarde de poca brisa y cielo azul eléctrico, sin una sola nube perdida de su rebaño por equivocación. El público, sentado cabalmente en bancos de madera a la sombra de un gran uvero de playa, estaba formado por las mujeres de los maestros y las muñecas de Armando. Los altos muros de El Castillete les brindaban toda la privacidad que requiere el mundo de aquellos que viven el arte desde dentro.

—¡Oléééé, olééé! —gritó Juanita, divertida.

—¡Ese toro colora'o me quiere cornear, pero no lo voy a dejar! ¡Aquí, toro! ¡Ven aquí, torito! —Armando sacudía la espada cubierta con la capa para incitar al toro.

Vincent, sudando profusamente, resoplaba una y otra vez, y obediente, pasaba de ida y vuelta por debajo de la capa, haciendo círculos en el suelo arenoso.

—¡Ája, toro loco! ¡Ája! ¡Tú no me vas a cornear! ¡Ája! —Armando gritaba cada vez con más fuerza y meneaba la capa con más ritmo.

—¡Oléééé, olééé! —aplaudían y reían Juanita y Felisa.

—¡Juanita! ¿Mato al toro? ¿Quieres que te lo ofrezca? ¡Yo te lo ofrezco!

—¡Ay, no, Armando! No lo mates, sólo córtale el rabo —pedía la dama, emocionada.

—¿Y qué quiere el público? —insistía el torero—. ¿El rabo o una oreja? A ver: Felisa, Graciela, Serafina, Teresa y Nisa, ¿quieren que le corte el rabo o prefieren la oreja?

—¡Mejor córtale la oreja, Armando! —cambió de opinión Juanita.

—¿La oreja? ¡Claro que sí, mi Juanita, lo que tú digas! ¡La oreja para la dama! ¡Allá voy, pues; Juanita lo pidió! ¡Ája!

—¡Oléééé, olééé! —gritaban las mujeres, contentas.

Animado, el toro Vincent correteaba por el patio bajo el sol inclemente de las dos de la tarde. Entre vuelta y vuelta, recordó las corridas de toros que vio tantos años atrás en Arles, tan elegantes, tan vibrantes y coloridas, y cómo le dolía ver sufrir a los pobres toros a manos de los matadores.

El toro colorado resoplaba sin cesar al tiempo que oía los gritos alegres del matador y el público. En medio del jolgorio, bajo la sombra roja y caliente de la manta, de pronto vio frente a él la figura de su amigo Gauguin, borracho, acercándose con el sable en la mano, moviéndolo de un lado al otro, como aquella noche lluviosa de diciembre de 1888 en la Casa Amarilla, en Arles.

Vincent empezó a jadear. Un golpe de sudor se liberó contundente por todo el cuerpo ya caliente. Se veía a sí mismo sentado a la mesa en la Casa Amarilla bebiendo ajenjo con Gauguin, discutiendo acaloradamente por la decisión de este de volver a París. Vincent se sentía abandonado de nuevo; esa vez por alguien a quien él consideraba su amigo. El ajenjo fluía y la discusión aumentaba de tono. Alterados, los dos hombres se levantaron de sus sillas, gritando al mismo tiempo, sin detenerse a escuchar al otro. Vincent le reprochaba a Gauguin que lo abandonaba y este vociferaba que estaba harto de convivir con alguien tan inseguro y dependiente. Una y otra vez le repetía que su apego lo asfixiaba, pero Vincent parecía no entender. De pronto, ebrio e iracundo, Gauguin desenfundó el sable que siempre llevaba orgulloso al cinto, y comenzó a blandirlo al frente. Vincent, que nunca gustó de las armas, sintió terror al ver a su amigo en tal actitud amenazante contra él y retrocedió con la torpeza que le provocaba el ajenjo. Gauguin lo persiguió por la cocina, atormentándolo, hasta que Vincent trastabilló y cayó hacia delante. Al tratar de incorporarse de golpe, su sien izquierda rozó la espada, que se movía en su dirección. Un trozo de carne con cartílago cayó al suelo. Del miedo y el inmenso dolor, nació un grito sobrecogedor mientras un chorro de sangre se disparaba incontrolable desde la oreja de Vincent. Frente a esta escena, Gauguin corrió despavorido a la calle, sin destino alguno...

Los gritos alegres de Armando lo trajeron de vuelta a Venezuela, a Macuto, a El Castillete, a su nueva vida.

—¡Te tengo, toro colora'o! ¡Ája! ¡Esta oreja es para mi Juanita! —dijo Armando a la vez que alzaba el sable con una mano y con la otra sujetaba al toro por la cabeza para cortarle la oreja—. ¡Aquí está: una oreja para mi dama!

—¡Óle, óle! —coreaban las mujeres mientras reían.

Debajo de la manta, un acalorado y tembloroso Vincent no sabía si el agua salada que surcaba su rostro era sudor o lágrimas.

Las Quince Letras, Macuto, 1953

Un afilado rayo de sol se deslizaba por el entramado de la rústica persiana como una daga que se abre paso por la carne sin esfuerzo alguno. El filo de luz cortó de cuajo el sueño de Vincent.

Felisa ya llevaba en pie suficiente tiempo para colar café y pilar el maíz de las cachapas. Se acercó a Vincent y le ofreció una taza de peltre blanca con guayoyo tibio y dulce.

—Buenos días, Vincen'Vicente.

Los hermosos ojos color miel de la morena lo derretían cada vez que ella lo miraba al despertarlo.

—Felisa, ven aquí conmigo un rato.

—Ay, no puedo, mi amor... Hoy me toca el primer turno en el restaurante y ya es tarde —dijo después de besarlo con ternura en la frente—. No, hoy no puedo.

—Mmm... —se desperezaba con esfuerzo.

—¿Qué vas a hacer tú hoy?

—Más tarde iré con Armando a pintar en la playa.

—Buena suerte con eso. Lleva tu sombrero ancho y no olvides cubrirte bien, que la resolana de la arena te puede achicharrar.

—Sí, sí. Yo me cuido, no te preocupes.

Ella lo besó y le acarició la corta barba mientras le señalaba la almohada para que durmiera un poco más. Sabía que Vincent necesitaba descansar y alimentarse bien para mantenerse sano. Él le había confiado, ya muchos años atrás, que a veces tenía ataques en los que no recordaba lo que le sucedía. Ella, una mujer cabal, llena de la sabiduría de mil generaciones, lo cuidaba con el amor indeleble que se siente por el alma gemela. Ella se maravillaba ante la sensibilidad de él, y él la idolatraba. Eran uno para el otro.

Felisa terminó de preparar el desayuno. Nunca olvidaba los dos cambures que Vincent tenía que comer cada día, según las órdenes del doctor Rey en Arles para controlar la epilepsia, ni el jugo de parchita que aprendió a beber en los Llanos y el Orinoco para mantenerse sereno. Luego, se vistió con prisa y salió rumbo al ahora restaurante Las Quince Letras mientras el pintor, aún soñoliento, se volvía a acomodar en el lecho tibio.

Una hora después, el maestro desayunó con calma las sencillas delicias que la morena le ofrecía con cariño cada mañana.

Qué suerte tengo, pensaba Vincent mientras se aseaba y se vestía con ropa limpia. *No necesito nada más; Felisa me llena por completo. Qué dicha la mía, haberla encontrado.*

Vincent caminaba por las calles calientes de Macuto con su corona de paja, cargando al hombro los implementos de su oficio, pensando en las vueltas que había dado su vida, desde Zundert a Londres, luego a París, Arles, Auvers y de nuevo París, y su decisión clave de encontrar la luz perfecta en Venezuela, donde también encontró a la compañera ideal que le tenía reservada Dios. No quería parar de sonreír. Era feliz.

Como siempre, al llegar a El Castillete, sonó la campana. Pero esta vez nadie salió a recibirlo. Vincent esperó unos minutos y tocó a la puerta. De pronto, el mono Pancho tocó la campana y comenzó a gritar, y al fin, una acongojada Juanita se acercó a la puerta. Ahogada en llanto, salió a abrazar a Vincent.

—¡Vicente, Vicente! ¡Se lo llevaron! ¡Se llevaron a Armando, Vicente! ¡Se lo llevaron!

—¿Pero qué dices, Juanita? ¿Quién se lo llevó? ¿A dónde? ¿Por qué? —indagaba mientras descargaba sus bártulos pasado el umbral.

—Vinieron del sanatorio a llevárselo. Se lo llevaron a la fuerza. Él no se quería ir. Ellos dijeron que él estaba mal y que se lo tenían que llevar, pero él no quería. Ay, Vicente, ¿qué voy a hacer? ¿Cuándo va a volver? ¿Cuándo? —se lamentaba, al tiempo que se sorbía la nariz.

—¿Cuándo se lo llevaron, Juanita?

—Esta mañanita, bien temprano. Eran tres. Casi me pasan por encima. Lo agarraron a la fuerza, lo envolvieron amarrado en un camisón y así se lo llevaron, en una ambulancia. ¿Qué puedo hacer, Vicente? ¿Qué podemos hacer?

—Vamos a esperar, Juanita. Ahora sólo podemos esperar —la consoló y la abrazó como lo hace un padre.

Esa mañana, Juanita lloró las lágrimas de todas las injusticias impunes.

Las Quince Letras, Macuto, 1920

Mi querida Johanna:

*Después de tantos años viajando y conociendo Venezuela, me
encuentro ahora en el Litoral Central. Macuto es un pueblo de
pescadores en la costa del mar Caribe, cerca del puerto de La Guaira.
Queda al norte de Caracas, al otro lado del Ávila, pasando la
Cordillera de la Costa. Alexander von Humboldt también pasó por
aquí en su viaje por Venezuela y ahora yo vivo en este Paraíso
caribeño, en una casita muy sencilla cerca de la playa, donde la luz
infinita lo baña todo.*

*Sabes que yo pinto la luz porque es de ella que nacen todos
los colores. La luz del trópico es muy brillante, y dentro del trópico, la
luz del Caribe vibra aún más. Tanto vibra la luz aquí cuando pare
los colores, que a veces me cuesta controlar esos colores cuando nacen
sobre el lienzo. Creo que Dios está en la Naturaleza y en la luz, así
que también está en las cosas y los colores que muestran.*

Siempre he preferido los pueblos pequeños. Durante mi vuelta por Venezuela, visité muchas ciudades y pueblos, y al igual que en Europa, me doy cuenta de que me siento mucho mejor en los pueblos pequeños. Será tal vez porque en ellos, la gente y la vida son más sencillas, el tiempo parece transcurrir con más lentitud y la gente se muestra más amable. Ya te he contado varias veces que la gente de aquí me trata mejor que en cualquiera de los lugares en los que viví en Europa. Este país tiene tanto que ofrecer a todos, pero creo que la riqueza más grande es su gente hermosa y solidaria, trabajadora, feliz, y amante de la libertad y la democracia.

Felisa Díaz vino conmigo desde Barlovento. La conocí hace varios años, cuando viajé al oriente del país, antes de pasar por Cumaná y el Orinoco. No recuerdo si te había comentado que ya en ese momento nos gustamos, pero ella no quiso lanzarse a la aventura de viajar por el país sin tener un oficio con una entrada de dinero fija. Un buen tiempo después, cuando ya yo regresaba hacia Caracas desde la selva, pasé de nuevo por Barlovento y la busqué. Le conté que estaba listo para echar raíces en algún lugar donde yo pudiera vender mis pinturas y desde donde no fuese tan difícil enviarte las cartas y los lienzos. Le ofrecí lo poco que tengo junto con mis mejores intenciones y le dije que podríamos salir adelante juntos. Ella lo pensó y decidió venir conmigo. Teníamos seis meses en Caracas cuando de pronto, la gripe española llegó a Venezuela. Como a Felisa tampoco le gustan la ciudades grandes, en cuanto pudimos, nos mudamos a Macuto para estar en la costa, en medio del aire salado del mar, que nos mantiene los pulmones limpios.

Querida Jo, al fin puedo decirte que encontré a la compañera perfecta. Si la vieras... Felisa es una princesa morena de ojos color miel y piel de todos los colores del cacao. Y no sólo es preciosa; también es muy dulce y cariñosa conmigo, y nos entendemos muy bien. Pero lo más importante de todo es que ella me da paz. Felisa es el amor de mi vida. Soy muy afortunado de que ella también me quiera y me acompañe. Es cierto que es un trecho más joven que yo, pero a pesar de la diferencia de edad, quiere tener hijos conmigo. Imagino cómo serían nuestros hijos y me invade una dicha infinita. Espero que Dios nos envíe una prole que llene nuestra casa y nuestras vidas de color, música y alegría. Sé que ella será una buena madre porque me tiene paciencia, me atiende y cuida muy bien de mí. Es muy sabia; creo que entiende mejor que yo cómo debo alimentarme para evitar los ataques. No deja que me emborrache y todos los días, sin falta, me da un solo café colado, cambures y parchita, además de la comida rica que prepara o que trae de su trabajo.

Felisa es mi modelo, pero también es muy trabajadora. Es mesera en la fonda Las Quince Letras, que está detrás de nuestra casita. Con su sueldo podemos mantener nuestra vida sencilla en este pequeño pueblo. Y como los dos trabajamos, también compartimos las labores de la casa. De eso se trata el compañerismo, ¿no crees? Por otro lado, yo la represento y la cuido hasta donde ella me lo permite y claro, la consiento siempre que tengo la oportunidad. Quiero que se sienta como una reina. ¡Cómo me gustaría que la conocieras! Vuelvo a invitarlos a ti y a mi ahijado a que me visiten en este Paraíso. Piénsalo.

Querida Johanna, espero que te gusten estos lienzos que te envío. Algunos son de los que me quedaron del Orinoco y el oriente de Venezuela, otros son unas vistas de las calles de Caracas y unos más, del paisaje de la Cordillera de la Costa desde Macuto. Te iré enviando más en cuanto los vaya produciendo. Espero que tengan buena acogida en las exposiciones donde los presentes y que se vendan bien. Como siempre, como los vayas vendiendo, por favor, réstales los costos de los materiales y los envíos. Y si llegara a sobrar algo, toma la mitad para ti y mi ahijado, y el resto lo inviertes en nuevos materiales y su envío a esta dirección en Macuto, donde espero quedarme mucho tiempo.

Te mando un abrazo y un beso para mi ahijado.

Cariños, Vincent

Las Quince Letras, Macuto, 1920

El día amaneció prístino. La brisa fresca del enero caribeño entraba alegre por las ventanas azul cobalto de la única casita amarilla de la calle. Las guacharacas gritaban ansiosas en la lejanía y el kikirikeo constante de los gallos recordaba el toque de diana de la interminable rutina del diario vivir.

A pesar de los estragos que la gripe española hacía en ese rincón del Caribe, y aunque la cantidad de clientes había disminuido, había quienes continuaban visitando la fonda Las Quince Letras. Aún cansada del trabajo de la semana, Felisa suspiró y se acurrucó entre los brazos fuertes del maestro. Quería prolongar la sensación dulce de sentirse protegida, de no tener responsabilidades, de estar tranquila y de hacer lo que deseara... o simplemente, de no hacer nada. Para eso era su día libre; para sentirse libre de pensar, de soñar y de dedicarse a lo que se le antojara.

Vincent la abrazó con ternura y, con sus grandes manos, acarició la piel perfecta de la morena. Disfrutaba el cariño y los cuidados que recibía de Felisa y se sabía en enorme deuda con ella por todo lo que hacía por él cada día de su vida. La amaba profundamente y se esmeraba en mostrárselo lo mejor que podía.

—Felisa, ¿quieres venir conmigo hoy? Voy a pintar en la montaña y podríamos pasar el día juntos, ¿sí?

—Ay, no sé. Estoy cansada... ¿A qué parte de la montaña?

—Por la quebrada El Cojo. Me gusta subir por ahí; hay un camino fácil y desde arriba se ve un paisaje muy bonito. Podemos llevar algo de comer, descansamos y regresamos antes de que oscurezca. Anda, vamos a aprovechar que hoy estás libre, mi amor.

—Muy bien, Vincen'Vicente. Me convenciste. Vamos. Sabes que me gusta mucho verte pintar.

Se levantaron un rato después. Vincent se aseó muy bien porque sabía que eso le agradaba a su mujer. Después del desayuno prepararon todo con calma; él, sus mochilas con los bártulos de pintar y ella, un bolso grande de yute con la merienda. Saliendo de su casita, caminaron hacia el sur a la vera de la quebrada, alejándose del mar hasta llegar a la gran montaña multicolor. Entonces subieron por el camino que conocían de memoria y se detuvieron en un recodo sombreado con una preciosa vista de la costa. Vincent sonrió al recordar el paseo que había hecho a Galipán desde Caracas diez años atrás con Rosa y sus amigos, cuando desde la cima de la montaña miraron la ciudad a un lado y el mar Caribe al otro. Su alma también sonrió.

Diligente y feliz, Vincent limpió de piedras el suelo del lugar y extendió una manta para que Felisa descansara cómoda. Sacó la merienda y dispuso todo frente a ella de manera ordenada, casi geométrica, muy estética. Felisa sonreía, complacida del cariño que le demostraba aquel hombre tan distinto de todos los demás y que sabía exclusivamente suyo.

Fue después de dejar instalada a Felisa que Vincent se ocupó de sus propias cosas. Colocó el caballete, el marco de perspectiva, los lienzos, los palitos y las pinturas cerca de Felisa, de frente al mar. Cerró los ojos con fuerza mientras aspiraba el olor silvestre de la montaña y se dejó llevar por el canto de las aves y el concierto frenético de los grillos. Así, el maestro comenzó a pintar lo que sentía en el tuétano, en ese día despejado junto a la mujer de su vida.

La pareja se comunicaba en silencio. Estaban tan compenetrados, que sólo bastaba con mirarse para saber lo que pensaba cada uno. A Vincent le gustaba que Felisa fuese su compañera y lo quisiera así como era, sin exigirle nada. Y sobre todo, le gustaba que respetara su proceso creativo en silencio. Era ella una mujer independiente y sensata que también apreciaba la tranquilidad en el ambiente.

Más tarde comieron. Al terminar, Vincent tomó la libreta y los lápices, y se dispuso a hacer bosquejos de Felisa, que se había recostado sobre la manta para mirar los árboles y el cielo azul puro. El juego de luces y sombras adornaba su piel y su vestido a cuadros como un mosaico cinético. El maestro la estudiaba absorto y le hacía algún comentario para ver sus expresiones faciales. Ella respondía de buen grado, reía halagada y se maravillaba ante la energía de él para trabajar en su arte casi sin interrupciones, y en su capacidad de producir varias obras al mismo tiempo. Hoy, como muchas otras veces, ella era su modelo. Eso la enamoraba aún más.

Pasaron casi dos horas hasta que, al fin, Vincent decidió reposar el lápiz y descansar la mente. Recostó la cabeza en el regazo de Felisa y cerró los ojos, complacido de aquel día perfecto con su amada.

Felisa acariciaba con dulzura la barba y los mechones de cabello rojos de Vincent. Lo arrullaba con el mismo turulete lucumí que su madre le cantó a ella cuando era niña. Con el susurrar de la canción de cuna, su mente divagaba. De pronto se dio cuenta de que fueron pocas la veces que ella llegó a cantarle esa melodía yoruba a algún sobrino pequeño en Birongo. Comenzó a pensar en su vida, en las decisiones que fue tomando a lo largo del camino. Por alguna razón que desconocía, nunca quedó embarazada. Ahora, con treinta y tres años, se estaba resignando a no tener hijos porque Yemayá y Dios parecían quererlo así. Suspiró.

Vincent abrió los ojos y vio que Felisa lo miraba embelesada, murmurando algo quedo e ininteligible para él. Estiró su musculoso brazo y, con suavidad, haló la cabeza de ella hacia sí. Ella aceptó la invitación, se dobló encima de él y se besaron largamente. La sangre comenzó a bullir en su paso por las venas acelerando el pulso, haciéndolos transpirar por todos los poros. De pronto, en medio del magreo desaforado de Vincent y entre jadeos desordenados, los dos cuerpos ejecutaron una serie de acrobacias que dieron como resultado que Felisa quedara acostada boca arriba sobre la manta con Vincent encima, cual cazador que al fin atrapara a su presa.

Lo próximo era inminente. Ya él comenzaba a levantarle la falda y a desabrocharse el pantalón, con el apuro tosco de quien no se sabe contener.

Al verse en cautiverio, a merced de Vincent, Felisa reaccionó. Dejó escapar un largo suspiro y se zafó del abrazo del pintor.

—No, Vincen'Vicente. Ya te dije que así no me gusta.

—No te entiendo, Felisa...

—Eres muy brusco. Me lastimas.

—Yo pensé que a veces también te gustaba el sexo con pasión...

—Con pasión, sí; pero eres un poco torpe. Además, no me gusta que me montes como bicicleta, y que luego acabes y ya.

—¿Y cómo dices tú que hay que hacerlo?

—Con cariño, mi amor, con cariño. Enamórame. Acaríciame con calma, bésame y tómate tu tiempo, que no estamos en una carrera.

—Pero tú sabes que yo te amo, Felisa...

—Sí, pero en este arte todavía tienes que aprender mucho, maestro. Ven, que te enseño...

Vincent sonrió, cerró los ojos y se abandonó, mientras respiraba con fuerza para llenarse de humildad y del aroma de aquella mujer que al fin le enseñaría el arte de amar.

Las Quince Letras, Macuto, 1953

Mi querida Johanna:

Vine a esta Tierra de Gracia en busca de la maravillosa luz que describió Alexander von Humboldt y encontré el Paraíso terrenal.

Este suelo maravilloso sobre el que descansa Venezuela tiene todo lo que se necesita para vivir y mucho más. La Naturaleza es infinitamente variada y abundante. Aquí todo crece, todo florece y todo se reproduce como en el Edén. En esta tierra se puede hacer realidad cualquier sueño, todo lo que un ser humano pueda desear y se ponga en ello. La gente es sencilla, honesta, trabajadora y amante fiel de la libertad. Son muy respetuosos, alegres y creativos. Como mi amada Felisa, claro está, y también como mi amigo pintor, Armando, y su mujer, Juanita. Y como tantas otras personas amables en todas partes, que en todos estos años me abrieron las puertas de sus casas con cariño y me apoyaron de mil maneras. No sólo para que yo tuviera un techo, comida y un lugar donde dormir, sino también para que pudiera seguir trabajando, creando mi arte, mostrando las bellezas de todo el país y sus protagonistas, que aquí somos todos. Porque esta tierra preciosa es grande, muy grande en todos los sentidos. Aquí, cualquier persona luchadora que desee salir adelante para vivir mejor y darle un futuro más brillante a sus hijos es bienvenida y necesaria. Así como lo hacen con todos los forasteros respetuosos, los venezolanos me han hecho sentir que aquí cabemos todos y que todos tenemos una función importante en la realidad del país. Nunca me iré de esta tierra mágica, plena de luz y color, donde sé que Dios también decidió venir a vivir.

Querida Jo, has sido un apoyo fiel durante todos estos años y te lo agradezco de corazón. Estoy seguro de que todo lo que has hecho por mí y por mi arte te será retribuido de alguna manera por el destino. Te pido que por favor sigas moviendo mis pinturas como bien sabes hacerlo, pero quiero que sepas que ya no hace falta que me envíes los implementos ni los materiales. Desde hace años, poco a poco, he ido aprendiendo sobre las materias primas para fabricar algunos implementos y cómo usarlos. Sobre todo, cuando estuve con mi familia warao en el Orinoco, experimenté tanto y tuve tanta práctica, que me volví un experto en el uso de distintos materiales y otras técnicas de pintura. Y aquí en Macuto, mi amigo Armando también me está enseñando nuevas técnicas para preparar mis propios materiales; lienzos, brochas y pigmentos. Armando es muy especial para mí; lo quiero como un hermano. Además, es todo un personaje. No le importa lo que piensen los demás. Le gusta decir que pinta sus cuadros con mierda, pero eso lo hace para escandalizar a la gente, que le encanta creer cualquier cosa que le digan. Lo que puedo decirte, es que al fin siento que me he vuelto independiente. Yo mismo fabrico todo lo que necesito, y con lo que gana Felisa, puedo comprar lo que me falte. Igual, seguiré enviándote lienzos listos cuando pueda, para que los muestres en las galerías de Europa que estén interesadas.

Al fin puedo afirmar que mi vida tomó un buen rumbo. Tengo toda la libertad para trabajar en lo que me apasiona y conocí a la mujer perfecta para mí. Aunque nunca llegamos a tener hijos, nos acompañamos, nos cuidamos y nos mantenemos felices juntos... Estoy en paz.

Querida Johanna, tengo tantos deseos de verte de nuevo, a ti y a mi ahijado Vincent... Una vez más, te repito que sería maravilloso que se animaran a visitarme aquí en Venezuela. Sé que se enamorarían de este Paraíso. Yo les enseñaría todas las cosas bellas que te fui mostrando en los cientos de lienzos que te envié a lo largo de todo este tiempo, y sé que Felisa también estaría feliz de conocerlos. Piénsalo, por favor.

Te mando un abrazo y un beso para mi ahijado.

Cariños, Vincent

Sanatorio San Jorge, Catia, 1953

Vincent tomó el primer autobús de la mañana rumbo a Caracas. Quería visitar a Armando en el Sanatorio San Jorge para asegurarse de que su amigo estuviera bien cuidado. Al salir de su casa rumbo a la parada de autobuses, pasó por El Castillete para invitar a Juanita a que lo acompañara, pero ella no quiso porque temía no poder soportar la impresión de ver a Armando recluido. Sin embargo, le envió unos puros y un dulce de coco envueltos en papel marrón, que Vincent metió en el bolsillo izquierdo de su chaqueta.

Al fin, Vincent llegó al sanatorio poco antes del mediodía. La caminata lo había dejado bañado en sudor bajo la chaqueta de hilo y el elegante sombrero de toquilla blanco que le había regalado Felisa unos años atrás. En las 395 curvas de la estrecha carretera desde La Guaira, se le había roto el paquete de papel de estraza donde traía unas empanadas de queso recién hechas por Felisa para su amigo.

El sanatorio donde se encontraba Armando era distinto al asilo de Saint Paul de Mausole en Saint Rémy, al sur de Francia, donde Vincent se internó por su propia voluntad tanto tiempo atrás. Aunque ambos tenían barrotes en las ventanas, el edificio del asilo era muy antiguo y había sido antes un monasterio. Tenía muchas celdas pequeñas y austeras para los monjes agustinos que lo habitaron, mientras que el sanatorio de Catia era una construcción mucho más moderna y pequeña, con menos habitaciones para los internados. Igual que el edificio, el patio del sanatorio era modesto y no muy grande. El suelo de tierra tenía pocos parches de grama y albergaba algunos apamates delgados, un granado, una trinitaria morada en una esquina y unos cuantos bancos dispersos en el sol caribeño, en comparación con el enorme jardín del asilo de Saint Rémy, que tenía una fuente y muchos bancos a la sombra de grandes cipreses, pinos y moreras, y muchos arbustos de lirios y lilas entre la grama sobrecrecida. Por un momento, Vincent se preguntó si Armando podría ver la luna y las estrellas desde su cuarto, como las vio él en todo su esplendor cuando pintó la *Noche estrellada*.

Armando lo esperaba sentado en uno de los bancos.

—Oye, Vincent, ¿no pudiste esperar a llegar aquí para abrir el paquete y comer conmigo? —bromeó Armando.

Un tanto avergonzado, Vincent se sonrojó y dibujó una sonrisa nerviosa y roja en su tez otrora pálida, ya curtida del sol caribeño. Prefirió hacer el intento de ignorar el chiste.

Se abrazaron con fuerza. Vincent le dio el paquete roto y Armando sacó su contenido. Se sentaron en el banco a comer con gusto las empanadas hechas por Felisa.

—¡Qué alegría que te hayan conferido el Premio Nacional de Pintura, querido Armando! Te lo mereces tanto. Qué orgullo, ¿ah?

—Gracias, Vincent. La verdad es que no sé para qué me quieren dar un premio, si nadie me compra los cuadros... Si no me crees, pregúntale a Juanita, que anda molestísima.

—Pero recibir ese premio es el mayor honor que te pueden hacer aquí, ¿cierto? Vas a ver, seguro que ahora vas a vender muchos cuadros. La gente va a querer comprarlos más y Juanita va a estar muy contenta.

—Chico... Es que eso del premio me parece una tontería... Yo no creo en los premios. No sirven de nada, sólo son un masaje para el ego, más nada... Además, ¿cómo le van a dar un premio a alguien que no respetan? Porque a mí, ellos no me respetan y tú lo sabes.

—Bueno... Pero, ¿y qué piensas de la exposición en el Museo de Bellas Artes? ¿Eso no te anima un poco?

—Ah, eso es otra cosa, ¿ves? Tú sabes que a mí eso de las exposiciones no me dice mucho. Nunca me han servido para vender mis pinturas. Pero fíjate que esa exposición sí me interesa. El Museo de Bellas Artes es otra cosa. Es la casa más importante del arte en Venezuela. Tener una exhibición individual allí es un honor para cualquiera. ¿Sabes? Ya estoy pintando varios cuadros para la exposición.

—Me alegra mucho lo que me cuentas. Pero, Armando, ¿de verdad crees que no te respetan? Quieren hacerte una exhibición a ti solo en el Museo de Bellas Artes, ¿no? Yo diría que sí te respetan, ¿no crees?

—Te digo que no me respetan, chico. Mira, yo me fui a Macuto para estar tranquilo, lejos de todos ellos, justamente porque la gente es muy falsa y yo lo que quiero es pintar tranquilo, ¿ves? La cosa es, que yo no me meto con ellos, pero tampoco logro vender mis pinturas; así que me imagino que no les gustan. Hablan mucho, dicen que mis cuadros dizque son muy buenos, pero eso no me ayuda para nada a la hora de venderlos. En mi propia casa, en Macuto, los vecinos se burlan de mí, me llaman "El Loco de Macuto", me hacen maldades, me tiran piedras... Sabes que tuve que subir el muro de El Castillete porque los vecinos me molestan mucho y me hacen maldades. Nadie me respeta... Y al final, me fueron a buscar para traerme aquí por la fuerza.

—Bueno, todos queremos estar tranquilos para trabajar mejor. ¿Sabes? Cuando vivía en Francia, me fui a la campiña a vivir en un pueblo pequeño, donde me pudiera concentrar en mi labor, porque París estaba llena de gente arrogante que creía saber mucho de arte y no me tomaban en serio. Pero luego, la gente del pueblo tampoco me quería allí. No me entendían. No sé, creo que me tenían miedo... Se burlaban de mí y me maltrataban. Me llamaban "El Loco Rojo". La cosa es que me sentía mal, así que un par de veces estuve en sanatorios. Al principio no me querían dejar pintar allá y sufrí mucho. Luego, el doctor pensó que tal vez sería mejor dejarme trabajar en mi arte, y comencé a mejorar. Entonces, así como tú lo haces ahora, yo también aproveché la oportunidad para descansar y seguir pintando, porque no puedo dejar de hacerlo. Creo que si un día dejo de pintar, me volvería loco.

—¿Ves? Eso es lo que te digo: la gente no nos entiende. Por eso construí El Castillete. Es una fortaleza que me protege del mundo. Allá no entra nadie que yo no quiera: yo soy el rey allá. Ahora, ellos invadieron mi reino y me secuestraron. Pobre Juanita, estaba tan asustada...

—Sí, nunca la había visto así. Te llevaron y no le dijeron mucho a ella. No hacía más que llorar, la pobre.

—Todo fue muy rápido, pero por lo menos alcancé a decirle que no se preocupara por mí, que todo iba a estar bien y que estuviera tranquila. Que El Castillete era suyo, con todo lo que tiene dentro. Le recordé que cuando nos casamos, ella también se volvió la dueña de nuestro rancho, así que puede hacer con él lo que ella quiera.

—Bueno, pero pronto estarás otra vez en casa, Armando. Ya verás. Y Juanita estará feliz de verte y de consentirte de nuevo. El Castillete es magnífico, Armando. Y qué bueno que me recibas en tu castillo, su majestad el rey Armando Reverón.

—Claro, chico —rio—. Tú y Felisa siempre son bienvenidos. Tú eres mi amigo y me entiendes. No como toda esa gente tan sabihonda, que en realidad no sabe nada de la luz, del color ni del arte.

—Ay, no seas tan duro con ellos. Algunos también son tus amigos, ¿no?

—Sí, pero muy pocos. Mira, contigo puedo hablar de cualquier cosa y no tengo que explicarme tanto, porque sabes de qué te hablo y qué es lo que quiero decir. Además, tú y yo vemos cosas que los demás no pueden ver, y por eso nos entendemos tan bien.

—¿Y qué me dices de los que sí te visitan? ¿Te gusta recibirlos?

—Qué te puedo decir... En todos estos años en El Castillete me han visitado, entrevistado, filmado, fotografiado tanto... Yo los he recibido y les he dado lo que ellos quieren ver. Les hago el teatro... Porque vienen a ver al loco. Entonces, les regalo ese loco... Todos somos actores, pues.

—Bueno, pero a ti te gusta que te fotografíen y que te filmen. Tienes esa vena histriónica, pues. En cambio, yo soy lo opuesto a ti. A mí no me gusta ni siquiera que me tomen fotos. No tengo ninguna foto mía, ni me dejo fotografiar por nadie. Ni siquiera para vender algún cuadro.

—Tienes razón, Vincent. Pero ¿sabes qué? Tú no eres tan feo como para no tomarte una foto —bromeó—. Te lo digo yo, al que llaman "El Loco de Macuto"...

—Pero tú no estás loco.

—Claro que no, chico. Lo que pasa es que ellos no entienden.

—Yo creo que los que dicen que estás loco sólo tienen envidia de que tú hayas logrado ser totalmente independiente, de que vivas la vida que tú decidiste, sin deberle nada a nadie. Eres el dueño de tu casa, de El Castillete, y nadie te lo puede quitar.

—Puede ser...

—Sí, chico. Tú eres un hombre que vive con toda la libertad del mundo. Mira, tú no dependes de nadie. Eres el rey en tu propio castillo, que construiste con tus manos.

Y cuando quieres tener cualquier cosa, la fabricas tú mismo.

—Así mismo es.

—¿Ves? No tienes ninguna responsabilidad con nadie, y nadie depende de ti. Eres completamente libre y además, tienes una mujer maravillosa que te quiere y te atiende, que sabe lo que necesitas y sobre todo, que es tranquila y callada, y te deja trabajar en paz. No se le puede pedir más nada al Universo.

—Será que tienes razón, Vincent.

—Claro que sí, mi amigo. Lo que tienen los demás es envidia porque quisieran tener tu libertad, pero su manera de vivir no se los permite. Está tan claro: es envidia, pero la disfrazan de normalidad porque no lo pueden aceptar. Porque les da vergüenza reconocerlo. Tú tienes todo lo que ellos quieren tener, pero no pueden. Por eso dicen que estás loco, pero no lo estás. Eres la persona más cuerda que conozco. Los locos son ellos.

—Es verdad. Los locos son ellos.

Caracas, abril 1911

El recinto vibraba iluminado de ocres opacos. El espeso humo blanco de tabaco que lo llenaba mullía las voces y los rostros de meseras y clientes por igual. Como cada jueves por la noche, los hombres que se daban cita en la taberna Molino Rojo, en el Mercado de El Silencio, conversaban apasionados por encima del ruido de fondo.

Manuel Cabré escuchaba atento a Rafael Monasterios y Armando Reverón, que intercambiaban impresiones sobre su exposición recién inaugurada en la Academia de Bellas Artes.

—Vino gente a la apertura. Eso es bueno. Así nos van conociendo —dijo Reverón.

—Sí, creo que estamos comenzando con buen pie —afirmó Monasterios.

—Eso espero. Me gustaría vivir del arte. Vamos a ver cómo nos va —añadió Reverón.

—Somos la nueva generación del arte en Venezuela. Tiene que irnos bien —insistió Monasterios.

—Así será. ¡Brindo por mis queridos compañeros! —Cabré levantó la copa con vino tinto— ¡Salud!

—¡Salud! —los tres levantaron las copas de vino vociferando al unísono, imponiéndose sobre el ruido de fondo.

—¡Salud! —dijo de pronto una voz que se había abierto paso entre el tumulto hacia la mesa de los jóvenes pintores.

Los tres artistas sonrieron y alzaron la mirada. La voz venía de un forastero de ojos verdeazules, pelirrojo y de rostro anguloso.

—¡Por una exposición excelente! ¡Los felicito! ¡Salud! —insistió el extraño, levantando su vaso con ron.

—Muchas gracias —respondieron Monasterios y Reverón.

—Me da mucho gusto conocerlos.

—Igualmente — Reverón le extendió la mano abierta—. Soy Armando. ¿De dónde es usted?

—Soy holandés. También soy pintor.

—¿Y qué hace por aquí?

—Vine buscando la luz.

—Pues llegó al lugar indicado. La luz que hay en Venezuela es excepcional. A veces demasiada, diría yo.

—Sí, ya me di cuenta. Llevo varios años viajando por este bello país, encontrando las maravillas de las que Humboldt habló en sus libros de expediciones.

—Entonces usted, además de pintor, es un aventurero.

—Supongo que sí —miró pensativo a los tres.

—Pero no nos ha dicho su nombre...

—Me llamo Vincent. Me pueden llamar Vincent o Vicente, porque mi apellido es impronunciable —sonrió con un tanto de vergüenza.

—¡Pues acompáñenos con una copa de vino, Vincent!

—Claro que sí. Encantado, gracias —sonrió.

Sanatorio San Jorge, Catia, 18 de septiembre de 1954

Aquel sábado, un Vincent de rostro sudoroso y encendido, arrebujado en su chaqueta de hilo gris y con el sombrero de toquilla blanco en mano, llevaba ya media hora en la recepción del sanatorio, esperando que le dieran permiso para ver a su amigo.

Al fin, la enfermera le indicó que pasara al patio.

A pesar del intenso calor que sintió en el autobús, la mañana caraqueña estaba fresca y el petricor del jardín lo envolvió en una ola de confianza que hizo flotar brevemente su espíritu. Pero al ver el patio del sanatorio, tuvo un *déjà vu* que lo llevó de vuelta a su últimos días en el asilo de Saint Paul de Mausole, en Saint Rémy. Creyó que la cabeza le bailaba ligera, al ritmo de un vals en una *musette* perdida en la distancia y el tiempo. A pesar de que ambos hospitales tenían muy poco en común, un escalofrío intenso abrazó su cuello y supo que era una señal de alerta para alejarse del lugar lo antes posible. En el modesto patio interno, que contenía algunos árboles delgados y pocos bancos, había seis pacientes dispersos vestidos de blanco, cada uno en su mundo particular. Unos gesticulaban, otros conversaban consigo mismos o con los espectros que los visitaban. Todos tenían las miradas vacías y las expresiones desiertas. Entre ellos distinguió a su amigo, un tanto más delgado, sin barba y con el pelo recién cortado. Se acercó a él, preocupado.

Ver a Armando en ese escenario le ayudó a disipar cualquier resto de duda que le quedara en la mente. *Ya es suficiente. Más bien, esto ya es demasiado*, pensó.

—Vamos, Armando. Vengo a llevarte a casa —dijo al acercarse.

—Al fin, Vincent. Ya me cansé de estar aquí. Me tratan como si estuviera loco.

—Los locos son ellos, tú lo sabes. Así que te vienes conmigo. Te llevo a tu casa. Juanita te extraña mucho. Ella te va a atender bien, como siempre.

—Sí, Vincent. No me gusta estar aquí. Vámonos.

Vincent dejó la bolsa de papel con las empanadas y los habanos sobre uno de los bancos junto a un paciente que sostenía una animada conversación consigo mismo. Quería tener las manos libres para ayudar a su amigo en caso de cualquier eventualidad. Conociéndose por tantos años, cada uno sabía lo que pensaba el otro. No hacía falta explicar nada, ambos estaban conscientes de lo que tenían que hacer. El operativo debía suceder de manera rápida y fluida.

Armando ni siquiera pensó en llevarse sus pertenencias. Haciendo un gran teatro delante de los demás, se puso la chaqueta y el sombrero de Vincent como si fuese un juego. Un rato después, salieron raudos del asilo cuando la enfermera de la recepción fue al baño. Todo resultó mucho más fácil de lo que esperaban.

Riendo como dos niños, corrieron calle abajo hasta llegar a la parada, donde un autobús con el motor en marcha estaba a punto de partir. Sin pensarlo y sin mirar, subieron y se sentaron al fondo, jadeando.

—¡Uf! No puedo creer que lo hayamos logrado —dijo Vincent con el aliento entrecortado.

Una vez lleno, el autobús echó a andar por la avenida. Mirando por la ventana, Armando sonreía, feliz de haber recuperado su libertad, mientras que Vincent no reconocía el trayecto que cubrían. Preocupado, se acercó a otro pasajero para indagar.

—Disculpe, caballero, ¿este autobús va hacia La Guaira?

—No, señor. Este va a Vista Alegre. El de La Guaira es otro.

—Ay, qué problema... Tendremos que regresar en algún momento...

—Puede bajarse en el Instituto Agrario y tomar uno que vaya de vuelta hacia Catia —sugirió otro pasajero más.

Así fue. Los dos aprovecharon aquella vuelta fortuita para conocer un poco más esa zona llena de casas bonitas. Al llegar al Instituto Agrario, Armando y Vincent se apearon, un tanto cansados y acalorados aún por el susto y la carrera anteriores. Ya en la calle, miraron alrededor. Buscaban algún oasis que les aliviara la sed y las bocas pastosas.

—Mira allá, Armando; "Pastelería Gaeta Heladería". Seguro que podemos tomar agua o un jugo ahí.

Se acercaron al lugar, bonito y bastante lleno. Se sentaron a una mesa en la sombra y pidieron dos jugos de naranja. Comenzaron a charlar con el encargado mientras les servía las bebidas. Se apellidaba Capobianco. Era un hombre de apenas 21 años que había llegado de Italia un año antes a buscar un futuro mejor, como tantos otros. Al arribar, conoció a dos paisanos de Gaeta que le ofrecieron trabajo como socio laborante en un negocio de comida que establecerían pronto en Caracas. Franco accedió y muy pronto, todos lo conocerían por el excelente trato que le brindaba a la clientela de aquella pastelería en Vista Alegre.

—Yo también vine de Europa, pero eso fue hace mucho tiempo. Sólo le digo, amigo, que de este Paraíso no me saca nadie —dijo Vincent al joven, con voz decidida y la sonrisa más amplia del día—. Estoy seguro de que también a usted le irá bien en esta Tierra de Gracia. Si trabaja duro, tendrá éxito; no lo dude. Aquí hay espacio para todos y la gente es amable y solidaria.

El joven sonrió y en su rostro se dibujó una plegaria optimista.

Al poco rato, Armando y Vincent rectificaron la ruta y retomaron su camino a casa.

Ya en el autobús correcto, los dos amigos bajaron desde Catia al litoral por la carretera angosta y llena de curvas. Por la ventana, admiraban el imponente paisaje avileño en su infinita gradación de verdes arremolinados. Sus pupilas detallaban ávidas aquellos montes que, dóciles, se dejaban cobijar por el tímido manto azul de un cielo puro que el sol se empeñaba en desteñir. A lo largo del recorrido de 32 kilómetros, comentaron lo cómodo que antes resultaba hacer el mismo trayecto en el ferrocarril y el tranvía, y se preguntaban qué tanto se ganaba realmente al eliminarlos y hacer la autopista. Al fin y al cabo, eran grandes obras de ingeniería que funcionaron a cabalidad hasta que las tormentas dañaron la línea del ferrocarril tres años atrás, pero no era nada que no pudiera repararse. Por desgracia, el tranvía había quebrado a finales de 1932, pero la opinión de ambos era que otra empresa hubiese podido retomarlo. De cualquier manera, no había razón para desecharlos.

—Me imagino que todos los empleados habrán quedado en la calle —comentó pensativo Vincent—. ¿Sabes? Cuando llegué a Caracas, conocí a un alemán de apellido Roth que trabajaba en el ferrocarril. Recuerdo que viajó a Alemania para traerse a Paula, la mujer de su vida. Pero luego regresó con el corazón roto, porque no lo dejaron casarse con ella porque era su prima. Igual me pasó a mí en Holanda cuando era joven. La familia se opone... Y fíjate, yo encontré a la mujer de mi vida aquí, en este Paraíso. Me pregunto si al final él también habrá encontrado a su compañera ideal en Venezuela o si habrá regresado a Alemania para insistirle al padre de Paula...

—Quién sabe. En todo caso, ya no hay ferrocarril.

—No debieron haberlos cerrado. Nunca es bueno restar posibilidades viales que están en buen estado —aseveró Vincent.

—Claro que no. Hacen esas tonterías y luego dicen que el loco es uno —rio Armando.

Se apearon en La Guaira y se dirigieron hacia Macuto. Durante un rato, jugaron a ir de una sombra de almendrón a la otra. Hacía calor, pero a ellos no parecía importarles. Reían a carcajadas, como dos niños.

Más adelante, redujeron la marcha para recuperar el aliento. Continuaron paseando por el malecón, respirando la brisa marina y llenándose de luz y color.

—Sólo aquí soy feliz, Vincent. ¿Sabes? Vine hasta aquí buscando la sencillez y encontré la realidad. No quiero irme nunca de este lugar.

—Sé lo que sientes, amigo. Yo llegué a esta Tierra de Gracia buscando la luz perfecta y tuve la fortuna de encontrar la felicidad y el amor envueltos en esa luz divina. No necesito nada más.

A medida que avanzaban, el paseo les mostraba un caleidoscopio colorido y brillante de árboles, mar y rostros amables.

—Muy buenas tardes tengan ustedes, apreciados caballeros —los saludó con reverencia el vendedor de agua de papelón, mientras servía un vaso del refresco a un cliente caraqueño que había ido con su familia a pasarse el día en Macuto.

—Buenas tardes, apreciado don Nicasio —dijeron a una voz, cordiales, pero sin detenerse.

—¿Quiénes son ellos? —le preguntó el cliente al agüero, al tiempo que los miraban alejarse por el malecón en dirección a Las Quince Letras.

—Ellos son don Armando y don Vicente. Dos loquitos que se enamoraron de la luz.

Bajo el sol del mediodía, los dos maestros siguieron caminando abrazados, apoyándose entre sí, hablando y riendo. Poco a poco se fueron haciendo más pequeños, hasta que la luz disolvió sus siluetas en la distancia.

www.ingramcontent.com/pod-product-compliance
Lightning Source LLC
Chambersburg PA
CBHW020839020726
47497CB00005B/1175